민들레 꽃반지

일러두기

- 이 책에서 본문 표기는 '한글 맞춤법'(2017. 3. 28)에 따르되, 경우에 따라 글지(작가) 원칙을 따랐다. 대화문은 가능한 한 그 시대 말투나 발음에 가깝도록 적어줌을 원칙으로 하여 살아 있는 우리말을 전달하고자 하였다.
- 낯선 어휘나 방언은 본문 아래 뜻풀이를 달아 이해를 돕고자 하였다.
- 이 책의 본문에서 ○ 표시된 인명·고유명사는 부록에서 가나다순으로 자세하게 다룸으로써 소설을 이해하는 데 도움을 주고자 했다.

민들레꽃반지

김성동 소설집

솔

차례

민들레꽃반지 · 7

고추잠자리 · 40

멧새 한 마리 · 121

부록 | 인명 및 고유명사 풀이 · 214

해설 | 김동춘 김성동의 특별한, 그러나 '위험한' 제문祭文 · 231

민들레꽃반지

칼바람 소리만 귀를 물어뜯는 것이었다.

한참 동안 아무것도 없는 하늘만 바라보다가 얼크러지고 설크러진 고무딸기 가시며 두릅 가시 피하여 발몸발몸 아래채 뒤란 돌아 부엌켠 흙벽에 귀를 대어보던 김씨는 흡, 숨을 삼키었다. 우우—우우— 아우성치며 달음박질쳐 가는 골바람 소리만 귀를 물어뜯는 것이었고, 아무런 소리도 들려오지 않는다. 다시 한 번 숨을 삼키며 귀를 붙여보았지만 부엌 안에서는 아무런 소리도 들려오지 않았고, 큰일 났구나. 졸졸—졸졸— 눈자라기* 오줌발 떨어지는 것 같은 소리일망정 물 나오는 소리가 들려오지 않는 것이니, 마침내 아래채마저 수돗물이 끊어져버린 것이었고, 아아. 세굴차게 도머리치던 김씨는 어금니에 힘을 주며 부엌

눈자라기 아직 꼿꼿이 앉지 못하는 어린아이.

으로 들어갔다. 그리고 군데군데 금이 가고 파여 식은 떡덩어리 같은 거스렝이가 일어나는 흙장판 위를 발몸발몸 걸어 개수대 위에 달린 수도꼭지를 바라보았다. 어제저녁에 받쳐놓았던 비닐 자수통에는 물이 가득하였고, 그렇다면 오늘 아침에 끊어졌다는 말인가? 에멜무지로 수도 손잡이를 올려보는데, 푸앙—푸앙— 물애기가 옹알이는 것 같은 소리가 나더니 눈자라기 오줌발처럼 떨어져 내리는 물인 것이었고, 살았구나. 어머니가 또 수도꼭지를 내려버린 것이었다.

"왜 대이구 수도꼭지를 내린대유. 그러지 마시라니께 증말."

"아까워서 그려."

"아깝다뉴?"

"아깝잖여. 아깐 물 버리넌 게."

"그나마 여긔까지 물 끊어지면 워척헐라구 대이구 잠군대유, 잠구길."

"무섭잖여."

"뭐이가 무섭대유?"

"수돗세. 수돗세가 월매나 무선디."

"새꼽빠지게 뭔 말씸이래유?"

"아, 수돗세가 월매나 무선디. 다락같이 올러만 가넌 물간디, 수돗세락두 애껴야지."

"여긘 수돗물이 아니잖유."

"물 한방울이 픠 한방울인디. 넝사꾼덜헌틴 물이 픤디. 아, 예전 육니오 때 야산대 사람덜 보니께 토굴 속이 숨어서 물 떨어지니께 심설 자긔 오줌을 받어 먹더라니께. 물이란 게 자고루 한울님인겨."

"아이구, 어머니. 흘러가넌 물이라 갱긔찮다니께 그러시네. 아, 우덜이, 젤 꼭대기 사넌 우덜 집이서 물을 흘려줘야 저 아랫말 넝군덜두 넝사를 짓넌다니께 그러시네."

김씨는 들창문을 닫고 창호지가 찢겨 너덜거리는 덧문을 닫았다. 그리고 보일러실에 들러 어머니방 칸에 파란불이 켜 있는 것을 다시 한 번 확인하고 나서 물매진 언덕길을 올려다보며 어금니에 힘을 주었으니, 아득한 것이었다. 한 이십미터쯤밖에 안 되는 가까운 거리인데, 여간 조심스러운 것이 아니다. 물매가 심한 것이야 산등성이를 까뭉개고 앉힌 집이라서 그렇다고 하더라도 잣눈 덮힌 길 한쪽 가생이로만 길을 뚫어놓았는데 유리알처럼 미끄러운 빙판길 위로 뿌려진 자욱눈이어서 여간 바드러운 것이 아니다. 사람 하나가 겨우 지나다닐 좁좁한 가생이길 옆으로는 애두름이 이어졌는데 창날처럼 뻗쳐나온 가시나무들이다. 아무리 급하다고 하더라도 손 뻗쳐 잡아볼 것 하나 없고, 오늘두 안 올 모냥일세. 눈자라기 오줌발 같을망정 아직은 물이 나오니 살았지만 부르르 한번 진저리를 치고 나서 바지 단추를 여미는 아이처럼 그나마 물이 끊어져버린다면, 아흐. 죽음이라고 부르자.

화불단행禍不單行이요 복무쌍지福無雙至라든가? 나쁜 일은 홑으로 오지 않고 좋은 일은 겹쳐서 오지 않는다고 하는데, 아래채마저 물은 마침내 끊어질 수 있다. 아니, 끊어질 것이다. 대동강물도 풀린다는 우수雨水가 지났어도 무슨 조홧속으로 날은 더욱 추워지기만 하니, 그렇게 될 것으로 보아야 한다. 그렇다면 어떻게 할 것인가? 나 혼자 몸이라면 하루에 라면 한봉다리씩만 끓여 먹으며 날이 풀릴 때까지 어떻게 견뎌볼 수도 있겠지만, 어머니를 어떻게 할 것인가? 방을 얻으려면 마을로 내려가야 한다. 그러나 언젠가 전 이장한테 들은 대로 마을에 군식구 들일 만한 여윳방 있는 집은 없는 것 같았고, 그렇다면 소재지로 내려가야 한다. 십리쯤 떨어진 마을에서 십리쯤 더 가야 소재지가 나오는데, 변변한 여관은 그만두고 여인숙도 보지 못한 것 같다. 그렇다면 민박을 들어야 하는데, 달세가 사십만원이라던가. 그것도 몇해 전 이야기니 이제는 더 올라서 아마 오륙십만원은 달라고 할 텐데…… 좋다. 민박집 방을 얻어 들어간다면 매끼를 사 먹을 수는 없는 일이고 방 안에서 밥을 해 먹어야 할 텐데 우선 솥단지와 밥그릇은 어떻게 하나. 이 그릇들을 챙겨 내려갈 수도 없는 일이고, 반찬은 또 어떻게 하나. 명색이 면소재지라는데 이지가지 젓갈과 김치 깍두기에 무엇보다 싸전이 없으며 그리고 목간통이 없다. 전에는 쇠시장이 섰던 대처여서 색시 둔 술집에 따기꾼이며 노름꾼에 깡패까지 득시글거렸다는데 옆댕이로 강원도 가는 고

속화도로가 뚫리면서부터 바짝바짝 오그라들어가는 소재지가 되어버렸다고 한다. 아직도 닷새마다 한번씩 장이 서기는 하나 장꾼보다 장사꾼이 더 많다. 살 만한 게 별로 없다는 말이다. 그래서 농협에서 세웠다는 하나로마트인가 하는 데서 비닐봉다리에 든 동태도막 갈치도막도 사고 청양고추며 콩나물에 두부서껀 그리고 비닐봉다리에 든 쌀이며 보리쌀에 검정 서리태도 사는데, 목간을 하려면 시외버스를 타고 한 삼사십리는 나가야 한다. 똑같은 면소재지지만 그곳에 가면 사람도 많고 없는 것이 없다. 뜨거운 물이 콸콸 쏟아지는 사우나탕에 온탕 냉탕이 따로 있는 목간통만 두 군데이니, 꼭 강남에 간 것 같다. 같은 장날이라도 그곳에만 가면 없는 것이 없다. 매일같이 먹는 배추김치, 겉저리 김치, 파김치며 총각김치, 깍두기에 물김치와 고들빼기김치까지 살 수 있고 어머니가 좋아하시는 인절미는 물론이고 송편에 절편, 시루떡이며 백무리까지 언제라도 살 수 있다. 한봉다리에 이천원씩이니 만원 주고 다섯봉다리만 사면 효자에 더해 부자가 된 것 같다. 손으로 빚은 두부며 도토리묵에 새악시 볼따구니 같은 홍시감에 밤, 대추며 주전부리할 막과자와 제과점 생과자에 통닭이며 갓 쪄낸 호빵도 있으니 먹을거리는 그곳에서 사 나르면 되지만, 골칫거리는 돈이다. 쩐. 허나 또 어쩌겠는가. 마이너스통장을 헐어서라도 버틸 때까지는 버틸 수 있을 것이고, 한달이면 되겠지. 아무리 충청도에서 사과가 열리고 서울에서 대나무가 살아가는 이상기온이라지만 한달만 버티면 얼음이 녹으면서 물이 쏟아지겠지.

맘밑을 눅이면서, 그리고 될 수 있는 대로 좋은 쪽으로만 생각하는 김씨가 정작으로 막막해하는 것은 어머니다. 어떻게 어머니를 모시고 내려가느냐는 것이다. 어녹이치는 빙판길 이백여미터를 내려가는 데 십오분은 걸린다. 발몸발몸 조심조심 꼭 잠자리 잡으려는 아이처럼 게걸음쳐 내려가야 되는데 아무리 조심을 한다고 해도 한두번은 꼭 엉덩방아를 찧는다. 비록 다 털어낸 깻단 같은 몸피여서 한주먹밖에 안 된다지만 어머니를 업고 내려가볼 자신이 없다. 젊은 뼉다귄디, 돌팍두 씹어 색일 젊은 뼉다귄디, 그깐느므 호박죽 한그릇 더 뭇 색인댜. 맛있는 별미라며 당신이 키워 쑨 호박죽을 자꾸만 더 먹으라고 했을 때 비쌔자* 어머니가 했던 소리다. 어머니가 돌멩이라도 씹어 삼킬 수 있는 젊은 뼈다귀라고 하는 김씨도 이제는 경로우대석 처지다. 어쩌다 서울에 갔을 때 전철을 타면 뗏뗏하게 노약자석에 앉아도 되는 법정연령이 된 것이다. 예순다섯 살. 일흔 아니 일흔다섯은 되어야 겨우 노인 취급을 해주는 세상이 되어 예순다섯이면 경로당에서 아이 취급을 받는 나이라지만 어쨌든 노인은 노인인 것이다.

그렇다면 손을 잡고 내려가야 하는데 또한 자신이 없다. 자가

비쌔다 사양하다.

넘게 쌓여 있어 미끄럽지 않은 쪽으로 내려가면 될는지 모르지만, 해산미역이 되어버린 극노인이 어떻게 그 눈구덩이를 헤쳐간다는 말인가. 그렇다면 업고 내려갈 사람을 구해야 되는데 누가 그 일을 하려고 하겠는가. 이백미터쯤 내려가면 대문인데, 택시가 거기까지는 안 온다. 눈이 조금만 쌓여도 헛바퀴만 돈다며 오지 않는다. 대문에서 다시 삼백미터쯤 내려가야 비로소 콘크리트로 포장된 일차선 농로가 나오는데 또한 어떻게 내려간다는 말인가. 택시 운전사한테 부탁하면 들어줄까? 물론 시간이 돈인 사람들한테 아무리 극노인이라고 해도 삼백미터를 눈구덩이 뚫고 올라와 업고 내려가달라고 할 수는 없으니, 삯을 줘야겠지. 택시비가 소재지에서 대문 앞까지 왕복 이만원이니, 왔다 갔다 하는 시간비에 업어 나르는 삯까지 쳐줘야겠지. 이만원쯤이면 될까? 콜비까지 합쳐 한 사만원이면 될라는가? 택시 운전사한테 어떻게 조닐로* 부탁을 해볼 수는 있겠지만, 골칫거리는 어머니다. 어머니를 어떻게 대문까지 모시고 내려간다는 말인가. 모래밭 지나가는 긴짐승처럼 구불텅구불텅 물매 심한 이백여미터를 무슨 재주로 내려간다는 말. 내려가는 것도 그렇지만 매일같이 되풀이되는 싱갱이에 영 진력이 나는 김씨였다. 적어도 하루에 한번씩은 꼭 어머니 방을 들여다보는 김씨인데, 그때마다 되풀

조닐로 제발 빌어서.

이되는 일이다.

"지발덕분 불 점 꺼줘."

"예에?"

"지발덕분 불 점 꺼달라니께. 여긘 시방 뜨거서 발을 댈 수 읎다니께."

그럴 리가 없다고 생각한 김씨는 어머니 방으로 들어가보았는데, 그러면 그렇지. 발끝을 타고 올라오는 냉기를 밀어내고 요 밑에 손을 넣어보면, 사위어가는 난로처럼 밍그지근한 것이었다.

"워떠? 뜨겁쟈? 손두 못 느케 팔팔 끓잖여."

"뜨겁네유. 손두 못 느케 팔팔 끓넌구먼유."

뒤란에 있는 보일러실로 간 김씨는 온도를 더 올렸는데, 장 되풀이 되는 일이었다. 그때도 그러하였다.

"불 점 줄여줘. 단내가 막 나잖여. 까스불이 뭘 올려놨나 싶어 뷝이루 대이구 가볼 만침 단내가 막 난다니께."

삼십여 년 전이었다. 충청남도 대덕군 산내면 낭월리 속칭 뼈잿골 옆댕이에 살 때였다. 아버지 백골이 묻혀 있을 뼈잿골이 건너다보이는 산자락 마을에 스물다섯평짜리 양옥집을 지어 어머니를 모시고 살 때였다. 그때에 김씨는 본채 위에 댓평쯤 되는 사랑채 명색을 들여 살고 있었는데, 방이 뜨겁다는 것이었다. 그때도 칼바람 몰아치는 한겨울이었는데 방이 뜨거워서 살 수가 없다는 것이었다. 깜박 잊고 온도를 최대치로 올려놓았나 싶어 보일러실로 달음질쳐 가보았는데, 빨간불이었다. 불이 들어가지 않는데도 자꾸 방이 뜨거워 못 살겠다는 것이었고, 숫제 보일러를 꺼버렸다. 그런데도 여전히 방이 뜨겁다는 것이었고, 별꼴이다 싶어 들어가 봤더니 진짜로 방이 펄펄 끓고 있었다. 밤새도록 참나무 장작 지펴 쇠죽을 끓여내던 예전 시골 머슴방처럼 펄펄 끓는 것이었다. 심야전기 보일러를 아무리 온도 높여 땐다고 하더라도 그처럼 펄펄 끓는 방이 될 수는 없는 것이니, 그야말로 귀신이 곡할 노릇이었다. 어머니가 주무시는 안방은 밤낮을 가리지 않고 펄펄 끓어오르는 것이었고, 이것이 무슨 조홧속이라는 말인가? 겁이 난 김씨는 알고 지내던 사이인 그 고장 무슨 공업전문대학 교수한테 말하였고, 보일러에 빠삭한 도사들이라는 전문가 두 명이 출장을 나왔다. 기계공학 전공이라는 그 전문대학 교수들은 한시간이 넘게 보일러를 짯짯이 살펴보며 온도를 올렸다 내렸다 해보았는데, 마찬가지였다. 손잡이를 올려도 방은 뜨거웠고 손잡이를 내려도 방은 뜨거웠다. 이마에 깊은 골을 파며 고개를 갸웃거리던 그들은 숫제 계량기 전원을 꺼버렸는데, 또한 마찬가지였다. 다시 또 보일러를 짯짯이 살펴보고 방으로 가보기를 몇차례 되풀이하던 그들은 말없이 김씨를 바라보았는데, 공포를 먹은 낯빛이었다. 공구가방을 챙겨 들고 보일러실을 나서며 그들이 한 말이었다.

"이건…… 우리가 아는 기계공학으로 해명될 사안이 아닌 것

같습니다."

보일러를 틀지 않아도 방이 뜨거우니 기름값이 안 들어 좋기는 했지만 이게 무슨 조홧속인가 싶어 어쩔 줄 몰라하던 김씨는 턱끝을 주억이었으니, 아버지! 아버지인 것이었다. 아버지 넋이 오신 것이었다. 피 같은 기름값이 아까워 동동거리는 당신 각시가 안쓰러워 기름을 때지 않아도 방이 뜨거워지게 한 것이었다. 더구나 당신이 마지막 숨을 거두었던 곳이 건너다보이는 곳으로 와 집을 짓고 살며 아침저녁으로 정화수 떠놓고 비손하는 당신 각시를 추위에 떨게 해서는 안 될 것이었다. 그렇게 풀쳐생각할* 수밖에 없는 김씨였는데, 그해 겨울이 끝날 때까지 어머니 방은 식지 않았던 것이다.

그런데 이번에는 경우가 다르다. 아니, 경우가 다르고 무엇이고 할 것 없이 무엇보다도 먼저 물이 나오지 않는 것이다. 눈자라기 오줌발처럼 졸졸거리며 찔끔거리는 물일망정 끊어지지만 않는다면 밥을 지어 먹을 수 있고 위채에서는 힘들지만 아래채에서 받아다 먹으면 된다. 물이 나오지 않아 첫째로 두려운 것은 보일러를 켤 수 없다는 것이다. 보일러실 물통에 물이 차 있어야 보일러가 돌아가며 그 물이 덥혀져 방 밑으로 깔아놓은 파이프를 타고 흐르면서 방이 더워지는 것인데, 아흐. 수도에서 물이 나오지

풀쳐생각할 맺혔던 생각을 풀어버리고 스스로 위로함.

않는다. 위채는 보일러 물탱크에 사다리 걸치고 올라가 손을 넣어보니 손이 적셔지는 것이어서 적어도 올겨울은 물이 더 올라가지 않아도 보일러를 돌리는 데 아무런 하자가 없을 것이고, 아래채가 골칫거리인 것이다. 그런데 물이 얼마나 담겨 있는지 알아보려고 아무리 보일러실을 둘러봐도 물탱크가 보이지 않는다. 물탱크처럼 생긴 쇠통이 있어 열어보았더니 무슨 단추 같은 것만 여러 개 달려 있지 아무리 짯짯이 톺아봐도 물이 담겨 있을 두멍 같은 것은 보이지 않는다. 보이지 않는 것은 물탱크만이 아니다. 이른바 컴본주의 세상이 되어서 그런지 편지도 보이지 않는다. 얼추 다 전화로 하거나 문자를 날리지 편지라는 것은 거의 사라져버렸다. 있다고 해도 무슨 기계로 찍은 것이지 어지간해서는 펜을 들어 종이에 쓰지 않는다.

우편함은 위채에서 이백미터쯤 밑 녹슨 철대문 바로 안쪽에 놓여 있었다. 플라스틱 옷상자로 된 우편함을 열어보던 김씨는 낙이 없는 얼굴이 되었다. 이미 구문이 되어버린 어제치 신문 한 부만 달랑 들어 있을 뿐이었다. 물매가 심한 이백미터를 올라가려면 어제가 다르게 여간 힘이 드는 게 아니어서 김씨는 늘 올라가면서 구문을 펼쳐들고는 하였는데, 얼라! 신문지 틈에 끼워져 있던 무슨 편지 한통이 툭 하고 떨어지는 것이다. 집어 보니 수신인이 '한전희'로 되어 있었다. 한전희라면 어머니 함자인데 누가 보낸 편지라는 말인가? 이제까지 살아오면서 단 한차례도 어머니 함자 앞으로 된 편지가 온 적이 없었다. 발신인은 그냥 'ㅇㅇ 1234부대'라고만 되어 있었다. ㅇㅇ은 김씨가 머무는 곳 바로 옆댕이에 있는 군 이름이었고, 뻘꼴이 반쪽일세. 뭔느믜 군부대서 어머니헌티 편지가 다 오구? 내용물은 더구나 야릇하게도 천연색으로 된 사진이 앞뒤로 박혀 있는 한장짜리 무슨 전단지 같은 것이었다. 「6·25 전사자 유해 소재 제보접수」라는 제목이었다. '육군 병장 아무개'라고 새겨진 빗돌 앞에 하염없는 얼굴로 앉아 있는 허연 수염발에 쥇다벙거지* 쓴 영감님과 온갖 깃발 든 국군 의장대며 '국방부 유해발굴 감식단'이라고 써진 무슨 가죽점퍼 같은 옷을 입고 확대경처럼 생긴 기구로 해골을 비춰 보고 있는 모습, 그리고 '육군 하사 아무개'라고 새겨진 빗돌 앞에 태극기 들고 아그려쥐고 있는 어린이 모습이 박혀진 천연색 사진 아래 이렇게 적혀 있었다.

우리 마을의 이름 모를 산하에서 6·25전쟁 시 나라를 지키시다 목숨을 바치시고 묻히신 선배전우들을 가족의 품으로 보내드리려고 합니다

□ 전사자 유해가 묻히신 장소를 제보해주십시오

쥇다벙거지 우묵모자. '중절모자中折帽子'는 왜말임.

※발굴유해에 따라 포상금 차등 지급(20~70만원)

1구 기준	1구 추가시	12구 이상
20만원	5만원	70만원

□ 제보접수 담당/연락처

0267-보여단 주임원사 최철재: 011-9705-XXXX

0222-기보대대 주임원사 석지류: 011-2805-XXXX

○ 전화 인사참모처: (301) 077-0016~5

○ 제80기계화보병사단

뒷면에는 무슨 군번줄 같은 것을 손가락에 끼고 눈물을 흘리며 들여다보고 있는 사람 얼굴과 태극기에 덮인 유골함 같은 그림이 깔려 있는 위로 이렇게 적혀 있었다.

우리 마을의 이름 모를 산하에서 6·25전쟁 시 나라를 지키시다 목숨을 바치시고 묻히신 선배전우들을 가족의 품으로 보내드리려고 합니다

□ 전사자 유해가 묻히신 장소를 제보해주십시오

※발굴유해에 따라 포상금 차등 지급(20~70만원)

1구 기준　1구 추가시　12구 이상

20만원　　5만원　　　70만원

□ 제보접수 담당/연락처

○ 중령 남병금: 010-4805-XXXX

○ 대위 이혁진: 010-4805-XXXX

○ 전화 인사참모처: (130) 077-0016~4

○ 제20기계화보병사단

어머니 앞으로 온 그 편지가 아닌 공지사항을 들여다보던 김씨 낯에 핏기가 사라졌으니, 왜 이런 것을 보내왔다는 말인가? 6·25 때 인민군 손에 죽은 국방군도 아니고 자위대 손에 죽은 악질반동 하앵이도 아니며 더구나 6·25가 일어나기 해 반 전에 예비검속으로 잡혀갔다가 6·25가 터지던 해 7월 첫때쯤 학살당한 남편을 둔 안해한테. 그것도 그냥 여느 안해가 아니라 남조선노동당 외곽단체인 남조선민주여성동맹 면당 위원장을 지내며 '공산세상을 이루고자 견결히 투쟁해온 사람'한테. 이른바 국가보안법에 걸려 6년 징역을 살았고 더하여 한차례 집행유예 전과까지 있는 사람한테. 이른바 '국보 전과'까지 있는 사람한테. 거처를 옮길 때마다 반드시 찾아오는 매롱매롱한 눈매 신사복들로 봐서 강고한 연좌제 쇠사슬에 동여매져 있다는 것을 잘 알고 있는 김씨였다. 연좌제에 묶인 사람들 가운데서도 아주 기분 거시기한 경우였으니, 육군 기무사령부 소속이었던 것이다. 서울과 경기도와 강원도는 '접적구역'에 가까우므로 군 정보기관에서 관리하고 충청도와 경상도와 전라도와 제주도에 사는 사람은 국가정보원에서 관리한다는 것이다. 연좌제면 다 똑같은 것으로 알고 있던 김씨로서는 운동권 출신으로 무슨 혁신정당 운동을 하고 있는 사람한테서 그 이야기를 듣고는 영 후꾸름한* 기분이었던 것이다. 관리대상자 신상명세가 입력된 프로그램이 오작동을 일으킨 것이라면 더구나 우스운 노릇이었다. 그렇다고 하더라도 어떻게 연좌제에 걸려 있는 사람이 6·25 때 전사한 국방군 전몰장병 유가족으로 바뀔 수 있다는 말인가? 이른바 남조선 국가정보기관에 있다는 자들 엉터리 같은 업무 태도에 쓴웃음을 짓던 김씨가 정작으로 두려워하는 것은 적바림이었다. 공식적으로는 이른바 연좌제라는 말도 안 되는 악법이 없어진 지 삼십년이 다 된다고 하지만 속으로는 더욱더 완강하게 관리되고 있었으니, 이만명이라고 하였다. 10·26사건이 일어나기 직전 청와대 경호실장이라는 자가 "우선 이만명만 처단하면 된다. 쓸어 없애야 할 진빨 이만명만. 캄보디아 폴포트 정권에서는 이백만명을 죽였다는데, 까짓것 가빨까지 합쳐 모두 이십만명쯤은 조족지혈이다"라고 했다는데, 무엇보다도 먼저 '쓸어 없애야 할 진빨'들인 그 이만명이라는 숫자

후꾸룸한 으스스한.

는 어디서부터 나온 것일까? 8·15 직전까지 계급해방을 이룬 바탕 위에서 민족해방을 이루고자 뜨겁게 싸웠던 좌익 쪽 인사들이 이만명이었고 그 반수가 감옥에 있었다고 하는데, 거기서부터 나온 숫자인가? 어떤 권력자가 처단하겠다는 이십만명 가운데 '가장 악질적인 공산주의자'는 이만명이라는 것이었다.

하기야, 김씨는 생각하였다. 온갖 이상하고 또 요상한 기술이 자꾸 늘어나는 세상이라 보일러도 자꾸 신형이 나오니 요즈막은 물탱크 없이도 방이 더워지는 새로운 보일러가 나온 것인지도 모르겠다. 그래서 십리쯤 밑 마을에 있는 예전 이장한테 전화를 하였더니 자기는 보일러 관계는 잘 모른다면서 일러준 소재지에 있는 어떤 철물점에 전화를 하였다. 철공소 주인 말이 위채는 구형 보일러인 것 같은데 탱크에 물이 가득하다니 염려할 것 없고 아래채 것은 신형인 것 같은데 아무래도 직접 살펴보지 않고는 알 수 없다는 것이었다. 철공소 사람을 부르면 적어도 출장비는 주어야 하므로 하루에 세번만 다니는 마을버스를 타고 소재지로 갔다. 전화로 물었을 때 주인 영감은 직접 보지 않고서는 무어라고 말할 수 없다고 했고, 그러면 보일러 기술자라도 소개해달래서 알게 된 전화번호였다. 몇번을 걸어보았지만 전화를 받지 않는 것이었고, 겨울이면 보일러 기술자들이 세가 난다는 말을 들었던 터라 눈앞이 캄캄하였는데 전화가 왔던 것이다. 철공소 주인이 전화로 김씨집 사정을 말해주었던 모양이었다.

“갈훈리 어디라고요?”

손전화기를 귀에 대자마자 들려오는 소리였고, 마침 늦은 아침을 먹느라고 입 안엣 것을 씹던 김씨는

“예에? 뉘신지이?”

하고 물었고, 곧바로 들려오는 목소리였다.

“수돗물이 안 나온다고 하셨잖아요.”

“아, 예에.”

입 안엣 것을 꿀꺽 삼키고 난 김씨는 말하였다.

“갈훈리가 아니구 갈현린데유.”

“갈현리 어디쯤이지요?”

“우벚고개라구 있잖남유, 븝화사란 절 있넌디 위쪽.”

“그쪽은 안 가봤는데요.”

“아, 예에. 찾기 쉽거던유. 소재지서 읍내켠이루 오다보면 갈현리 들어가넌 이정표가 있잖유. 거긔서 한 칠팔키로 쭈욱 오다보면 포장이 끊나면서 븝화사라구 돌팍이다 새겨논 게 있넌디, 거긔서 븨포장이루 한 삼백메다쯤 올러오면 바른켠이루 녹슨 철대문이 있넌디 찾기 쉬어유.”

“거기서 다시 전화하지요.”

“아뉴. 지가 마중나갈 테니께 동네 들올 때 즌화 주세유.”

보일러쟁이가 세가 난다는 말 듣고 소재지 철공소에 갔다 온

지 사흘째 되는 날 낮전이었다.

"안되겠는데요."

"예에?"

"내가 가지고 있는 기계론 한 이삼메다밖에 뚫어볼 수 없는데, 여기 수도 뽑아논 거 보니까 아무래도 땅을 파보지 않고서는 알 수가 없겠는데요."

"땅을 파서래두 물이 나오게 헤야지유."

김씨 목소리에 힘이 빠지는데 보일러쟁이는 픽 하고 콧소리를 냈다.

"땅을 누가 파요?"

"땅을 누가 파다니?"

보일러쟁이는 담배에 불을 붙였다. 그는 한심하다는 표정으로 김씨를 바라보았다.

"땅이 꽝꽝 얼어붙어서 아무도 이런 때는 일을 안 하려고 한다 이런 말씀이지요."

"날삯을 주넌디두 일을 안 헌단 말유?"

"사장님도 참. 요새는 이런 일 하려는 사람 없어요."

"이 사람은 사장이 아닌데유."

깜짝 놀라 손사래 치는 김씨에게 웃음기를 보이는 보일러쟁이였다.

"그런데 날삯이란 말이 무슨 뜻인가요?"

궁금하다는 눈빛으로 물었고, 김씨는 어이가 없었다.

"아니 조선사람이 날삯이란 말두 물르슈?"

"처음 듣는 말 같아서……"

"하루 일헌 품삯을 말허넌 거유. 하루 품삯."

"아, 일다앙!"

"일당은 왜말이구 날삯은 우리말이지. 날품이나 날품삯이라구두 허구."

김씨가 혼잣말처럼 말하는데 보일러쟁이는 담배 연기를 길게 내뿜었다. 그리고 혼잣말처럼 말하였다.

"파이프 열어보는 건 날 풀린담 하더라도 우선 물이 나와얄 테니……"

실개울 건너편 애두름으로 길게 드리워진 플라스틱 파이프 몇 군데를 출렁여보던 보일러쟁이가 말하였다.

"파이프나 몇 군데 잘라보지요."

"빠이뿌를 짤르다뉴?"

"파이프가 얼어서 그런 것 같으니 잘라놓고 물을 받아다라도 쓰셔야지요."

"빠이뿌를 짤르넌 것 말구는 뭔 방법이 읎으까유?"

"없음다. 파이프 자르는 것도 사장님보다 내가 해드리는 것이 나을 것 같아 그러니, 무슨 톱 같은 것 있으면 갖다주세요."

"난 사장이 아니라니께유."

김씨가 말하였는데 보일러쟁이는 들은 척도 하지 않았고, 김씨는 집 안에서 접이톱을 찾아가지고 나왔다. 당뇨와 관절염 잡는 데는 동쪽으로 뻗은 소나무 뿌리 넣고 담근 독주를 장복하는 게 좋다는 말 듣고 접때 챙겨둔 것이었다.

"줘보세요. 저건 또 특수 파이프라서 잘 잘릴까 모르겠네."

"……빠이뿌는 냅두지유."

"예에?"

"특수 빠이뿌면 새루 구허기두 어려울 테니께 말유. 여긔는 냅두구 저 아래채나 가보쥬."

"좋도록 하세요."

선의를 자빡맞았다고 느꼈는지 보일러쟁이는 담배꽁초를 밑으로 패대기친 다음 장화발로 짓이겼고, 김씨는 몸을 돌렸다. 그리고 아래채로 내려간 김씨는 부엌 바깥 흙벽에 귀를 대보던 평소와 달리 곧장 부엌으로 들어갔다.

개수대 위로 뽑혀 올라온 수도에서는 아무런 소리도 들려오지 않았고, 마침내 플라스틱으로 된 특수 파이프를 잘라야 된단 말인가? 파이프 자르는 것이야 골치 아픈 일이 아니라고 할지라도 곧 다가올 봄에 얼음이 풀려 물이 콸콸 쏟아질 때는 어떻게 할 것인가? 잘린 파이프를 어떻게 이어놓는다는 말인가? 더구나 잣물이 아닌가. 장뼘도 훨씬 넘게 깔린 낙엽을 적시고 깊숙이 박힌 잣나무뿌리 휘감으며 줄먹줄먹한 바위너덜 밑으로 욜그랑거리고 살그랑거리며 흘러내리던 산골물이었다. 저 아래 산밑 동네 사람들 말로는 잣물이라는 것이었다. 전에는 부대기*들이 살던 곳이라고 하였다. 그 아주 예전에는 무슨 암자 같은 것이 있었던 모양이었다. 깨어진 돌확이며 무슨 사천왕상 깨어진 조각들이 땅속에서 나오는 것으로 봐서 그렇다. 사십여 년 전 그러니까 칠십년대 첫때쯤 군사정권에서 부대기들 흩어버린 부대앝* 자리에 잣나무를 심었던 곳이다. 그래서 잣물이라고 부른다고 한다. 김씨는 또 생각하여본다. 제 아무리 날마다 더 새로운 기술이 나오는 컴본주의 시대라고 할지라도 잘려진 파이프를 새것처럼 잇는 솜씨는 없을 것이고, 마침내 새 파이프로 바꿔 깔아야 될 것이었다. 그러자면 천상 사람을 사서 백미터가 넘는 파이프를 새로 구해다가 깔아야 되는데, 파이프 삯이며 삯꾼들 품삯은 또 어떻게 할 것인가. 어떻게 돈이야 장만한다고 하더라도 그 특수 파이프라는 것을 쉽게 구할 수나 있을 것인가. 마음속으로 세굴차게 도머리를 치고 나서 에멜무지로 수도꼭지를 올려보았는데, 졸졸졸. 꼭 눈자라기 오줌발 같은 물이 나오는 것이었고, 살었구나! 파이프를 자르지 않더라도 어떻게 날이 풀릴 때까지 버텨볼 수 있을 듯하였다.

골프장 때문일 겁니다.

부대기 화전민. **부대앝** 화전.

서울 여성이 한 말이었다. 이곳에 살게 된 것이 팔년째지만 이제까지 이런 일이 없었는데 참 별꼴을 다 본다고 김씨가 말했을 때 김씨와 알음이 있는 그 젊은 여성은 아주 딱 잘라 말하는 것이었다. 김씨가 사는 집과 한 십리쯤 떨어진 곳에 골프장이 들어선 것이 서너 달 전쯤 되는데 그곳에서 다량으로 물을 빼어 쓰기 때문이라는 것이다.

에이 설마아?

아무리 물을 많이 쓰는 골프장이라고 하더라도 십리씩이나 떨어져 있는 곳에서 어떻게 물을 끌어다 쓸 수 있느냐? 그것도 땅속 깊은 곳에서 흐르는 지하수에서? 김씨가 도머리를 쳤을 때 얼마든지 그럴 수 있다고 하는 서울 여성이었다. 우리가 살고 있는 땅속으로는 수많은 물길이 나 있는데 그 물들이 흐르는 방향에 따라서 십리 아니라 백리라도 얼마든지 끌어다 쓸 수 있다는 것이었다. 몇백마력짜리 고압 모터로 빨아들인다고 하였다. 그 골프장은 그리고 김씨 집보다 낮은 곳 애두름을 뭉개버리고 들어앉은 것이어서 그러고 보면 그럴 수도 있겠다는 생각이었다.

"예는 그래두 쬐끔씩이래두 물이 나오넌구먼유."

수도꼭지 밑에 플라스틱 자배기를 받쳐놓고 나서 부엌을 나왔다. 그리고 정랑淨廊이 있는 칸 바깥을 돌아 어머니가 계신 방 쪽으로 가던 김씨는 흡, 숨을 삼키었다. 노랫소리가 들려왔던 것이다.

"철새에 발목 잽혀 어둠속이 잠자던 우덜
동해에 해 뜨구 철새는 끈허져간다
다가치 일어나라 새조선 근설 위헤
우리덜 일흠은 여청……"

저 깊은 땅속에서 물이 흘러가는 소리 같고, 어떻게 들으면 깊은 밤 먼 데서 여인이 옷 벗는 소리 같으며, 또 어떻게 들으면 소리 죽여 흐느끼는 속울음과도 같은 그 노래는 「여청가」였다. 8·15 해방이 되던 해 끝 무렵 림 화가 노랫말을 짓고 김순남이 곡을 쓴 「조선여자청년동맹가」.

며칠 전이었다. 쿵 하는 소리와 함께 무엇이 무너지는 것 같은 소리가 들려왔고, 김씨는 방을 나왔다. 문간문을 열면 손님맞이방으로 쓰는 큰방으로 곧바로 들어가게 되어 있었는데, 어머니였다.

"어머니 웬일이세유?"

김씨가 어머니 두 어깨를 잡았다.

"뭔 일루 여길 오셨댜? 이게 도대처 워치게 된겨?"

비닐돗자리가 깔린 방바닥에 엎드려 있던 어머니는 한참을 가만히 있다가 끙 하는 소리와 함께 허리를 폈는데,

"왜 이러신댜?"

사시랑이처럼 야윈 두 팔로 김씨 바짓가랑이를 잡는 것이었다.

그리고 울음 섞인 소리로 말하였다.

"워디 갔다가 인저 오셨대유?"

"예에? 뭔 말씸을 이렇게 허신대유, 시방."

김씨는 어이가 없어 같은 말만 되풀이하는데 어머니가 고개를 쳐들었다. 그리고 눈물주머니가 그렁그렁 매달린 눈으로 김씨를 올려다보는 것이었다.

"핑양 있다 오신규? 아니면 지리산 있다 오신규?"

"어머니!"

"박동무°넌 핑안허시구, 리휜상 슨상님두 강령허시쥬?"

"왜 이러신대유, 증말."

김씨는 울상이 되었는데 어머니는 자꾸 붙잡고 있는 바지 자락을 흔들었다.

"인저 저허구 사넌 거쥬? 우덜 시 식구 하냥 사넌 거쥬? 유자생녀 만수다복 향복허게 하냥 사넌 거쥬?"

"어머니, 절 물러유? 아들두 물러본단 말유? 시바앙!"

김씨는 안타깝게 소리치며 움켜잡힌 바지 자락을 빼내려고 하였는데, 별꼴. 이제 달포만 있으면 망백望百이 되는 그 늙은 여자는 두 팔을 높이 치켜올리며 이렇게 소리쳤다.

"죄선공산당 만서이!"

아마도 8·15 바로 뒤라고 생각하는 모양이었다. 그래서 아들을 보고 이미 땅보탬이 된 지 육십년도 지난 남편이라고 생각하는 모양이었는데 아아, 그렇다면 그러니께 망령이 드셨다넌 말인가? 왜식말루 치매? 김씨는 어머니 두 어깨를 잡고 흔들었다.

"전 냄편이 아니구 아들유, 아들. 아들두 물러보신단 말유? 시방."

김씨는 울먹이며 말하였는데, 그 늙은 여자는 아들 말이 안 들리는지 두 팔을 높이 치켜올리며 소리쳤다.

"위대헌 지도자 박흔옝 동지 만서이!"

"친일 친팟쑈 및 민족반역자럴 제외헌 죄선민쥐지이 림시증부 수립훽진 만서이!"

김씨 어머니는 족보에 오른 '진빨'이었다. 1969년 대검찰청 수사국에서 비매품으로 박아낸 『좌익사건실록』이라는 책에 나와 있다. 모두 12권으로 되어 있는 그 책은 각각 삼백면이 넘는 두께였는데, 「여맹원 한전희 북괴 고무찬양 사건」이라는 제목이다. 한전희씨는 모르고 있지만 김씨는 그 책을 본 적이 있다.

피의자 한전희는 1946년 7월경에 남로당 외곽단체인 부녀동맹에 가맹한 자인바 동 여성동맹이 국헌을 위배하여 국가를 변란할 목적으로 조직된 비밀결사인 점을 충분히 지실함에도 불구하고 현재까지 재맹 중이며 거리에서 농업 겸 가사에 종사하고 있는 자로서 1946년 7월 하순경에 피의자 자택에서 남로당원 양인병에게 부녀동맹 투쟁기금으로 현금 10원을 갹출한 사실이 있고, 1946년 10월경에 피의자 자택에서 남로당원 양인병에게 부녀동맹 투쟁비로 백미 2승 가량을 갹출하여 민중의 복리를 위한 미군정계획에 반한 불온음모를 획책토록 방조하고, 1947년 10월 중순 오후 9시경에 피의자 자택에서 남로당 ○○군책 이점석에게 남로당 투쟁비로 백미 5승 가량을 자진 공급하여 이 등의 행위를 용이하게 방조하고, 평소에 적색사상을 포지하고 암암리에 지하공작을 기도하던 자인바 1948년 8월 15일 대한민국정부가 수립되면서 일제치하부터 소위 조선독립운동을 한다며 망동하던 악질 공산주의자였던 남편 김일봉이 피체되어 대전형무소에 수감되면서 남편의 사상을 받들어 공산주의 사상을 반포하고자 암약하다가 6·25 사변 돌발과 함께 총살된 남편의 원한을 복수코자 여맹위원장에 취임코 당지에 침공한 북한괴뢰군과 호응하여 부락민 약 30명을 동원하여 동부락회관에 집합시켜놓고 약 1시간 30분에 걸쳐 북한괴뢰군 집단의 정치이념인 남녀동등권 법령 실시에 대한 각종 선전「슬로우건」을 동 부락민 등에게 고취한 사실이 있고, 범의를 계속하여 동년 8월 16일 오후 8시경 부락민 10여명과 인민학교 아동 10여명을 동 부락회관에 집합시켜놓고 약 2시간에 걸쳐 소위 인민공화국의 정치이념인 남녀동등권 법령 실시 및 대한민국의 부패성을 지적하여 인민군에게 물질적 원조 등을 역설 선전하고 동시에 학생 아동들로 하

여금 괴뢰 괴수 김일성 찬가,

장백산 줄기줄기 피 흐른 자욱
압록강 굽이굽이 피 흐른 자욱
오늘도 자유조선 꽃다발 위에
명석히 비춰주는 거룩한 자욱
아— 그 이름도 빛나는 김일성 장군

이상과 같은 찬가를 고창케 하여 민심을 교란케 한 사실이 있고, 계속하여 1950년 8월 일자불상 자진하여 괴뢰군 10명에게 식사를 제공한 사실이 있고, ㅇㅇ리 후산에서 봉화전을 감행하고, 50년 9월 괴뢰군 위문품으로「독립만세」라고 수를 놓은 손수건 10매 양말 2족 보릿가루 5포를 갹출하여 괴뢰군에게 직접 제공한 사실이 있고,

북조선인민공화국은 노동자 농민이 잘 살고 있다!
농민에게 무상으로 토지를 분배하여 주고 있다!
노동자 농민이 잘살 수 있는 정부는 인민공화국이다!
인민군 만세!
스따린 대원수 만세!
김일성장군 만세!

같은 구호를 외치게 하고 또「삐라」에 박아 사람들이 많이 모이는 곳에 뿌렸고, 동년 9월 10일경 ㅇㅇ면 18개 부락 여맹위원장 등에게 지시하여 괴뢰군 등에게 제공할 목적으로

면포제 국방색 군복(상하) 1착씩을 제작 납부토록 할당 군복 18착(싯가 약9만원)을 징수하여 ○○군 여맹본부에 조달 납부한 사실이 있고, 범의를 계속하여 동면 3개 부락 여맹위원장 성명불상자에게 지시하여 동 부락민으로부터 부식물인 된장, 고추장, 고추, 마늘 등 싯가 약 1,500원 상당을 할당 징수케 하여 전술 ○○군 여맹본부에 조달 납부한 사실이 있고, 범의를 계속하여 동년 10월 8일 오전 10시경 군경이 당지에 진주함을 계기로 계속 지하운동을 감행할 목적으로 거주면 ○○리 후산에 비설된 소위 ○○면 노동당「아지트」에 기피입산하였으며, 식량 등을 약탈할 목적으로 동면 ○○리에 침입 도중 동 부락 후측에서 잠복 중인 경찰에 체포당한 자임.

선고

피의자 한전희는 1950년 11월 21일 대전지방법원에서 국가보안법 위반으로 다음과 같이 선고되었다.

한전희: 징역 4년, 7년간 집행유예

한전희라는 이름이 나오는 꼭지는 한 군데 더 있었다.「여맹원 북괴 찬양고무 사건」이라는 제목이었다.

관련자 인적사항

피의자 한전희는 1936년 충남 홍성군 홍동면 소재 홍동 소학교를 졸업하고 1943년 김일봉에게 출가하여 일제시대부터 조선공산당 수괴인 박헌영의 비선참모로 맹약 중이던 김일봉의 사주로 부청과 여청 여맹에 가맹하여 대한민국정부를 전복시키고자 암약하다가 1948년 10월경 김일봉이 서울시경 소속 특별경찰대에게 체포되어 대전형무소에 수감되어 있다가 1950년 7월 초순경 처형되자 대한민국정부에 증오감을 포지하고 정부 전복을 위하여 암약하던 중 인민공화국 정권이 수립되었던 ① 1950년 8월 20일경 동면 ㅇㅇ리 김병모가에 피난 중인 ㅇㅇ면 병사계원 이순우, ㅇㅇ리 거주 우익요원 유남수 양인을 악질 반동분자라 하여 분주소로 인치케 하고

② 동년 8월 25일경 인민군의 승리를 일반에게 주지시킬 목적으로 허위화상*을 1매 작성하여 동 부락 강기봉 자택 벽에다 첩부한 악질적 행동을 기화로 괴뢰도당이 말하는 소위 투쟁경력을 축적하여 혁명정신을 고취코저 1950년 8월 말경에 ㅇㅇ면 내에 산재하여 있는 11개 리에 긍하여 여성동맹을 조직 결성시켜 동원 133명에 달하는 세포를 조직한 후 동 맹원들로부터 수건 80매, 양말 20족, 현금 6만원을 각

허위화상 맥아더 장군이 이 대통령을 양다리 사이에 놓고 트루먼 대통령에게 전과 보고하는 형상.

출하여 이적의 목적으로 전기 금품을 괴뢰군에게 직접 제공하여 이적행위를 감행하고,

조선민주주의인민공화국 만세, 토지개혁 성공 만세 등의 내용이 기재된 불온 벽보 50여매를 ○○리 여맹원들로 하여금 부락 각 요소에 첩부하여 일반민으로 하여금 대한민국에 적개심을 환기하여 김일성 괴뢰집단에 협력하게 하고 동 기간 내 부역군 모집 및 여맹원 포섭을 목적으로

① 의용군에 참가하자

② 피 끓는 여성은 여맹 기빨 아래로 등의 내용이 기재된 「비라」를 면소재지 일대에 뿌리며 인민공화국 세상이 이루어지기를 기원하였던 자로

① 미군은 철퇴하라!

② 토지를 무상으로 농민에게 분배하라!

③ 모든 여성들은 여성동맹 기빨 아래로!

④ 머지않은 장래에 행복이 온다!

⑤ 미제의 주구인 매국역적 리승만 김성수를 타도하자!

⑥ 지주와 자본가의 대변자인 한민당을 박살내자!

⑦ 위대한 영도자 박헌영 동무 만세!

같은 불온「비라」200여매를 등사하여 일반 부락민들에게 배부한 자로서 인민군이 후퇴하고 사세 불리하게 되자 이북으로 갈 것을 결의하고 북쪽으로 40리가량 가다가 청

년단원들에게 체포된 자임.

처분결과

피의자 한전희는 1951년 4월 26일 대전지방법원에서 다음과 같이 선고되었다(괄호 안은 구형량).

한전희: 징역 6년(징역15년)

노랫소리를 들었는지 못 들었는지 보일러쟁이는 김씨 어머니가 있는 방 밖을 돌아 마당 쪽으로 가고 있었고, 김씨는 얼른 어머니 방으로 들어갔다. 그 늙은 여자는 마치 화두를 좇아가는 선승처럼 팽댕이를 치고 앉아 있었다. 마당 쪽 벽 앞이었는데 별꼴, 자기가 무슨 갓 시집온 홍색짜리라고 그야말로 녹의홍상으로 떨쳐입고 있는 것이었다. 어머니가 시집올 때 가지고 왔다는 무명으로 된 붉은 치마와 노랑 저고리 차림이었고, 초례청에 선 새악시처럼 정성껏 단장을 하고 있었다. 틀어올려 쪽을 진 머리칼은 눈처럼 하얫는데 무엇을 발랐는지 꼭 동백기름 내음이 났고, 무엇으로 그렇게 하였는지 연지 찍고 곤지 찍는 성적成赤을 한 얼굴에서는 분가루 내음이 났다. 어머니는 아들이 들어온 것을 모르는지 왼손으로 쥐고 있는 무엇을 다후다 조각으로 닦아내고 있었는데, 무엇인지 번쩍번쩍 빛을 내고 있었다.

어머니가 홍색짜리였던 시절 그러니까 남조선민주여성동맹

○○면당 위원장이 되었을 때 새서방님한테서 받은 것이었다. 등허리에 민들레꽃 무늬가 새겨진 것으로 내외지간이나 정인이 된 여성 손가락에 남성이 끼워주던 금반지였다. 사회주의운동에 몸과 마음을 던진 사람들이 하였던 무슨 하냥다짐과 같은 것이었다. 달포가 넘게 끔찍한 족대기질을 당하고 나서 반십년이 넘는 옥살이를 할 때도 오른손 약지에 끼고 있던 것이었다. 형무소 당국에 영치시키라는 것을 삼칠일이 넘는 단식투쟁 끝에 얻어낸 것이었다.

어머니는 무슨 노래인가를 부르며 기와 가루 묻힌 다후다 조각으로 반지를 닦고 있었는데, 「해방의 노래」였다. 천재 시인으로 조선문학가동맹 중앙집행위원이던 림 화가 노랫말을 짓고 또한 천재 음악가로 조선음악동맹 작곡부장이었던 세계적 작곡가 김순남이 곡을 붙인 것이었다. 그때에는 좌익 쪽만이 아니라 인민 얼추가 죄 이 노래를 불렀으므로 애국가 마침었다고 하였다. 어머니는 무슨 제삿날 쓰일 제기라도 닦는 것처럼 민들레꽃반지를 닦고 또 닦는 것이었는데, 지그시 눈을 감고 있었다.

사람은 누구나 이제까지 살아온 세월 가운데 가장 빛났던 순간 또는 시절을 떠올리며 그때로 돌아가고 싶어한다는데, 어머니 또한 많은 사람들 손뼉소리를 받으며 연설을 하고 노래를 가르치고 또 정의로운 일에 몸과 마음을 다 바치는 아름다운 사람들 뒷바라지를 하는 틈틈새새로 『자본주의의 한계』 『레닌주의의 기초』 같은 책을 읽으며 궁구를 하던 세월로 돌아간 것인가. 아니면 숫제 그 시절을 살고 있다고 잘못 생각하고 있는 것인가. 김씨가 그렇게 생각해서 그러한 것인지 등꼬부리에 버커리인 어머니 조붓한 얼굴 두 뺨에는 붉은 기운이 어리는 것 같았다.

서둘러 방을 나온 김씨는 잰걸음을 쳤다. 그럴 리는 없지만 만에 하나라도 보일러쟁이가 알아들을까 봐서 어머니 방에서부터 멀어지려고 하는 것이었는데, 무슨 소리가 들려왔다. 몇달만 있으면 망백이 되는 그 늙은 여자가 부르는 노랫소리였다. 「해방의 노래」 2절이었다.

"뇌동자와 뇡민덜은 심을 다헤서
늠덜헌티 빼앗겼던 퇴지와 공장
증이에 손이루 탈환하여라
제늠덜에 심이야 그 무엇이랴"

고추잠자리

제망부가祭亡父歌

안동安東 후인後人 김봉한金鳳漢은 이 중생 아버지이니, 석연石淵 또는 설화雪華가 스스로 지은 호號이며, 의경儀景은 그 자字이다.

내 선고先考께서는 박동무朴同務와 이웃 마을에서 태어나 귀가 열리고부터 부집父執인 박동무 발자취 들으며 자라났으니, 열 살 전부터 벌써 박동무 동지가 되었음이라. 약관 나이에 이미 조선공산당에 들어갔고, 해방이 되면서 남조선노동당원이 되었으니, 옛살라비* 전배인 박동무와 같은 길을 가고자 함에서였다.

선고는 박동무 비선秘線으로 한밭을 두리로 한 충청남도 얼안* '야체이카'*였으니, 어육이 되어가는 농군들 삶을 똑바로 세우고자

옛살라비 고향. **얼안** 테두리 안쪽. **야체이카** 세포조직. 기본 세포단체.

두 주먹 부르쥐고 일떠섰던* 것으로, 조선공산당 강령 좇아 3·7제를 이뤄내자는 것이었다. 뿐인가. 독궁구*로 깨친 속힘으로 숙명여자전문학교에서 수학강사를 하였는데, 그 학교를 머리지은* 몇몇 학교에서 독서회라는 이름으로 반제국주의동맹을 얽어냈던 것은 애오라지 경성콤그룹 얼개를 넓혀나가자는 것이었어라.

성균진사成均進士 손자요 포의유자布衣儒子 만이로 똥구녁이 찢어지는 애옥살이 태어나 열여섯 살에 보통학교 마치고 성리학 밝은 죽재竹齋 선생 문하에서 진서眞書를 갈닦다가 열여덟 살에서 스물한 살까지 조도전대학早稻田大學 중학강의록과 일본대학日本大學 보문강의록을 보아 마쳤으니, 무사독학無師獨學한 조선 청년이었다.

할아버지는 이 중생이 의젓지 않은 짓을 할 때면 언제나 망망연한 눈길로 보꾹을 올려다보시던 것이었다.

저것이 무엇이냐고 '해'를 보고 물었을 때 '불'이라고 대답하는 선고였다는 것이다. 무슨 까닭이냐고 묻자 "어두운 것을 밝혀주는 것이 불밖에 더 있겠느냐"고 하였다니, 다섯 살 때였다고 하였다. 한번은 증조할머니께서 뒷방 대접을 가져오라고 하셨는데, 칠흑 같은 오밤중에 어쩌나 보자는 것이었다고 한다. 뒷방 한가운데 놔둔 대접에는 물이 가득 담겼는데 한 방울도 안 흘리고 갖

일떠서다 봉기蜂起하다. 벌떼처럼 일어서다. **독궁구**(獨窮究) 스승 없이 혼자서 하는 궁구. **머리짓다** 어떤 일 처음이나 비롯됨.

고 오더라는 것이었으니, 모두가 한 자리 숫자 나이 때였다고 하였다.

"애통쿠나. 생이지지生而知之헌 존재넌 하늘이 그 재조를 투긔妬忌허야 일쯕 데려가시구, 무지렝이덜만 남어서 시상을 더구나 난세루 맨드넌고녀."

우뚝한 키에 뛰어난 풍골이며 마음이 넓었으니, 겉으로는 부드러웠으나 안으로는 굳세었다고 하였다. 옳고 그름과 아름다움과 더러움을 판별하는 성품이 굳게 곧아서 지선至善과 공도公道만을 오로지 하였으므로 옛사람이 말한 소리 없을 때에 듣고 형체가 나타나기 전에 본다는 것이라, 사람들이 모두 옛 군자 풍도가 있다고 일컬었다는 것이었다.

아, 조물주가 하는 일이 이다지도 야박하다는 말인가? 계급해방을 이룬 바탕 위에서 민족해방을 이룸으로써 아름다운 인민나라를 만들고자 하였던 훌륭한 뜻이 친왜친미親倭親尾 민족반역배들 총칼 아래 사라졌으니, 천명인가? 이 겨레 인민들 복이 없는 것인가? 푸른 하늘을 어디에 가서 찾을 수 있다는 말인가? 아아, 저 하늘 이치를 헤아리기가 어려웁고녀.

호미와 쇠스랑 든 농군들에게 그 씨 뿌릴 밭을 주어야 한다는 한울법칙 좇아 토지개혁을 이루고자 신 벗을 사이 없었으니, 책에서 읽은 바를 그때 그곳에서 이루고자 함에서였고, 전국농민동맹 강령 좇아 확성기를 잡았음이어라.

일찍이 세상을 구제하겠다는 큰 뜻을 품었으나 그 뜻한 바를 만분에 일도 다하지 못한 채 저뉘로 가고 말았으니, 아! 슬프다. 낫과 망치 든 농민과 노동자들이 다정한 동무로 여겨 함께 울고 함께 웃었건만, 동무들은 죄 떠나가버렸구나. 아, 대들보와 서까래가 무너졌고녀. 인민들은 앞으로 누구를 본받으며 어디에 의지하겠는가. 한 줄 실오라기에 달아놓은 구슬처럼 위태로운 무궁화동산과 단군할아버지 자손들은 어이할거나.

시루는 이미 깨어졌는 것을 돌아본들 무슨 소용이 있으리요마는, 하늘에 사무치는 한을 풀지 못하고 중유中有 넋이 되었으니, 못난 이 자식은 피눈물로 먹물 삼고 저고리섶을 종이 삼아 선고 짧은 생을 적는 바이다.

죽을고에 든 잘난 자식을 살려보고자 당대 권귀權貴인 매부에게 당판唐板 칠서七書와 완질 강희자전康熙字典 맡기며 조닐로 비대발괄하였더니, 한번 그 마음을 돌려 공산사상을 버릴 것 같으면 정형正刑을 감하여 시나브로 자유를 준다고 하였으나, 씁쓸히 살푸슴*하며 윈고개 치는 선고였다고 한다. 아, 천리를 나는 봉鳳이요 구연九淵에 잠기는 용龍은 마침내 죽고 말았구나. 이것은 다 12대조 선원仙源 순절정신殉節精神과 할아버지 만취晩翠 선비정신을 잊지 않았던 까닭에서일레라.

살푸슴 살풋웃음. '미소'는 왜말임.

가짜 해방이었던 8·15가 그 참모습을 드러낸 것은 다음 해 5월이었으니, 미군정이 '조선정판사위폐사건'이라는 올무를 쳐놓은 것이었다. 8할이 넘는 인민대중들 뜨거운 손뼉소리 받으며 조선공산당이 햇빛 아래 움직였던 것은 겨우 8개월에 지나지 않았던 것이다.

선고께서 들짐승처럼 숨고 날짐승처럼 달아나서 옛살라비에 이르렀으니, 1948년 늦가을이었고, 이빨도 솟기 전에 철창 사이로 몰록 보았을 뿐인 아들 녀석을 한 번 보고자 함에서였어라.

그때에 선고께서 가려잡을 수 있는 길은 딱 두 가지밖에 없었으니, 박동무 미좇아 평양으로 가는 것과 리현상李鉉相 선생 조쫍아* 지리산智異山으로 가는 것이었다. 두 길 다 한 치 앞도 내다볼 수 없는 암야행로暗夜行路였는데, 아! 분하다. 옛살라비 오막살이 사립문 들어서는 선고를 맞는 것은 남조선단독정부가 들어서면서부터 거미줄 느리우고 있던 서북청년단 출신 서울시경찰국 특별경찰대였던 것이다.

아, 슬프다. 분단된 세월에도 광음光陰은 머물지 아니하여 선고께서 이 욕계화택欲界火宅에 태어나신 지 백년이 되었고녀. 변변찮은 제물을 베풀어 놓았으니, 아! 아버지시여. 앎이 있으시거

조쫍다 '좇다' 높임말.

든 못난 자식이 올리는 깨끗한 술잔을 흠향하소서.

桓紀9286년 음 시월 열나흘

불효자 聖東 분향재배

1

광천읍내 쪽에서 오포午砲 소리가 들려오고 있었다. 영마루 밑에서부터 몰아쳐 올라오는 바람이 사내 머리칼을 끊임없이 흩날리게 하고 있었다. 열두고개 저 아래로 마안하게* 보이는 빈 논바닥 위에 짐승처럼 엎드려 있는 것은 아직 볏가을도 못 한 나락더미일 것이었다.

사내는 눈살을 잔뜩 으등그려 붙인 채 옆으로 뚫린 외자욱산길*을 바라보다가 매찌*가 희끔희끔 말라붙어 거무튀튀한 바윗전에 궁둥이를 붙였다. 사람들 눈길을 피하려는 듯 아무렇게나 들쓴* 쥇다벙거지 밑으로 눈썹이 반듯하고 가을물같이 눈이 맑

마안하게 끝없이 아득히 멀게. **외자욱산길** 사람 다닌 자취가 잘 드러나지 않는, 나무꾼·약초꾼이나 겨우 다닐 만한 희미한 길. **찌** 새나 짐승 똥. **들쓰다** 머리에 들어얹듯이 아무렇게나 쓰다.

은 사내였다. 왜노[•]들이 '국민복'이라고 부르던 달걀빛 평상복에 거무스름한 물을 들인 것이었는데, 우뚝한 키에 반듯한 이목구비를 한 갸름한 얼굴로 마흔 살 이쪽저쪽으로 보였다. 사내는 등에 메고 있던 구럭 같은 망태기를 벗으며 손등으로 이마에 밴 땀을 훔쳤는데, 왜군 병정들이 메고 다니던 군용 배낭에 검정물을 들인 것이었다.

사내는 배낭을 한번 두드려본 다음 무궁화에 불을 붙였다. 힘껏 담배를 빨아들이는 양 볼이 꺼칠했고, 길게 연기를 내뿜는 나룻[•]이 거뭇한 것으로 봐서 수염을 깎지 못한 것으로 보였다. 퍼들껑[•] 하는 소리에 찔긋하던 사내가 얼른 배낭끈을 잡았는데, 저만치 앞쪽에서 무엇인지 푸두둥 소리를 내며 날아올랐던 것이다. 짙은 하늘빛 긴 모가지에 잘 바랜 옥양목 호청 빛깔로 흰 목댕기를 두른 장끼 한 마리가 보득솔푸데기 사이로 느릿느릿 걸어가고 있었고, 철사처럼 꼿꼿하게 세운 꼬리 위로 날아오르는 것은 고추잠자리였다.

멧꿩이 깃을 치는 소리에 수꿀하였던 가슴을 가라앉히며 새삼스럽게 네둘레를 살펴보던 사내가 얼른 노루목 쪽을 바라보았다. 무엇인가 눈을 찔러오는 것이었고, 나뭇가지로 보였던 뚜께

왜노(倭奴) 독립운동가 집안에서는 일본을 '왜', 일본인을 '왜노'라고 부르는데, 임진왜란을 겪으면서부터 생겨난 말로 '왜노'를 힘주어 말하면 '왜놈'이 된다. **나룻** 입가와 턱과 볼에 난 털 총칭. **퍼들껑** 새나 물고기가 날개나 꼬리를 치는 소리를 한번 내는 것.

머리가 쑥 들어갔다. 사내는 길게 궐련을 빨아들였다.

2

"워너니 매나니라지먼…… 시울나붓이[*] 담은 진지럴 이렇그뭇 잡수셔서야……"

새댁이 민주스러운 낯빛으로 사내를 바라보았다. 까마무트름한 얼굴이 수련한 그 젊은 여자가 무슨 말을 할 듯 할 듯 여짓거리는데, 사내가 마른기침을 한번 하였다.

"아주 달게 먹었소이다. 그버덤두 어젯밤 먹던 것이 남었을 텐디……"

"저 흠헌 새재고갤 늠으실라먼 글력이 즉잖이 팽긔실 텐디…… 갱긔찮으실랑가 물르것네유."

"륌려헤주넌 건 고맙소이다만…… 해정 뒤 잔은 외려 발질을 붓게 허니께……"

도리암직한 새댁이 사내와 새서방이 어젯밤 말말 끝에 마시다 남긴 소주병을 들고 왔는데, 발자국을 옮길 때마다 자축자축[*] 한쪽 어깨가 밑으로 기울어졌다.

시울나붓이 시울(가장자리)에 겨우 찰 만하게. **자축자축** 한쪽 다리가 짧아 걸을 때 한쪽 어깨가 조금씩 기울어지는 것.

"전이두 말혔지먼……"

새댁이 두 손으로 받쳐 올려주는 술잔을 얼른 두 손으로 받은 사내는 큼큼 헛기침을 하고 나서 "인간은 원래 원시생활 속에서 공산주의를 익혀 왔습니다그려." 하고 잔을 뒤집었으니, 여맹 교양강좌를 하는 것이었다.

새댁은 조선민주여성동맹 맹원이었다. 그 여자는 열여덟 살 때 혼인하였으나 지주 도마름인 늙은 남편이 술병으로 한 해가 못 되어 죽고, 타끈하기 짝이 없는 지주집 업저지와 인간노리개* 와 요강담살이*를 겸한 식모 같은 막서리*로 있다가, 스물세 살 때인 지난여름 광천읍내에서 목수일을 하던 변판대卞判大가 싸데려가 조선민주여성동맹 충청남도동맹 산하 홍성군맹 밑 광천읍맹 위원회에 가맹하게 된 것이 한가위 때였다. 목수동맹 관계로 신랑과 연비를 맺고* 있던 사내 권유에 따른 것이었는데, 군맹에서 내려온 「미제의 강아지 매국국회와 괴뢰단정을 타도하자!」, 「쌀을 왜놈에게 주지 말고 우리에게 배급하라!」, 「공출한 쌀을 미국에 보내지 말고 농민에게 배급하라!」, 「미제의 주구 리승만정부를 분쇄하자!」, 「전조선여성은 여성동맹에 가입하라!」, 「조선여성동맹원은 무산대중을 위하여 투쟁하라!」 같은 벽보 6장을 상

인간노리개 부잣집 아이 노리개노릇 하던 가난한 집 아이. 그 대가로 곡농(穀農, 농사 지을 곡식)을 받았음. **요강담살이** 요강 닦는 일을 도맡아 하던 종. **막서리** 남의 집에서 막일을 해주며 사는 사람. **연비를 맺다** 이리저리 사귐을 갖다.

부 최아무개한테서 받아 광천읍내 소재 정미소 및 주막 벽에 첩부한 혐의로 홍성주재 치안재판소에서 포고령 제2호 위반으로 지난달 5일 간의 구류처분을 받은 바 있는 열성 맹원이었다.

경찰관서에서 작성한 그 여자 방귀녀方貴女 집안은 '가족적으로 공산주의 사상에 침투된 자로서 항상 북한 괴뢰정권인 인민공화국을 수립하려고 암암리에 지하공작을 하고 있는 악질 공산주의자'였다. 조실부모한 애옥살이에서 오라버니와 단둘이 살았는데, 무기징역을 받아 대전형무소에 수감된 오라버니 방귀남方貴男 '범죄사실'이다.

1946년 3월경 포고령 제2호 위반으로 홍성경찰서에 피검시 알게 된 김일봉(미검)의 권유로 공산당에 입당하였고, 조선공산당 충남 홍성군당 조직부원으로 활동하다가 동년 11월 23일경 3당 합당으로 남로당에 편입되었고, 1947년 6월경에는 조선농민동맹 충남도동맹 조직부원 겸 민전 충남도 사무국원으로 임명되어 동년 7월 27일경까지 걸쳐 매일 대전시에 소재하는 도 농민회관에서

① 조직 강화
② 국내외 정세
③ 미·소공위에 좌익진영의 주장 관철
④ 미·소공위에 제출할 연판장 작성

등에 관한 활동을 하였고,

1948년 4월 하순경 남로당 충남 광천읍당 부책으로 임명되어 작업반 편성, 풍물패 조직 활동을 하였고, 맹비로 정조正粗 5승升을 납입하는 등의 활동을 하였고,

남로당 외곽단체인 거리 민주애국청년동맹에 가입하여 평맹원으로 자파세력 확장에 긍긍하여 오던 자로서,

1948년 5월 30일 총선거를 실시하여 대한민국 정부가 수립되자 용약 대한민국 정부를 전복하고 인민공화국을 수립할 목적으로

(1) 1948년 9월 초순 오후 6시경 당시 거리 좌파 거두 최길갑, 김명진 등과 김명진가에서 회합하여 좌익세력을 확장하기 위한 인민공화국 만세를 부를 것을 결의하고 동일 야 6시 반경 거리동지 8명을 소집하여 계 11명으로서 전시 김명진의 주동으로 거읍 신곡리 백교상白橋上에서 약 10분간 인민공화국 만세를 고창한 후 동지투쟁의 승세를 선전함에 참가하고,

(2) 동년 9월 중순 오후 6시경 읍내 상이리 좌익거두 최각종가에서 최각종, 김명진, 김석진 등 4명이 회합하여 동리 우익인사인 국민회 부회장 권관영을 살해할 것을 결의하고, 동일 오후 7시경 살해도구로서 소제 수류탄 1개를 최각종이가 소지하고 외 3명은 파수의 임무를 수하고 동가에 임

하여 3명은 동가 윗방 서편문 쪽에서 파수를 보고 최각종이 동 방문을 열고 투탄 약 1분간 후에 폭발함을 목격하여 살해 당했을 것을 인식하고 도주하였으나, 전시 권관영은 타처에 은신하였으므로 기 목적을 달성하지 못하고, 오서산 중에 은닉하여 있던 중 식량 등을 약탈할 목적으로 동읍 벽걸리 소재 읍장댁에 침입 도중 동부락 전측(배우내)에서 잠복 중인 경찰에 체포당한 자임.

(3) 검찰처분

피의자 방귀남은 1948년 9월 17일 대전지방검찰청에서 비상사태하의 범죄 처벌에 관한 특별조치령 위반 등으로 기소되어 동년 10월 16일 다음과 같이 구형되었다.

방귀남:무기징역

(4) 선고

피의자 방귀남은 1948년 11월 10일 대전지방법원에서 다음과 같이 선고되었다.

방귀남:무기징역

(방귀녀는 오라버니 방귀남 선고일을 모르고 있었다.)

새댁이 대바구니가 얹혀 있는 시렁에서 무엇인가를 내렸는데, 마분지로 맨 공책과 몽당연필이었다. 사내가 밤 잔 몸채 뒤 닷곱방*에는 옷가지를 걸어두는 의걸이와 사과궤짝 같은 것에 종이를 발라 쓰는 책상 위로 남조선노동당 중앙위원회 기관지인 〈노력인민〉과 〈앞길〉, 〈전진〉, 〈노력자〉 같은 책자와 남로당 외곽단체인 조선민주애국청년동맹 기관지인 〈애국청년의 벗〉이 석벌의집처럼 놓여 있었다. 새댁이 공책을 펼치고 연필심에 침을 묻히는 것을 본 사내는 말을 이었는데, 딱떨어지는 도회지말투였다.

"전에도 말했다시피 이 우주는 물질로서 구성되어 있습니다. 그런데 우주에 있는 모든 사물은 자체 내에 모순을 내포하고 있지요. 따라서 모든 모순을 타개하고 발전시킴으로서 우주는 발전되는 것입니다. 동무는 아직 잘 모르겠지만 이것이 이른바 변증법이라는 것입니다. 사회주의 철학의 첫걸음이지요.

인간이 점차로 두뇌가 발달해감에 따라 욕심이 생겨 사유재산제도가 발생하게 되었는데, 목축사회에서 모권사회로 발달되었을 때에는 우리 여성이 모든 권리를 장악하여 여성을 중심으로 생활이 유지되었던 것입니다. 그러다가 농노사회, 봉건사회, 자본사회로 오면서 우리 여성은 압박과 착취를 받으며 남성의 오락물로 희생되어왔던 것이지요. 그러나 해방된 오늘에 있어서 우리 모든 여성은 본연의 여성주권을 되찾기 위해 여성동맹으로 뭉쳐야 합니다."

새댁은 몽당연필심에 침을 묻혀가며 사내가 하는 말을 공책에

닷곱방 여느 방 반쯤 되는 작은 방.

받아 적고 있었는데, 사내가 새 궐련에 불을 붙였다.

"시방 북조선에서는 여성에게 여남동등권을 부여했습니다. 따라서 남성의 축첩제도가 없어졌고, 여성도 얼마든지 자격만 있으면 사회의 어느 부문에서도 남성과 똑같이 대우받으며 일할 수 있게 되었습니다. 북조선에는 시방 도처에 탁아소가 있어 자유스럽게 일할 수 있을 뿐만 아니라 임금도 남성과 같아 여성의 인권은 완전히 보장되어 있는데, 미군이 진주한 남조선에서는 남성은 여전히 축첩을 하고 남성의 오락물로서 압박과 착취를 당하고 있습니다그려. 그러므로 우리는 여성의 권익을 보호해주는 북조선과 같은 정부를," 하는데, 새댁이 "망지막 말은 저두 오일 수 있슈." 하며 뱅시레 웃더니 "일, 전죄선여성언 여성뒹맹이 가입헤라! 이, 죄선뮌쥐여성뒹맹원언 무산대중얼 위헤서 퉈쟁헤라! 삼, 활뒹얼 칭실히 헤라! 사, 븨밀얼 음수헤라! 오, 생활얼 뵈장헐 것이니 즤시사항얼 칭실히 이행헤라!"

부르쥔 주먹으로 허공을 내지르며 여맹 구호를 외친 다음 몸을 일으켰다. 그리고 여간 여낙낙하고 야나친 새댁답지 않게 여짓거렸다.

"저어 슨상님."

"예에?"

"저 인저 학상훈두 오일 수 있슈. 오여 보까유?" 하더니, 대답도 듣지 않고 콤콤 목을 고르고 나서 손길재배* 마주 잡았다.

"일, 우리넌 죄선믠줘지이 인믠굉하국 학상임이루 이 증권얼 받들구 죄국에 일툉과 되립얼 쟁취허구 퉈쟁에 슨빙대가 될 것이다!"

또랑또랑한 목소리로 말하는데, "몸두 븨편허신듸 그냥 안저서 허시잔쿠."

사내가 앉으라는 손짓을 하였다. 새댁은 그러나 선생님 앞에서 책을 읽는 국민학생처럼 또박또박 공산주의 학생훈學生訓을 외워나가는 것이었다.

"이, 우리덜언 흐이생적이루 이으웅적이루 국내 반둉분자덜과 퉈쟁헌다! 삼, 우리넌 죄국과 인믠얼 위허여 흐이생적 증신이루 무장헌다! 사, 우리넌 반둉분자덜과 퉈쟁허기 위허여 부단히 훈련헌다! 오, 우리덜언 규율얼 음수허구 븨밀얼 음수헌다! 육, 우리덜언 남죄선괴뢰단증에 군대 긩찰언 믜제에 주구,"까지 외워섬기던 새댁은 말을 중동무이었다.

힐끗 사내를 바라보던 애동대동한 그 여자사람은 회부대종이로 두텁게 봉해둔 밀문 지도리에 귀를 대보더니, 문을 밀었다. 사내가 새 궐련에 불을 붙였을 때 방으로 들어온 것은 새댁과 그 남편인 변서방이었다. 거방진 엄장에 둥그넓적 꺼머무트름한 얼굴인데 화등잔만 하게 큰 눈이 덩두렷한 것이 여간 선량해 보이지

손길재배 절할 때처럼 두 손을 마주잡는 일.

않는 젊은이였다. 청년이 사내를 보고 허리를 곱송하였다.*

"아침진지 잡수셨지유?"

"달게 먹었소이다. 쥔 아줌니 건건이 솜씨가 똑 옛살라비집 엄니가 해주시던 것 같어서……"

"종이딱지*넌 무더리* 장터 즌보산대*이다 붙였구, 부탁허신 건 준븨허구 있으니께 렴려마시구유."

변서방이 말하는 것은 야산대 유격투쟁에 필요한 짚신, 장갑, 버선, 모포, 의복 따위를 낱낱 동네마다 노느매기해서 뒤대는 것과 함께 만들어야 할 것들이었다.

① 광천지서 직원 조사표.

② 광천지서 병장기 조사표.

③ 광천읍 직원 조사표.

④ 해방투사 경력 조사표.

⑤ 구장 조사표.

⑥ 민보단 조사표.

⑦ 반동분자 조사표.

⑧ 반동단체 조사표.

곱송하다 굽신하다. **종이딱지** 그때 시골 사람들이 '삐라'를 보고 하던 말. **무더리** 사람들이 많이 모이는 곳. **즌보산대** 전보산대. 전봇대. '전신주' 충청도 내포內浦말.

"애 많이 쓰셨소"

"애는 뭔 애를 써유."

주객 사이에 투쟁 보고와 밤 잔 인사를 닦는데, 새댁이 사내 빈 잔에 병을 기울였다.

"데시기셨넌지 강다짐헌 진지두 반 늠어 냉긔시구……. 저 흠헌 열두고갤 늠으실 으른이 식전 아츰버텀 되헌 약주만 잡수시니……"

"허허. 괜치않다니께 대이구 그러시네."

손을 들어 새댁 사살낱*을 밀막은 사내가 변서방을 바라보며 "뫽맹동무덜두 다덜 무고허지유?" 하고 묻는데, 변서방 대꾸가 힘담없다.*

"웬걸유. 구장터 사넌 증서방이 지서루 끌려갔구먼유."

"어엉?"

"검정가히덜* 독살 올러 있으니 양중이 허자구 그렇긔 말려두 워너니 갱충즉은 사람이라 갈비 휘넌 초라떨더니먼*…… 빅보투쟁얼 허다가 여마릿꾼 퇴왜늠덜*이 찔러박넌 바람이 그만."

광천읍내 목수동맹 선전부장인 정삼석鄭三錫은 약산若山 김원봉金元鳳 장군을 숭배하는 사람으로 약산이 세운 인민공화당 광천읍당 위원장이던 아버지 정용수鄭龍守가 5·10 총선거 반대투

사살낱 잔소리. **힘담없다** 말소리에 풀이 죽고 기운이 없다. **검정가히덜** 검정개들. 해방 뒤 좌익 운동가들이 검정색 제복을 한 '경찰관'을 일컫던 말. **초라떨다** 경솔하게 굴다. **퇴왜늠덜** 토왜土倭놈들. 바닥친일파들.

쟁을 벌이다 3년 징역형을 받아 대전형무소에 수감된 다음부터 무장 더 열렬히 목맹투쟁을 해오던 중, 광천지서 앞 게시판에 걸려 있는 대한민국 정부수립 축하 문구와 제주도 반란군 토벌 촉진 문구가 적힌 매판지주 정당인 한민당 선전문을 떼어낸 다음, '애국자 정용수를 잡아간 악질 경찰관을 숙청하라!' '리승만·김성수를 미국으로 보내라!' '리승만은 양첩을 데리고 미국으로 물러가라!' '노동자 농민의 위대한 지도자 박헌영 선생 만세!' '조병옥·장택상 계열의 악질 친일경관을 숙청하라!' '토지는 무상몰수하여 무상분배하라!' '정권을 인민위원회로 넘겨라!' '미군물러가라!' '리승만 괴뢰정부 타도!' '인민유격대 만세!' '쌀 3홉 이상을 배급하라!' '인민공화국 만세!'를 홍연필紅鉛筆로 적어 붙였던 것이다.

"에헤 참……"

몇 번 혀를 차고 난 사내는 잔을 뒤집은 다음 새 무궁화에 불을 당기었다. 깊숙하게 연기를 빨아들이는 그의 홀쭉해진 양 볼이 꺼칠하였다.

"어제도 말했지만 시방 남조선 전체는 마치 화산과 같소이다. 이 화산의 일각이 터져나온 것은 저 남쪽 바다 건너에 있는 제주도올시다. 일엽편주 제주도에서 터져나온 불길은 시방 남선땅 전체로 올라오고 있습니다."

사내 말은 또랑또랑한 도회지 말씨였는데, 옛살라비 쪽 사람들과 여늬 이야기를 할 때는 옛살라비 말투를 썼고, 당사업에 관계된 공적 이야기를 할 때는 이른바 표준말을 쓰는 것 같았다.

"전남 여수에서 구국투쟁의 불길이 당겨진 것은 지난 10월 20일 새벽 2시였다고 합니다. 동족상잔의 피의 희생에 제공하려고 제주도에서 일떠선 인민군 토벌대로 파견당하게 된 소위 국군 제14연대 우국애족의 젊은 병정 7백 명은 제주도 동족 학살을 단연 거부했던 것입니다. 분노의 그 총부리를 매국노와 그 도살자들에게 돌려졌던 겁니다. 애국우족 병정들은 리승만 매국단정 타도의 횃불을 높이 치켜올렸던 것입니다. 인민학살과 착취와 수탈의 소굴이었던 경찰서, 군청, 면소 등에는 조선 인민의 빛나는 눈동자인 인민공화국 깃발이 펄펄 날리고 있습니다. 해방의 노래와 인민항쟁가 소리는 산천을 뒤흔들었습니다."

"인믠해방군은 시방 워디루 올러온다구 허셨쥬?"

변서방이 물었고, 사내가 말하였다.

"인민해방군은 세 길로 나뉘어 무쩍무쩍* 진격하고 있으니, 한 세력은 전북 남원을 향하여, 한 세력은 전남 광주를 향하여, 또 한 세력은 전남 광양과 경남 하동을 향하여 조수와 같이, 서울과 광주를 향하여 전진하고 있소이다."

잠깐 말을 중동무이고 담배 연기를 길게 내뿜고 난 사내가

무쩍무쩍 ①한쪽에서부터 있는 대로 차례로 몰아서 ②차차 개먹어 들어가는 꼴.

"10월 25일 현재로 여수, 순천, 화순탄광 20리 지점인 능주, 벌교, 보성, 곡성, 구례, 영광, 고흥, 거문도를 인민군이 점령하고 인민공화국 깃발을 하늘 높이 휘날렸습니다." 하는데, 콤콤 밭은기침을 하고 난 새댁이 "여긔 광천까장은 원제쯤 올러올라나유?" 하며 사내를 바라보았고, 변서방이 각시를 보며 눈을 흘겼다.

"원 사람두. 아, 해방군이 싸게싸게 서울버텀 두려빼야지* 이런 촌귀석인 뭣 줏어먹으러 온댜?"

"뵌서방!"

"예에?"

"긔념튀쟁은 드팀읎이* 치뤄져얍니다. 이왕 달포 늠게 늦어졌으니, 본때 있게 헤내야지유."

"릠려 마세유. 뫽맹 동무덜이랑 늘찬* 일솜씨루 단단히 차븨 허구 있으니께유."

"만사는 불여튼튼입니다."

사내는 꺼두었던 장초에 불을 붙였다. 그리고 길게 연기를 내뿜은 다음 도당을 떠나 광천까지 오는 동안 들른 몇 군데 지구당에서 했던 말들을 「해방의 노래」 후렴처럼 되풀이하였는데, 남조선노동당 중앙위원회 기관지인 〈노력인민〉 제1면을 꽉 채우고 있는 「주장」이었다. 군당이나 면당 또는 리당과 농맹이며 목맹 맹

두려빼다 함락시키다. 무너뜨리다. **드팀읎이** 틈이 생기거나 틀리는 일이 없이. 틀림없이. **늘찬** 능란하고 재빠른.

원들을 만날 때마다 글강 외듯 하다 보니, 눈을 감고도 외울 수 있었다. "위대한 10월혁명 제31주년 기념만세!"라고 외친 다음, 한 복판에 도림* 쳐놓은 고갱이였다.

> 十月革命이낳은 偉大한쏘베트同盟은 우리朝鮮人民을解放하고 그民主發展과民族的獨立을 援助하였으며 完全撤兵을 決定하고 우리朝鮮民主主義人民共和國政府를 承認하여 그高貴한 民族平等政策을 全世界에 또한번 表示하였다 우리朝鮮人民은 쏘베트同盟이 끼친 이偉大한業績에 깊이 感謝하며 米軍을 몰아내기위하여 朝鮮民主主義 人民共和國政府 기빨밑에 한사람과같이 團結하자!

"단길허자! 단길허자! 단길허자!"

부르쥔 바른손 주먹으로 허공을 내지르며 소리치는 젊은 내외를 바라보던 사내가 "어제는 워너니 늦게 오넌 바람이……" 하는데, 변서방이 말하였다.

"예수쟁이덜이 워치게 알었넌지 뷩흰지 뭔 지랄뷩인지럴 연다구 사람덜을 예븨당이루 빼돌릴 모냥인듸…… 귀물자루 꾀송꾀

도림치다 괄호치다.

송 해대넌 바람이……"

동안 뜨게• 담배만 피우던 사내가 입을 열었다.

"사람들은 예수가 누구인지 잘 모르고 있습니다. 예수는 본디 유대인 독립운동가였지요. 그런데 로마 제국주의자들이 예수한테 종교의 틀을 씌워버렸던 것입니다. 예수가 물질을 배척하고 정신을 강조했다는 것은 그때 유대인들 본성이 더럽혀져 있었다는 말이 됩니다. 다시 말해서 로마 제국주의에 억눌려 비인간화되었다는 것을 말해줍니다. 한마디로 예수는 훌륭한 유대독립운동가였는데 오늘의 기독교는 그것을 없애버리고 종교인으로만 보고 있는 것이지요. 일찍이 맑스 선생은 말했습니다. 종교는 인민의 아편이라고."

뒤를 꾹꾹 눌러 다지는 힘찬 말투였는데 약관 나이에 물장수 혁명가한테 받았던 교양이었다. 물장수는 낯빛이 검은 리관술° 선생 별명으로, 사내를 혁명가 길로 길라잡이 하여 준 인물이었다. '조선정판사 위폐사건'이라는 미군정이 쳐놓은 올무에 걸려 대전형무소에 갇혀 있는 지 이태가 넘는 리관술 선생 생각을 하던 사내는 힘껏 도머리를 쳤다.• 사내는 이슥한• 눈빛으로 변서방 내외를 바라보았다.

"아줌니 오일청이 뵈퉁이 아니십니다. 올깨끼• 노당원 동무

동안 뜨게 사이가 있게. 틈을 두고. **도머리 치다** '부否'를 나타내는 뜻으로 머리를 좌우로 흔들다. **이슥하다** 느낌이 은근하다. 또는 뜻이나 생각이 깊다. **올깨끼** 올깨기. 일찍 중이 된 사람. 또는 무엇에 일찍 손붙인 사람.

덜두 잘뭇 오이넌 남노당원 학상훈얼 퇴씨 하나 안 틀리구 오이시니……"

"아이 참 슨상님두……"

새댁 고개가 외로 꼬이는데, 사내가 헛기침을 하였다.

"거듭 말하지만 우주는 물질로서 구성되어 있습니다. 우주에 있는 모든 사물은 자체 내에 모순을 내포하고 있지요. 따라서 모든 모순을 변증법적으로 타개하고 발전시킴으로써 우주는 발전된다고 하였습니다. 시방 중국 대륙에서는 모택동 인민해방군이 연전연승하고 있소이다. 만주 일대는 완전히 팔로군 수중에 들어갔으며 장개석 국부군은 장강 이남으로 밀려 내려갔답니다. 바다 건너 대만으로 빼소니쳤다는 말도 있고……. 중국 공산당은 연안이라는 협소지역에서 근거지를 잡고 열렬히 활동하여 오던 중, 전 중국인민의 지지를 받게 되어 오늘날과 같은 성과를 얻게 된 것이외다. 그러므로 우리들도 남조선에서 적극적으로 투쟁할 것 같으면 남조선 인민의 지지를 획득해야할 것이니, 괴뢰단정을 타도하고 인민공화국이 수립될 때까지 투쟁해야 하는 것입니다."

사내는 변서방을 바라보았다.

"뫽맹 동무덜과넌 단합이 잘되구 있지유?"

밤새도록 인공기 게양투쟁과 봉홧불투쟁하느라 지쳤는지 조숙조숙•하던 변서방은 찔긋하더니, 쥐고 있던 술잔을 얼른 입에 털어넣었다.

"모두덜 사긔충천유우. 전번이 주신 청년을 위헌 세계이윽사와 자본쥐이 한계 돌려 읽으며 학습퉈쟁이 매진허구 있지유. 삐라퉈쟁, 벽보퉈쟁, 삥화퉈쟁, 낙서퉈쟁두 열심히 허구 있구유."

"가열차게 투쟁하십시오. 우덜은 조선의 앞날을 짊어지구 나가야 헐 조선의 청년으루서 뭣버덤두 먼첨 국제정세를 알어야 청년다운 활동을 헐 수 있습넨다."

사내는 말투를 바꾸었다.

"현재의 국제정세는 우리들 남로당원들에게 승리를 언약하고 있습니다. 그리고 우리들은 리승만역도의 괴뢰정부를 전복시키고 인민공화국을 수립하는 것이 우리들 남로당원의 사명이며 또한 조선청년의 사명인 것입니다. 그러므로 우리들은 좀더 주체적이고 적극적이며 조직적인 활동을 하기 위하여 특별 행동대인 선봉대를 조직하게 되었던 바, 요번 시월혁명과 시월항쟁 기념투쟁이 그 첫 번째 사업이 될 것입니다. 우리들은 오늘부터 남조선노동당 충남도당 선봉대원으로서 활동해야 할 것입니다. 국제정세를 보더라도 이태리와 불란서는 자국 내 투쟁이 성공하여 현재는 전 인민의 단결로서 반동세력을 물리치고 있으니, 우리들도 이태리와 불란서 동무들에게 뒤떨어지지 않도록 투쟁해야 합니다. 불란서 공산당 당수가 한 말이 있습니다. 만일 불소전쟁

조숙조숙 기운 없이 꾸벅꾸벅 조는 꼴.

이 발생해서 소련군이 불란서에 진주해 온다고 할지라도 우리들은 소련군을 침략자로 인정하지 않고 해방군으로 인정해서 제반 편의를 제공할 것이며 적극 협력할 것이다. 변서방!"

"예에."

"그러니 우리들도 소련군을 신뢰하고 협력해야지요. 목맹 동무들이 모두 몇이지요?"

"안즉 이을찡이 채 뭇되지먼……. 죄 일당백이루 사긔충천이 올습니다유."

목맹은 목수동맹 약칭이니, 소반이나 책상 같은 것을 만드는 소목小木 중심으로 짜여진 남로당 산하 결사체였다. 남로당 충남도당에는 조직부·선전부·농민부·노동부·부녀부·청년부·연락부·재정부·문화부 같은 부서들이 있었는데, 목맹은 노동부에 딸려 있었다.

사내는 목맹에 남다른 관심과 애정을 갖고 있었으니, 옛살라비에서 아버지와 아우들이 소목일을 해서 연명하였던 것이다. 사내 또한 이력서를 쓸 때면 직업란에 꼭 목수라고 썼는데, 당사업으로 바삐 돌다가 몇 달에 한번씩 들러 아우들이 대패질할 때 양판이나 붙잡아주고 바쁠 때 막대패질이나 하고 부레풀 끓이는 화덕에 풍구질이나 해주는 어정잡이였지만, 그래도 가장 손에 익은 것이 목수일 곁시중이었던 것이다. 사내가 광천읍내에서 소목일하는 변서방을 처음 만났을 때 한 말이었다. 소반 만드는 데 쓰일

행자목杏子木 구하는 일로 변서방 부친을 만나면서 알게 된 것이었다.

"우리는 노동자 농민의 아들입니다. 우리는 노동자 농민의 복리를 위하여 싸워야 합니다. 현재 남조선에는 미제국주의자의 책동으로 대한민국이라는 대한제국을 이어받은 국호로서 미제국주의 국가의 위성국인 자본주의적 남조선 단독정부를 수립하였습니다. 고로 우리들은 이를 결사반대하고 북조선과 보조를 같이 하여 공산주의인민공화국을 수립하여야 할 것이며, 오직 이것만이 조선청년들에게 부과된 사명이므로 우리들은 생명을 바쳐 이를 완수하여야 합니다."

사내가 변서방을 바라보며 "삐라넌 잘 간수헷지유?" 하는데, 새댁이 일어섰다.

"종이딱지 것두 오일 수 있슈. 오여 보까유?"

새댁은 두 손으로 물 빠진 반물빛 소창 치맛자락을 모아 잡더니, 콤콤 밭은기침으로 목을 골랐다.

"일, 퇴지넌 뇡민에 것이다! 이, 남로당 슨뷩대 심이루 퇴지럴 무상몰수헤서 무상분배헌다! 삼, 공출 급 세금얼 일체 납부허지 말자! 사, 뇌동자 뇡민에 위대헌 지도자 박흔옝 슨상 만서이! 오, 위대헌 쏘베뜨릔방핑하구욱 수립 삼십일주년 그념 만서이! 육, 위대헌 대구시월항쟁 이주년 그념 만서이! 칠, 릐순항쟁이루 인헌 제쥐도 애국인민에 학살반대! 팔, 리승만 짐승수럴 북믜합중국이루 보내라! 구, 인민에 향빅에 빅무허넌 인민유긱대 만서이! 십, 붉은 긔빨 아래루 뭉쳐라!"

쌍시월 기념투쟁 때 뿌려질 삐라에 쓰여진 구호들을 외친 새댁이 남편 곁에 앉았다. 그 여자가 사내 잔에 병을 기울이려는데, "아." 하며 "됬소이다. 그만 일어서야지요."

손을 들어 막는 사내에게 명토박힌 직책은 없었다. 그저 '도당 오르그'* 또는 '도당 야체이카'와 '도당 문화부장'이라는 이름으로 중앙당과 직접 통하는 '권위 있는 선'이어서 도당 위원장 이하 간부들도 어려워하는 그는, 말하자면 박동무 복심비선이었던 김제술°과 같은 인물이었다. 그 사내는 배낭끈을 잡았다.

"다시 한 번 말하지만……. 남조선은 인민대중의 총의를 무시하고 일부 악질도배들이 남조선을 미제의 식민지로 만들고자 암약하고 있을 뿐 아니라 미국에서는 불필요한 과자 부스러기나 잡화 따위를 남조선에 강매하고 그 대가로서 조선에서 생산되는 양질의 백미 등을 강탈하여 가는 관계상 남조선 경제상태는 혼란하여 인민대중은 도탄에 빠져 있고 반면 무기 대여와 반동군은 강제징병 훈련을 실시하고 있는데, 이런 식민지화 또는 노예화를 기도하고 있는데도 불구하고 남조선 리승만괴뢰 단독정권은 이를 감수협력하는 매국노이므로 삼천만 인민은 전력을 다하

오르그 조직자.

여 현물세 공출로써 남조선괴뢰 단독정권을 타도하지 않으면 안 됩니다."

줄글을 읽듯이 내리다지로 말하고 나서 사립을 나서던 사내가 "몸조심덜 허시우. 남녘땅이서 해방군이 일떠선 이래 검정가 희덜이 개쏘대덧 허구 있으니……"

당부를 한 다음 열두고개 쪽을 바라보며 진동걸음*치는데, "슨상니임!" 소리치며 새댁이 자축거리는 걸음으로 진둥한둥 쫓아왔다. 그 애동대동한 여자사람이 "찬바람머리에 믄질 가실라믄 글력 팽긔실 텐디……. 재몬다외* 늠으시다가 출출허실 때 볼가심이나 허시라구 편* 쬐끔 눟슈. 그러구 슨빙대 됭무 만나시거던 즌헤주시구." 하며 배낭에 찔러주는 빛낡은 반물보퉁이에는, 쑥버무리 두 덩어리와 여자용 내복 한 벌이 들어 있었다.

3

저만큼 시커멓게 물들인 남자용 반오바를 걸친 사람이 다가오고 있었다. 오른쪽 어깨에 메고 있는 것은 구구식 장총이었는데, 총구가 땅에 닿을 만큼 작은 키에 앳된 얼굴 계집사람이었다. 사

진동걸음 매우 바쁘게 서둘러 걷는 걸음. **재몬다외** 영마루. **편** '떡'을 가리키는 '편' 충청도 내폿말.

내가 배낭끈을 잡은 손에 힘을 주었고, 잇꽃빛• 헝겊으로 감태 같은 제물엣머리칼•을 뒤로 질끈 묶은 꽃두레•가 "내포." 하고 말하자 사내가 "더기." 하고 맞받았다.

주의자들이 쓰는 군호였다. 우익에서는 왜인들 따라 '암호'라 하였고 좌익에서는 예전 식으로 '군호'라 하였으니 '산천' 하면 '초목' 하고 '팔도' 하면 '강산' 하는 식으로 말귀를 맞추던 것이 예전 조선식이라면, '합덕' 하면 '방죽' 대신 '산맥' 이라 하고 '내포' 하면 '평야' 라 하지 않고 산속 언덕 너머에 있는 펀펀한 땅을 가리키는 높게더기에서 앞가지 뗀 '더기'라고 하는 따위로 서로 어긋매끼게 하는 것이 해방 뒤 생겨난 군호체계였다. 대구 10월항쟁 뒤부터 일떠서기 비롯한 빨치산 싸울아비어미•들은 '비상선'이라고 불렀다.

"백쉐 슨상님 긔간 핑안허셨남유?"

뻴때추니• 같은 꽃두레가 꾸벅 고개를 숙여 보였고, 사내가 맞받아 고개를 숙였다.

"륌려지덕이루 잘 지냈소만, 달님동무두 별고 읎었지유? 대장

잇꽃빛 분홍빛. **제물엣머리칼** '파마' 따위를 하지 않은 자연 그대로 머리칼. **꽃두레** 큰아기, 숫색시 '처녀處女' 본딧말. 시집갈 나이 찬 숫색시는 몸에 꽃다발을 두른 것처럼 아름답다고 해서 붙여진 이름으로 휴전협정 때까지 쓰였음. **싸울아비어미** 전사戰士 남녀. **뻴때추니** 제멋대로 짤짤거리며 쏘다니기를 좋아하는 계집아이. 효종孝宗이 북벌北伐을 위해 만주 호마胡馬를 사다 강화도에서 길렀는데, 갈기를 휘날리며 바닷가를 달리던 데서 나온 말. 대국을 치러 갈 때 타고 갈 말이라는 뜻에서 '벌대총伐大驄'을 말한다.

동무 이하 유격대 동무덜두?"

"대장동무넌 개산쪽 유긱대장 만난다구 덕산 가셨구, 다른 동무덜은 시방 죄 보투* 나가서 트*엔 시방 저허구 햇님동무만 있구먼유."

"원제 돌어오신다구 헷소?"

"예에?"

"대장동무 말유."

"메칠 걸릴 거라구 허셨넌듀우. 오늘 새뷬이 하산허시면서."

"가는 날이 장날이라더니……"

사내 이맛전에 그늘이 깔렸으나 꽃두레는 반가움에 못 견뎌 연신 벙글거렸는데, 백제와 햇님과 달님은 이들이 쓰는 당호黨號였다. 당호라는 것이 본디는 당성이 충만한 남조선노동당 당원으로 각종 현장에서 싸우는 싸울아비어미들에게 도당 문화부에서 철저한 당성 심사를 거쳐 내려 주는 것이었으나, 아직 정식 당원이 못 되는 도령아가씨 같은 후보당원들 사이에도 애칭처럼 불려지는 것이었다.

"불질헐 중은 아우?"

꽃두레를 따라가며 사내가 물었고, 여간 당알져* 보이지 않는 야산대 꽃두레는 헛웃음을 터뜨렸다.

보투 보급투쟁. **트** 아지트. **당알지다** 마음이 당차고 다부지다.

"빈손이룬 깐뵐 거 같어 공중 들구 댕긔지먼…… 헛칭인 걸유 뭐."

"허."

"대장동무 들오시먼 지서를 쳐서 칭알얼 장만허넌 화긔보투럴 헌다구 햇구먼유. 개산쪽 유긱대헌티서 읃을 수 있으먼 읃어오구."

두 사람이 덩거친 높게더기 지나 칡덩굴 다래넌출 더위잡아 오르는데, 너덜겅을 극터듬어 오를 때면 꽃두레가 메고 가는 장총 끝이 바윗전에 스치면서 파란 불꽃이 일었다. 아지트에 도착했을 때 사내가 "학습에 앞서 긴급 소식이 있는데…… 햇님동무는 어디 갔나?" 하는데, "슨상님 오셨구먼유. 긔간 뵐고 슚으셨지유?" 하며 죽창 쥔 꽃두루*가 나타났고, 뚜께머리에는 낙엽이 붙어 있었다. 사내가 살푸슴하며 "아깐 똑 오소리나 날다람쥔 중 알었구먼. 잘 지냈소?" 하자, 손티 있는 낯으로 싱긋 웃는 해동무였다.

"슨뵝대덜 올 때까장 아즤뜨끼뻐넌 저니께유."

달님동무 안동받아 찾아든 광천읍당 선봉대 곧 읍당 유격대 아지트는 외자욱산길도 끊어진 바위너덜을 안돌이 지돌이로 비틀배틀 담배 한 대는 태울 동안이 착실한 곳에 있었다. 사내는 두 번째 길이었는데 접때는 덤부렁듬쑥하게 초목이 우거진 산길이어서 그랬던지 낙엽 지는 늦가을에 와 보니 생게맹게하고 어리

꽃두루 '총각' 본딧말.

빵빵한 것이 여기가 저기 같고 저기는 또 여기만 같아서 영 갈피를 잡을 수 없었다. 사내는 푸장나무*로 에멜무지해 놓은 드날목*을 바라보았다.

"지난달 20일 새벽 2시 전남 여수에 주둔하고 있던 소위 국방군 제14연대 7백여 애국병정들이 일떠섰구먼."

"애국빙정덜이 일떠섰으먼…… 거시긔 발란이 일어났다넌 말씀인가유?"

책상으로 쓰는 달밑*에 앉아 있던 해동무가 눈을 빛내는데, 백제가 바른손을 조금 들어올렸다.

"아아, 반란은 반동지배계급에서 쓰는 봉건시대 말투고…… 의거지. 인민대중들 지지를 받지 못하는 친왜친미 민족반역 도배들이 세운 괴뢰정권을 뒤집어엎자고 일떠선 정의로운 애국애족 병정들이니, 혁명군이지. 암, 위대한 혁명군이고 말고."

"아, 예에."

"혁명군은 시방 서울로 짓쳐 올라가고 있어."

허공을 할퀴며 지나가는 메마른 바람소리에 귀를 기울이던 사내는 쳇다병거지를 벗어 부채질을 하였다. 이마에 파이는 깊은 골과 눈자위에 어리는 검은 그늘로 봐서 언뜻 마흔 살 이쪽저쪽으로 보이나 참으로는 이제 겨우 서른두 살에 지나지 않는 사내

푸장나무 잎새 달린 푸른나무. **드날목** 드나드는 곳. '출입구'는 왜말임. **달밑** 소나무를 잘라낸 밑둥.

였다. 그런 사내와 스물 안쪽으로 보이는 애빨치• 명색들이 솥발처럼 둘러앉아 있는 곳은 왜제 때 땅이 없어 농투산이가 못 되고 밑천이 없어 장사치도 될 수 없는 애옥한 바치쟁이들이 쓰던 목기막木器幕자리였다. 멍석 한 닢 깔 만한 민틋한 풀밭인데 충청남도에서도 계룡산 다음가는 장산壯山인 오서산烏棲山 마루 밑으로, 햇귀 날 때 짐승붙기 좋을 만큼 잔풍한 곳이었다. 나무그릇을 만들어 팔던 목기쟁이들이 흙구덩이를 파고 나뭇가지로 지붕을 씌웠던 곳이었는데, 그러께 대구에서 일어난 10월항쟁 물결이 밀려 올라오면서 읍당 직속으로 만들어진 야산대가 머무는 아지트였다.

메워졌던 흙구덩이를 다시 파내고 여맹원들이 대바느질로 누벼 만든 차일로 지붕을 씌운 다음 밤에는 움불을 피웠다. 땅바닥 한가운데를 움푹 들어가게 판 다음 목침만큼씩한 돌멩이들을 넣은 위에 나뭇단을 쌓고 불을 붙이는 것이다. 연기가 나지 않는 맨 감나무나 바짝 말린 대나무 조각 아니면 말라죽어 또한 연기가 나지 않는 싸리나무 같은 것들로 서로 겹치는 데가 적게 우물정[井] 자로 쌓거나 가운데다 말뚝을 박고 세로지게 세운다. 그런 다음 피운 움불에 달은 돌멩이들 위로 발을 올려놓고 빙 둘러 누워 이불때기를 덮으면 밤에도 그런대로 지낼 만하였다.

애빨치 스무살이 못 되는 도령아가씨 빨치산.

"이거 올케 동무가 전해주라구."

배낭에서 새댁이 찔러주던 빛낡은 반물보퉁이를 꺼내 든 사내가 내복을 달동무에게 준 다음 쑥버무리를 애빨들 앞에 밀어놓았다.

"즘심이루덜 먹지."

"슨상님두 잡수셔야지유."

"난 안즉 시장허지가 않으니, 다다* 많이덜 잡숴. 돌팍두 색일 나인듸……"

"그레두 슨상님이 븐저 잡숴야……"

"증 그러먼 세뚜리루 허지."

쑥버무리 한 자밤을 떼어 입에 넣은 사내가 담배를 꺼내었다.

"접때는 해방백제 얘길 헷구, 오늘은 뭐 헤주까?"

길게 연기를 내뿜고 난 사내가 말했고, 중다버지 해동무가 눈을 반짝였다.

"갓쉰뎅이 얘긔 헤주신다구 헷쥬. 고구려 망지막을 븨다듬었다넌 갓쉰뎅이." 하는데 "잠깐!" 사내가 해동무 말을 잘랐다.

"고구려가 아니구 고구리라고 했잖아. 아름다울 려가 아니라 나라이름 리로 읽어야 맞으니, 고구리지. 고려가 아니고 고리고."

"아, 지가 그만 까그매괴기럴 삶어먹어서……"

다다 아무쪼록 힘 미치는 데까지. 될 수 있는 대로 가장.

해동무가 뒷목을 훔쳤고, 사내가 발치에 있는 돌멩이에 담배를 눌러 껐다.

"고구리 천년 이래 하늘이 낸 영웅이 있었으니, 연개소문이라. 연국혜라는 재상이 갓 쉰 살 되던 해에 낳았다고 해서 갓쉰동이라고 불리었다는 연개소문이 바로 그 사람이야. 어머니가 갓 쉰에 낳았기 때문에 갓쉰동이가 됐다는 말도 있는데, 하여튼 갓쉰동이가 중국말로는 캐쉰이라. 캐쉰! 캐쉰 라이러!라고 하면 울던 애가 딱 그쳐. 캐쉰 라이러는 래료來了, 그러니까 '갓쉰동이가 왔다!'지. 일창一槍에 자삼장刺三將이라. 창질 한 번에 당장唐將 세 명을 꿰뚫는 범 같은 맹장이었지.

고구리가 천 년 넘게 이어오던 왕과 대신과 유력가문, 그러니까 요즘 말로 하면 정치가와 지주와 자본가들 중심으로 지배하던 부르죠와공화제를 타파하고, 막리지가 직접 인민을 다스리는 사회주의 공화제로 정권을 일통하여 서수남진西守南進정책을 남수서진南守西進정책으로 바꿔 서토西土로 진격해서 리세민李世民이 눈을 뽑고 서토를 휘저은 우리 민족사상 최대 영걸이었는데, 삼국사기 김유신전에 딱 한 줄만 나와. '개금*'이 김춘추를 객관에 머무르게 했다.'"

처음 듣는 역사 이야기에 침 삼키는 소리만 들리는데, 리현상

개금(蓋金) 연개소문.

李鉉相 선생한테서 들었던 교양이었다. 화산火山이라는 아호를 갖고 있던 선생은 혁명에 대한 열정이 화산처럼 뜨거워 무장투쟁에 관심이 많은 어른이었다.

'인간은 절대자에 의해서 창조된 것이 아니고, '아메바'라는 단순세포가 진화해서 오늘의 인간이 된 것이다. 처음에는 짐승처럼 야생을 하다가 집단생활을 하게 된 것이 사회생활의 시초로서, 우리 인류의 사회생활, 곧 모둠살이는 고루살이*인 것이다. 따라서 사회발전 층층대는 원시공산시대, 노예시대, 봉건시대, 자본주의시대, 사회주의시대로 발전되어 가는 것이다. 그러므로 언제나 당당한 태도로서 투쟁하여야 인민의 지도자가 될 수 있은즉, 낮에는 대로를 걷되 좌측으로 통행할 것! 야간에도 소로로 통행하지 말라! 혁명에 대한 궁구를 하라!'면서 들려주던 연개소문 이야기였던 것이다.

"안시성싸움에서 양만춘 장군한테 한쪽 눈을 살 맞아 잃은 당태종 리세민이가 20만 병정을 무주고혼시킨 다음 2백리 진흙밭인 요택遼澤에 이르러 나머지 장졸마저 죄 잃고, 수렁에 몰아넣은 말을 다리 삼아 밟고 건너갔다지. 화살독에 마침내 죽고 만 것을 『구당서』 태종본기와 『신당서』와 『자치통감』에 내종과 학질과 이질로 죽었다고 써놓았으니, 고구리 사람 독화살에 죽은 치욕을

고루살이 평등한 삶. 화백和白.

숨기려다 보니 이같이 모순된 기록을 남기게 된 것이지. 이것이 역사적 사실인 것을 사대주의 사학자들이 우리나라가 승리한 기록을 죄 빼버리고,『삼국사기』나 『동국통감』 같은 사서에는 당서에서 뽑은 기록만 남기게 된 것이지.

더 기막힌 사실이 있는데……. 연개소문이 중국에 들어간 기록이 이 나라 사대주의 역사책에는 보이지 않으나, 산해관 넘어 중원땅까지 휘저었던 게 사실이야. 북경 조양문 밖에서부터 산해관까지 황량대謊糧臺라는 지명이 10여 군데인데, 황량대란 리세민이가 모래를 쌓아 양식 저장 해놓은 노적가리라고 속여, 고구리 사람들이 쳐들어오면 매복으로 버티던 곳이라 하니, 이것이야말로 연개소문이 당태종을 북경까지 추격했던 유적 아닌가? 뿐인가. 산동 직예 등지에 드문드문 '고리' 두 글자를 앞에 붙인 지명이 있으니, 연개소문이 점령했던 곳이라는 거야. 북경 안정문 밖 60리쯤에 있는 고리진과 하간현 서북쪽 12리쯤에 있는 고리성이 그곳이야.

또한 당나라 시인들 시를 보면 연개소문이 당나라 땅에 드나들며 성을 쌓고 고구리 인민들을 이주시켜 북소리가 구름 밖에까지 울려퍼지고, 땅은 온통 꽃밭인데, 거리가 번화하고 음악소리 아름다우며 비취와 보옥 등이 넘쳐난다고 읊었으니, 새로 두려뺀 땅의 풍성함을 자랑하던 것을 알 수 있지. 그랬는데 신라 때는 연개소문을 백제 원조자라 해서, 뒤에는 그를 유교 윤리상 임금을 죽인 사람으로, 소위 작은 것이 큰 것을 치는 불파천不怕天 불외지不畏地를 저질렀대서, 그에 관한 전설과 사적을 죄 없애버렸던 거야. 오직 도교 수입과 천리장성 축조라는 말도 안 되는 소리를 하지만, 그것은 거짓 기록이지 사실이 아니야.

고구리 영류왕이 도교 곧 노자교老子教를 수입할 때 연개소문은 겨우 여덟 살이었고, 천리장성은 공격용이 아니라 방어용인데, 서토진공을 부르짖은 연개소문이 그런 성을 쌓았을 까닭이 있는가? 연개소문이 백제와 동맹하여 신라를 없애려고 했으므로 신라가 연개소문을 극구 헐뜯고 욕하는 판이었는데, 김부식이 신라 쪽 자손이므로 『삼국사기』를 지을 때 당서를 끌어다가 연개소문을 악인으로 만들었던 거지."

사내는 목이 타는지 달동무한테 물을 달라더니 석간수 받아놓은 것을 바가지째로 들이켰다. 사내는 주먹으로 입을 씻었다.

"연개소문은 본디 자字가 금해金海이고 병법이 고금에 뛰어났던 영걸이라. 그가 지은 금해병서金海兵書가 있어 송도 때까지도 무인들 필독서였는데, 시방은 아주 없어졌구먼. 이정李靖이란 이가 금해병서로 당나라 최고 명장이 되어 이위공병서라고 무경칠서 가운데 첫손 꼽히는 책을 지었는데, 연개소문 같은 동이족東夷族을 스승으로 하여 명장이 된 것이 수치라 해서 그 병법을 없애버렸고, 아조까지 유행한 이위공병서는 후세인이 위조한 것이기 때문에, 그 첫머리에서부터 막리지莫離支는 스스로 병법을 안다

하였다는 연개소문을 헐뜯는 말로 시작하고 있으니, 이것이 원본이 아니라는 증좌인 것이지."

사내는 긴 한숨을 내쉬었으니, 박동무·물장수 혁명가·화산 선생……. 그리운 선생님들 목소리와 얼굴이 빗살처럼 스치고 지나갔던 것이다. 사내가 구슬픈 목소리로 부르짖었다.

"아, 용렬쿠나! 사대事大의 종이 된 역사가들이여! 신사군이충臣事君以忠, 신하는 충성으로 임금을 섬긴다는 봉건시대 도덕률로 그를 규탄하고, 이소사대외천以小事大畏天, 작은 것이 큰 것을 섬기는 것은 하늘을 두려워하기 때문이다라는 노예적 태도로 위대한 영걸의 업적을 부인하니, 이 나라 조선의 명운이 어디서부터 비롯되었는가 알 만한 노릇인저!"

해동무와 달동무는 몽당연필심에 침을 발라가며 공책에 받아 적느라고 말이 없는데, 사내가 배낭을 젊어졌다. 트를 벗어나던 사내가 두 애빨치를 바라보더니, 되마중*와 두 손을 나눠 잡았다.

"우리 조선이 외세한테 침략을 당한 것이 9백31회라누만. 『삼국사기』와 『고리사』 그리고 『조선실록』 같은 책에 기록된 외국 침략, 곧 외압은 조선왕조 때만 보더라도 3백60회가 넘는다는 거야. 동무들은 이 사실을 어떻게 생각하나?

그렇게 수많은 침략을 당했지만 우리 겨레는, 동이족은 쓰러

되마중 마중받던 사람이 되려 마중나가는 것.

지지 않았어. 그들이 죄 쓰러졌지. 저 고구리 때 대수제국과 대당제국, 고리 때 대요제국, 대금제국, 대송제국, 대원제국, 조선왕조 때 대명제국, 대청제국, 대일본제국, 그리고 시방 대미제국…… 문제는 시방 대미제국이야. 대미제국을 어떻게 할 것인가? 들찬* 조선의 아들딸로 살아가야 하니, 잘 징거두라구."

갓쉰동이 이야기를 하다보니 나절가웃쯤 되었는가. 외자욱산 길을 걸어 내려가는 사내 귀에 노랫소리가 들려왔다. 꽃두레 꽃두루들이 모뽀리*하는 그 소리는 민족주체세력 쪽 사람들이 모이면 조국해방투쟁 제삿상에 모셔진 님들을 추념하는 묵념과 함께 반드시 불려지고는 하는 '혁명가요'였다.

"그 질*은 진리에 질, 혁멩에 질
용광로 속이서두 뵌치 않넌 질
한번 먹은 그 마음 굽히지 말구
용감허게 나가세 혁멩에 질루."

들차다 뜻이 굳세고 몸이 튼튼하다. **모뽀리** 모두뽑기. 합창. **질** 길.

4

"꼭 곁방살이 하러 가셔야 되겠는지요?"

"곁방살이?"

"곁방살이지요. 비록 외세 치하에서 배메기농사를 짓는 지팡사리* 처지올습니다만, 그래도 어엿한 내 집을 두고 북조선으로 올라가신다면, 북로당 사람들이 지은 집에 방 한 칸 빌려 들어가는 것과 무엇이 다르겠는지요?"

젊은이가 조심스럽게 말했을 때였다. 돗수 높은 안경을 낀 중년 사내는 웃었는데, 얼굴 살갗이 조금도 움직이지 않고 소리도 나지 않는 야릇한 살푸슴이었다. 중년이 젊은이를 바라보았다.

"김군은 역사에 관심이 많지?"

"……"

"그렇다면 리괄이 괭과리라는 말을 알겠지? 장만이 볼만이고."

"알지요."

"먹뱅이는 어딘가?"

"예에?"

"무슨 뜻인가?"

"운수가 막혀버리면 할 수 없다는 말이지요."

지팡사리 소작인. 소작농.

"그런데 광주 먹뱅이라면?"

"무슨 말씀이신지?"

"진퇴유곡이요 간어제초로세. 독 틈에 탕관이야."

중년이 혼잣말처럼 말했는데, 남조선노동당 당수실이었다. 처음에는 당수실이었으나 되들고 되나는 당수실을 피해 옆 부속실로 옮겼을 때였다. 부속실 주인택은 해방일보 주필 겸 정치부장 정태식鄭泰植이었다. 충북 진천 출신으로 청주고보 거쳐 경성제대 법문학부를 나온 사람이었다. 리우적李友荻· 조두원趙斗元과 함께 조선공산당 3대 이론가로 꼽히는 맹장으로, 해방 1주년 기념투쟁 일로 전평 지도부와 의논하느라 자리에 없었다. 미군정이 쳐놓은 올가미에 걸려 근택빌딩에서 쫓겨나 숭례문 앞에 있는 일화빌딩으로 당사를 옮겼을 때였다. 법적으로 등록된 당수는 허 헌許憲이었으나, 당수실을 쓰는 실질적 당수는 부당수인 박동무였다. 농민동맹 일로 한밭에서 올라온 충남 야체이카가 말했다.

"남조선에서 버티셔야지요. 모로미 호왈 백만당원이 받쳐주는 내 땅에서 싸우셔야지요. 우리 당엔 그리고 시방 리현상 선생님이 거느리는 무장력이 있지 않습니까?"

옛살라비 후배로 해방 전 조선공산당 때부터 비선秘線인 그 젊은이는 안타까운 눈길로 박동무를 바라보았는데, 뒷말은 입 안으로 삼키었다.

"조선반도를 대소 방파제로 만들려는 미군정과 그 주구인 극우반동 한민당 무리에게 죽임을 당하시겠지만, 그것이 옳은 노선이 아닐까요. 그들과 먹치기*를 벌이는 것이. 평양으로 간다한들 토지개혁으로 이미 토대를 닦은 북로당 사람들, 그러니까 청년장군을 비롯한 동만 빨치산 사람들이 조공 법통을 쥐고 계신 선생님을 부담스러워하지 않겠는지요? 벋버스름해진 지 이미 오래인 남로와 북로 사이에서……"

사내한테 풀리지 않는 숙제가 있었으니, 북로사람들 혁명철학은 무엇일까?

무엇보다도 먼저 전광석화처럼 토지개혁을 이룬 것을 보면 그들 혁명철학이 발 딛고 선 자리가 인민의 행복에 있다는 것은 알겠는데, 모르겠는 것이 남로에 대한 생각이었다. 종파주의라는 칼로 내려치면서 조공법통을 인정하지 않는다는 것은 그 뒷몸인 남로 존재를 인정하지 않는다는 것이 되는데, 그렇다면 그 도꼭지*인 선생님 살매*는 어떻게 되는가? 리승만이 세운 남조선단정에 맞서 북조선단정을 세우면서 선생님한테 3명 부수상 가운데 한 자리와 외무상 갓이 씌워졌다지만, 인민민주주의 체제에서 2인자라는 것이 무슨 의미가 있는가? 인민민주주의만이 아니라 인류가 만들어낸 모든 정치체제에서 2인자 자리라는 것이

먹치기 목숨을 건 싸움. **도꼭지** 어떤 방면에서 가장 으뜸이 되는 사람. 우두머리. **살매** 운명.

야말로 바람 앞에 등불과 같은 것이 아닌가?

상부 잠야 박선생上覆潛冶朴先生.

사내가 약관에 옛살라비 전배 혁명가한테 보냈던 글월이었다. 인조仁祖 때 성리철학에 깊이 들어갔던 잠야 박지계朴知誡 선생한테 초야 어떤 선비가 보냈던 글월로, 사람은 과연 무엇인데 왜 살며 그리고 또 어떻게 살아야 할 것인가를 유가철학에 바탕하여 묻고 있는 것이었다. 굳이 무토백이 순진서純眞書로 된 그 글을 베껴 보냈던 것은 박동무 혁명철학에 대해서 알고 싶었던 때문이었다. 경성콤그룹이라는 한 점 등불만이 깜박이던 시절이었다. 여러 사람 거쳐 보냈고 또한 여러 달만에 여러 사람 다리 거쳐 받아본 박동무 답장이었는데, 딱 한 자만 적혀 있었다. 眞.

그런데…… 새꼽빠지게* 무슨 리괄이고 장만이며 또 먹뱅이라는 말인가? 먹뱅이라면 더구나 아조我朝 5백년에 서울을 두려빳던 유일한 사람인 리 괄 장군이 손아래 장수인 인숭무레기 기익헌과 리수백한테 목이 잘리던 데가 아닌가?

……그리고 무언가 이상하다. 딱 집어 말할 수는 없지만, 평소 선생님 같지가 않다. 1백65센티쯤 되실까. 보통 키에 다부져 보이는 체수였는데, 표범처럼 쏘는 것 같은 눈빛과 쇳소리 나는 성음은 여전했으나, 이제까지 보아오던 것과는 다른 것 같았다. 무

새꼽빠지게 '새삼스럽게' 내폿말. 없는 새 배꼽이 빠진다는 말이니, '터무니없이'라는 뜻.

엇보다도 차분하게 가라앉은 쉿소리로 냉철하게 논리적으로 당신 뜻을 펼쳐나가는 어른이었는데……. 뼛속까지 공산주의자인 선생님 입에서, 왜노들 그 무서운 족대기질에도 양광佯狂으로 넘어서던 어른 입에서 진퇴유곡이요 간어제초며 독 틈에 탕관이라는 봉건시대 비과학적 넉자배기인 나약한 말씀이 나오다니……

"아아!"

사내는 힘껏 도머리를 치고 나서 배낭끈을 잡은 손에 힘을 주었다.

'갑오년 농군봉기와 3·1혁명과 아울러 우리 조선민족 해방운동사에 길이 빛날 불멸의 3대투쟁'이라고 하였다. 지난해 끝 무렵 나온『동학란과 그 교훈』이라는 박동무가 쓴 좀책*에 나온다.

노·농·병 동맹으로 밑에서부터 벌떼처럼 일어서는 러시아 10월혁명을 본받아야 된다고 생각하는 박동무였다. 과거 관서에서 일떠섰던 홍경래 봉기와 호남에서 일떠섰던 갑오년 농군봉기가 좌절한 까닭은 무엇인가? 문제는 시간이다. 중국과 같이 땅이 넓고 물자가 풍부한 나라에서는 10년 20년을 두고 싸워도 되지만, 우리나라처럼 땅이 좁고 후원해줄 뒷배 없어 물러설 데 없는 조건에서는, 전광석화만이 살길이다. 그 많던 반란사건 가운데 서울을 두려빼던 유일한 경우였던 괄련适璉의 난이 그것을 웅변해

좀책 작은 책. 소책자小冊子.

주고 있지 않은가?

"조선인민들의 인민의 나라를 세우려는 간절한 욕구와 희망은 북미합중국 병대가 진주한 남조선에서는 여지없이, 그야말로 추풍낙엽처럼 짓밟혔지."

리현상 선생이 한 말이 있다.

"저 갑오난리 때 세웠던 농촌쏘비에뜨인 농군평의회, 곧 인민자치기관인 집강소執綱所를 반세기 만에 다시 세운 바 있으니, 곧 남조선 7도, 12시, 131군에 하나도 빠짐없이 결성된 것이 인민위원회 아닌가? 인위에서는 우선 적산이 된 왜인 소유 재산을 관리하고 왜식으로 바뀐 마을 이름을 조선 본디 이름으로 다시 고치는 등 민족적 인민적 행정을 펴나가기 시작했지. 인민공화국을 선포하고 나서 모든 것을 인위 중심으로 바로잡고 다시 세워나가는데 남조선에 쳐들어온 미군 자신이 인위를 없애버린 다음 친일파 민족반역자를 등용해서, 그러니까 사냥개 앞잡이로 내세워 식민지로 만들기 시작한 거지. 그 결과 왜제 때 이상으로 정치적 무권리와 경제적 파탄과 문화적 암흑 속에 민생이 도탄에 빠져 신음하게 된 거야."

차분한 목소리로 혁명가의 올바른 자세와 조선 현실이며 제국주의로서 미국 본질을 말해주던 이정而丁 선생도, 정연한 논리로 조선운명 현층충대를 짚어주던 화산 선생도 이제는 뵐 수가 없다. 조선공산당에 들어가 한밭에서 야체이카로 움직이던 약관 나이 때부터 리관술 선생과 함께 혁명 스승으로 모시던 리현상 선생님은 시방 려수순천서 일떠선 인민해방군과 함께 지리산으로 들어가셨다는 풍문만 들었다. 아아, 박동무 미좇아 평양으로 갈까? 화산 선생 조쫍아 지리산으로 갈까? 사내 입에서 나오는 것은 그런데 신라어였다. 또한 평양으로 갔다는 남령 조영은°이 지은 「대불大佛」이라는 시조.

> 모롱이 돌아서서 발길 멈추오이다
> 어둔 굴에서 노려보시난 대불여
> 어러곰• 저온맘• 뒤고• 님을 좇니노이다

사내는 두 주먹을 부르쥐었다. 박동무와 리현상 선생 생각에 더하여 조남령 시인 「대불」까지 읊다 보니 재몬다외는 얼추 다 내려온 것 같았다. 이제 긴짐승 꼬리처럼 휘감긴 산모롱이를 한 구비만 돌고 보면 산자락 밑으로 펼쳐진 논밭이 보일 것이었다. 잦은 길군악처럼 흥겨웁게 흘러가던 산길이 문득 멈추는 곳이었는데, 철 그른 늦가을비가 오시려는가. 저 멀리 하늘신폭• 가득 매지구름 떴다. 달이 뜨고 별이 총총한 밤이라도 평상과 나뭇잎을 만져봐서 뽀송뽀송하면 다음 날 영락없이 비가 오는 법이지만, 별꼴.

어러곰 우러러. **저온맘** 두려워하는 마음. **뒤고** 뒤로 두고. **하늘신폭** 하늘 한끝에서 다른 한끝까지.

어젯밤 늦게 변서방네서 말말 끝에 내일 재몬다외 넘을 일이 걱정되어 만져본 평상과 나뭇잎은 뽀송뽀송하지 않았던 것이다. 사내는 배낭끈을 잡은 손에 다시 힘을 주었다.

북소리 울리고 징소리 나더니
어데야 농군아 비맞이 가느냐
에헤 에헤하아 비맞이 가느냐

눈에 익은 길이었다. 대전에서 기차를 타고 천안까지 가서 장항선 갈아타고 한내에서 내려 정강말 타고 중보를 지나고, 독정이를 지나고, 복병이를 지나고, 서원말을 지나고, 구슬내를 지나고, 그릇점을 지나고, 용머리를 지나고, 아래윗장밭을 지나면, 울티였다. 태어나서 서른두 해를 두고 보통학교를 다니고, 장을 보러 다니고, 소반이나 책상을 팔러 다니고, 주재소를 다니고, 헌병대를 다니고, 경찰서를 다니던 길이었으므로 한내 쪽에서 가는 것이 훨씬 발씨 익은 길이었으나, 그 길에는 경찰관들이 지키고 있는 것이었다. 왜제 때와 똑같은 그 경찰관들이었다. 지난 팔월 보름 저희들 말로 광복절에 맞춰 세워졌다는 남조선단독정부에서 보낸 경찰관들이 목쟁이목쟁이마다 지키고 서서 참빗으로 서캐 훑듯이 짯짯이* 부릅떠빨고* 있는 것이다. 그래서 잡게 된 광천에서 오서산 재몬다외 열두고개를 넘어오던 길이었는데, 아! 사내

눈자위가 간잔조롬하여졌다.*

새악시와 하냥 넘던 산길이었다. 홍성군 홍동면 개여울에 있는 처가에 가려고 새악시를 조랑말 태워 넘던 자양길*이었다.

"하이구, 곱기두 헤라."

날옥수수를 박아놓은 듯 똑고른 잇바디를 보이며 조개볼 짓는 새악시 귀밑머리에 녹백색으로 활짝 핀 애기나리꽃 한송이를 꽂아주는 새서방이었다.

"꽃버덤 새악시가 더 곱소."

"아이, 물러유우."

귀밑을 붉히며 고개를 외로 꼬는 새악시는 기품 있는 얼굴이었다. 어글하니* 총민한 눈빛에 톡 찬 이마가 서늘하게 넓어 잘생긴 얼굴이었고 늘씬하게 고운 몸매였으니, 일색一色이었다. 그러나 꽃처럼 어여쁘다기보다는 끼끗한 기상으로 잘생긴 얼굴과 몸매여서 함부로 범접하기 어려운 위엄이 있다고나 할까.

"워 워!"

견마줄 당겨 조랑말 세운 새서방이 "그래 월매나 아팠소?"

갖춰 신은 새악시 옥색고무신 벗긴 새서방은 버선발을 주물렀고, "아아, 아아……" 한 걸음 한 걸음 옮길 때마다 새하얀 버선에

짯짯이 빈틈없이 세밀하게. **부릅떠빨다** 눈을 부릅뜨며 흘기다. **간잔조롬하다** 어떤 일에 긴장하거나 추억에 잠겨 눈시울을 가늘게 좁히다. **자양길** 혼인한 뒤 신랑이 처음으로 처가에 가는 길. '재행再行길' 내폿말. **어글하다** 얼굴 구멍새가 널찍하다.

고무신 갖춰 신고 오이씨 같은 발이 보일 듯 말 듯 해야 된다는 시속時俗이었다. 발이 아파 네 방구석을 바자윌* 만큼 꼭 끼게 신어야 하였고, 살이 보이지 않게끔 옷깃을 여미고 또 여며야 되는 홍색짜리였다.

"그래 월매나 아팠소?"

두 손으로 새악시 버선발 주무르는데,

"참어야지 워척헌대유? 워떤 경우에두 그저 다다 참구 또 참어야다구 허셨거던유."

"누가 말이우?"

"엄니 아부지가유."

"허."

아직 하삼삼*이 아닌데도 무럭무럭 김 솟는 새악시 한줌허리 보며 눈 감는 새서방이었으니, 다홍색 겉치마 속 속치마, 풀먹여 빳빳이 다려 밟다듬이 한 속치마 속 단속곳, 단속곳 속 고쟁이, 고쟁이 속 속속곳이었던 것이다. 뿐인가. 다다 펀펀해 보이게끔 꽉꽉 동여맨 치마허리 속 앞가슴은 또 얼마나 숨막힐 것인가. 능금처럼 발그스레 익은 새악시 고운 밤볼에 하마 닿을까 무서워 휠씬 고개 돌려 담배 연기 내뿜고 난 새서방이 견마줄을 쾌치었다.

"우리 조선사람한테는 소용도 없는 말먹이 강냉이며 썩은 밀

바자위다 헤매다. **하삼삼**(夏三三) 음력 5·6·7월 한여름.

가루와 미국 병대가 먹다 남은 통조림 따위, 미군이 전쟁에 쓰다 남은 찌끄레기들을 강제로 갖다 안기고 6천만 달러라는 차관을 저희들 마음대로 설정하여 왜제 때 수탈기관인 동양척식회사를 신한공사로 개편확장하여 경제착취 총본영으로 삼은 것과 아울러, 미국이 우리 조선을 저희들 식민지로 만들고 동양침략의 군사기지로 만들려는 것이 노골화 되었소그려."

새악시한테 학습시키던 이 말은 한밭시내에 있는 농민회관에서 농민동맹 사람들 모아놓고 한 말이기도 하였다.

"이러한 미제국주의 본질을 밝혀내는 해방일보, 청년해방일보, 노력인민, 조선인민보, 독립신보, 중외신보, 현대일보, 중앙신문, 광명일보, 문화일보, 국제일보, 신민일보, 우리신문 같은 민주주의 언론기관들을 탄압 폐쇄시켰던 것이지요. 한마디로 조선인민들을 청맹과니로 만들자는 것이지요.

정권을 인민위원회에 넘기라며 노동자들이 선두에서 총파공투쟁을 전개하자 학생과 인테리겐챠가 이에 가담하고 또 도시소시민과 농민대중이 이를 지지하고 호응하는 형태로 일대 인민항쟁이 벌어진 것은 조선민주주의 운동사에 가장 위대한 의의를 준 것이니, 위대한 레닌 선생은 이렇게 말씀하셨습니다.

'민주주의를 위한 철저한 투사는 노동계급만이 될 수 있다. 노동자가 민주주의를 위한 승리적 투사가 될 수 있는 것은 오직 농민대중이 그 혁명투쟁에 참가하는 데서만 가능하다.' 한마디로 노농연대를 말한 것이외다.

……10월인민항쟁은 미제의 조선식민지화정책에 항거해 조선인민들이 완전민주독립을 위한 반제인민항쟁이었으며 미제의 침략정책이 여지없이 폭로되어 그 실체가 전 세계 인민대중 앞에 까밝혀진 데 그 중대한 의미가 있습니다.

미군정은 강제공출령을 발동하여 8백50만 석 쌀을 농민으로부터 강탈하여 미제 동방침략 미끼로 삼고자 왜국 등지에 반출하려 하고 있습니다. 그리하여 패전국인 왜국에서도 2홉 7작 쌀을 보장하고 있는데, 대곡창 남조선에서 식량배급을 2홉으로 줄였습니다.

위대한 10월인민항쟁 2주년을 맞이하는 우리 남조선노동당 당원동무들은 리승만 단독정권의 매국성, 괴뢰성, 반역성과 아울러 그 상전 미제국주의의 침략성, 반동성을 전체 인민대중에게 여지없이 폭로하는 광범한 인민운동을 전개하지 않으면 안 됩니다. 그러기 위해서는 남조선 방방곡곡에서 진정한 인민의 정권기관인 인민위원회를 재조직하는 투쟁을 주저없이 전개해야만 하는 것입니다.

여기서 우리가 분명히 알아야 할 것이 있으니, 10월인민항쟁은 갑오농군봉기와 3·1혁명 때와 같은 낡은 부르죠아 민주주의를 위한 투쟁이 아니라, 인민민주주의를 위한 투쟁이었다는 것입니다. '조국의 일통과 독립 달성에 대한 우리의 전망은 크고도 빛난다'라는 박동무 말씀은 우리에게 무한한 힘과 광명을 주고 있습니다."

사내한테는 이제도 그때 생각이 옳았다고 믿는 것이 있었으니, 해주대회였다. 도당에서만이 아니라 그를 아는 중앙당 긴한이*들도 그가 해주에서 열리는 남조선인민대표자대회에 들어가는 것으로 알았고, 그 또한 많은 갈등이 있었다. 무엇보다도 선생님을 뵙고 싶었다. 리괄이 꽹과리라는 말을 아느냐며 사위스럽게도 똑 무슨 언참言讖으로만 들리게 광주 먹뱅이를 아느냐시던 선생님한테 무장력에 대한 말씀을 드리고 싶었다. 리현상 선생님이 거느리는 만큼 무장력이 아니라, 청년장군이 거느리고 왔다는 88여단과 무정장군이 거느렸으나 평양 입국을 거부당한 조선의용군을 넘어설 수 있는 무장력을 갖추는 일에 대해서, 좀 더 속속들이 저 담양 가마골에 있는 병기창을 확대개편하는 문제를 놓고 말씀을 나눠보고 싶었다.

해주로 갈 수 있는 길도 알고 있었다. 천안으로 가면 되었다. 부산에서 올라오는 '해방자호' 열차를 타고 서울역에서 내리면 되었다. 역전에 사람이 나와 있을 것이었다. 귓등에 무궁화담배를 꽂고 수건을 목에 두른, 윤치영尹致暎이라는 배소종미排蘇從米주의자가 하는 극우단체 기관지 〈신태평양〉을 말아쥐고 있는 이를

긴한이 중요한 사람. 요인要人.

보고, "충남에서 왔다"고 하면 접선이 되는 것이다.

사내가 첫째로 가보고 싶은 곳은 평양 근교에 있다는 강동정치학원이었다. 그곳 교수진과 강좌과목도 알고 있었다. 1946년 말쯤 북으로 올라간 남로당 지도부는 1947년 9월쯤 평안남도 강동군에 간부양성학교인 강동정치학원을 세웠는데, 박동무에게 절대적 충성을 바치는 남조선 구빨치 출신 학원생들이 교훈처럼 외치는 것이 있다고 하니, "박헌영 선생 만세!" 청년장군에게 도전했던 것이 아니라, 떠나온 남조선을 되찾자는 것이라고 한다. 학원생들이 공들여 배우는 것이 군사훈련인데, 청년장군과 동만항일련군 빨치산 활동을 같이한 서 철徐哲이 채잡는다고 한다.

현 덕玄德이 「소련혁명사」를 가르치는 교무주임이며, 경성제대 철학과 출신 박치우朴致祐가 철학 담당이고, 홍삼달洪三達이 「해방 후의 조선」을 가르치고, 안 군이라는 이가 「조선사」를 맡고 있고, 성명을 알 수 없는 이가 「신민주주의사」를 가르친다는 것을 알고 있었다. 서울역에서 만나는 이 안동받아 동두천 → 철원 → 평강 → 원산 → 평양으로 가서 해방 바로 뒤 경상북도 인민위원회 선전부장이었던 황태성黃泰成이 채잡는다는 사동 정치학원에 들어가 「소련공산당사」·「인민항쟁사」·「세계정치지리」·「인류의 역사」 같은 소정과목을 이수하는 길도 안다.

그러나 곗술에 낯내기를 할 수는 없는 일이었고, 무엇보다도 두려웠던 것은 외로운 선생님 곁에서 방자房子 노릇을 해드리고 싶다는 마음이었다. 얼락배락한 역사 흐름 속에서 선생님 한 발가락이라도 잡아드리고 싶다는 마음이었다. 그러나 겨린잡혀가 졸경을 치르게 될 주변 사람들이 떠올랐던 것이다. 그 가운데서도 첫째로 눈에 밟히는 것이 옛살라비에 계신 부모님이었다.

이것은 그러나 대외용 명분이었고, 사내는 무엇보다도 비선秘線이었던 것이다. 해주대회에 들고 보면 북조선 신문과 방송에 나올 것이며, 그리고 그것으로 비선은 공선公線이 되고마는 것이다.

그래서 찾아낸 풀쳐생각이 있었으니, 입처개진立處皆眞이었다. 서 있는 데가 참된 곳이니, 선 자리에서 바로 진리를 찾으라던 옛 스님들 말씀을 어머니가 보시던 불교 서책에서 보았던 듯하였다. 그래서 그러하였던 것일까.

해주나 평양으로 가는 대신 사내가 한 일은 인민공화국을 세우는 데 기둥이 될 최고인민회의 남조선 대표 3백60명을 뽑을 3배수, 곧 1천80명을 뽑는 세상에서 말하는 바 지하선거에 도장을 받는 일이었다. 가로 10센티미터에 세로 5센티미터쯤 되는 용지에 10명씩 이름과 도장을 받아 길게 이어 풀로 붙인 다음 돌돌 말아 배편으로 해주에 있는 남로당 지도부로 보내는 일이었다. 그리고 농맹 기관지인 〈농민깃발〉에 「8·15해방 3주년 기념일을 맞으면서」라는 원고를 쓴 것과 「전국농민동맹의 규약과 강령」, 「농지개혁 등 투쟁목표」, 「리승만괴뢰정부 비판」 등이 기재된 삐라와 「쌀을 강제공출하고 세금을 많이 징수하며 아들을 강제징병하는 리승만괴뢰정부를 타도하자」는 벽보를 필두로 ① 침략자 미군철퇴를 반대하는 망국국민대회를 분쇄하자! ② 소군은 물러간다 미군도 무조건 철퇴하라! ③ 미제국주의 앞잡이 유엔위원단은 즉시 철퇴하라! ④ 노동자농민의 다정한 벗 박헌영선생 만세! ⑤ 조국일통 민주주의전선결성 만세! 같은 구호가 적힌 삐라를 만들어 남조선노동당 보령군당에서 올라온 농맹 관계자에게 전해주는 것이었다. 그것만이 아니라 별도로 특별히 당부하는 것이 있었다. "한라산과 지리산 · 백운산에서 투쟁하는 동무들에게 위문품 및 위문금을 모아 도당에 납부하라." "삐라투쟁, 낙서투쟁, 벽보투쟁, 봉화전을 감행하라." "학교 운동장에 인공기를 게양한 후 부근에 「애국자들이여, 미군은 물러간다. 인민대중의 편이 되자」, 「쌀을 왜놈에게 주지 말고 가난한 농민에게 배급하라」, 「공출한 쌀을 미국에 보내지 말고 가난한 농민에게 배급하라」는 삐라를 살포하라", "리승만역도의 주구인 독립촉성회 보령회장 안춘섭安春燮 집에 반드시 투입하라"는 것이었다. 그것만이 아니었다. 보령군당에서 올라온 농맹 관계자 손등에 손바닥을 얹은 다음, "상부로부터 비밀문서가 전달될 때에 소량의 문서는 손가방을 이용하고, 다량의 문서는 자전거를 이용하라"고 말하였다. 그러면서 "지금 중국에서는 공산당의 인민해방군이 승리하고 있다. 그러므로 조선도 결국에는 미국이 원조를 중단할 것이니

인민군이 승리할 것이다. 그러므로 더욱더 열렬히 투쟁하기 바란다"고 교양을 주며 공작비로 100원권 지폐 40장인 4,000원을 주었다. 학습투쟁에 교재로 쓸 남로당 중앙위원회 기관지인 〈노력인민〉과 함께 여러 매체들인 〈싸우자〉, 〈애국자〉, 〈노동자〉, 〈조국〉, 〈봉화〉, 〈전진〉과 함께였는데, 덧붙이는 말이었다.

"삐라와 낙서는 대중집결 장소 또는 대중이 많이 통행하는 도로에 살포하세요! 꼭!"

다옥한 솔수펑이 끼고 돌자 좌우로 펼쳐진 논이 보였는데, 10월항쟁 기념투쟁 준비 관계로 늦어졌는가. 여기저기 엎드려 뒤늦은 가을걷이를 하는 농군들이었다.

허리 숙여 일하는 농군들을 보자 사내는 어떤 시가 떠올랐다. 해방 다음 해인 1946년 2월 13일치 〈해방일보〉에 실렸던 이상운異霜雲이라는 이가 쓴「農民의 소리」였다.

가물에타고 시들은 풀잎
비를만나 파라케 고개들듯

쇠사슬 끈허지는「八月」에
우리는 일어낫다! 아우성치며

生活의 意慾 마을에 높아

끼니를 놋는 오막사리에서도
『죽지못해 산다……』는
기매킨 탄식은 사러젓다

小作人의 아들로 태여낫기에
小作人의 애비로 늘거야하는
그따위 세상은 아예실타!
빵을 다고! 빵을다고!
우리도 배부르게 살아야겟다

우리는 굳세게 단결햇다
보라! 씩씩한 農民組合을
여기서는 政治와 生活이
한자리에서 이야기된다!

엎늘린 사람도 허리를 펴고
自由와 權利를 저마다누리는
참된人民의 나라를 세우자!
이를 방해하는者 누구냐?

人民의 핏땀을 탐내는者 누구냐?

물리치라! 당장
그들「팟쇼」의 무리를
우리도 사람답게 살아를보자!

가물에 타고 시들은 풀잎
비를 만나 파라케 고개들듯
쇠사슬 끈허지는「八月」에
우리는 일어낫다! 아우성치며

— 異霜雲

두리둥둥 꽹매꽹 어널널럴 상사뒤여 어—여—루 상사뒤여.

베잠방이에 목수건 두른 농군들 풍물소리 대신 귀를 물어뜯는 재넘이 소리였는데, 보름치라도 한줄금 하려는가. 맞은바라기 미륵봉 위로 비묻어온다.* 알 만한 옛살라비 불알동무들 이름 부르며 달려가려던 사내는 힘껏 도머리를 치고 나서 배낭끈을 잡은 손에 힘을 주었다. 그리고 미제 침탈정책으로 옥토가 일로 황폐해지고 있는 남조선과 토지개혁으로 생산이 비약적으로 발전하여 농민생활이 급속 향상되고 있는 북조선을 생각하며 다시 한 번 세굴차게 도머리를 쳤다.

비묻어오다 많지 않은 비가 멀리서부터 다가오다.

옛살라비 농맹원들 앞에서 했던 말이었다.

"왜제와 미제가 조선에서 행하는 농업정책이란 것은 식민지농업정책이란 점에서는 완전히 똑같지만, 형태에 있어서는 팔팔결로 다른 차이가 있습니다. 그 차이란 것은 그들 제국주의 자체 경제적 특수성에 의하여 결정되는 것이지요. 먼저 왜제는 그들 자신의 부족한 식량을 보충하고, 공업원료 특히 방적공업 원료를 빼앗아가는 원칙 위에 조선농업정책을 세웠던 것입니다. 반면 미제는 첫째, 저희들 공업생산품 판매시장으로 조선을 보는 것이지요. 아울러 저희들이 생산한 과잉농산물 판매시장으로 조선을, 남조선을 평가하고 있는 것입니다. 미제가 첫째로 범보다도 더 무서워하고 있는 것이 무엇인지 아십니까?"

사내는 잠깐 말을 끊고 사람들을 바라보았다. 그리고 말했다.

"남조선 토지개혁이올시다."

사람들이 고개를 끄덕였고, 사내가 말하였다.

"왜인고 하면, 봉건적 토지관계가 청산되면 농민에게 기생하면서 농민을 압박하고 있는 친일파와 민족반역자의 물질적 기반이 무너진다는 것을 잘 알기 때문이지요. 농민들이 잘살게 되면 잉여농산물 판매시장인 남조선을 상실하게 된다는 것을 잘 알기 때문이에요. 미제가 우리 농맹 토지개혁안을 완강하게 거부하고 북조선 토지개혁을 파렴치하게 중상모략하는 까닭이 다 여기에 있는 것입니다. 미제가 농민들한테서 농산물을 몰수약탈하지 않고서는 저희들의 과잉생산된 밀가루와 썩은 콩가루와 목화 따위를 팔아먹을 수 없는 고로 전대미문의 대규모 살인적 강도행위가 백주에 공공연하게 범행되고 있는 것입니다. 그래서 미곡생산비에 3분의 1도 안 되는 가격으로 뺏어가는 것입니다."

사내는 한 모금 물을 마셨다.

"비료문제만 해도 그렇습니다. 조선 토질에 맞는 비료가 북조선 인민공장에서 풍부하게 생산되는 데도 불구하고 토질에 맞지 않는 미국비료가 오늘날 남조선에 자꾸자꾸 들어오고 있지 않습니까? 미제 승냥이들은 농민에 대한 대중적 탄압과 야만적 구타와 학살, 가산도구와 가옥을 악마적 파괴로, 총칼과 몽둥이로 남조선 농업을 파괴하고 있습니다.

보십시오!

경작력이 가장 왕성한 남조선 농촌 청년들은 대부분 경찰서와 감옥에 유폐되어 있거나 타지방으로 산중으로 피란하고 있거나 또 그렇지 않으면 침략자 미제와 그 앞잡이 사냥개인 경찰들과 싸우다 불구자가 되고 있습니다. 오늘날 우리 일천사백만 농민들은 대중적 기아와 유리개걸에 내몰리고 있습니다."

사내는 잠깐 말을 끊더니 저고리 안주머니에서 비망록을 꺼내었다. 마분지로 잘라 만든 손바닥만 한 수첩이었는데, 민족주체세력 쪽에서 펴내는 신문과 잡지와 외국에서 들여온 서책에서 옮겨 적어둔 통계숫자들이 철필로 꾹꾹 눌려 적혀 있었다. 사내는 비망록을 들여다보았다.

"해방 다음 해, 그러니까 1946년 1월 25일부터 1948년 2월 15일까지 3회에 걸쳐 9백45만 석 미곡과 2회에 걸쳐 4백31만여 석 하곡을 강제공출하였습니다. 그런데 미군정 당국이 배급한 양곡은 3백81만 석에 불과합니다. 나머지 5백46만여 석 미곡은 어디로 간 것일까요? 기아에 빠지게 된 농민을 구제한답시고 미국에서 수입한 쌀이 4천2백69만 석이올시다. 뿐인가요. 가축사료로도 쓰지 못할 썩은 콩가루며 강냉이와 우리에게 필요치 아니한 칠면조 통조림과 사탕 나부랭이들이 식량이라고 수입해서 배급된 것이올시다."

제가 말하는 숫자를 수첩에 받아 적는 것을 보며 사내는 마른 기침을 하였다.

"그렇다면 북조선은 어떠한가? 사회경제 발전 질곡이었던 토지 소유의 봉건적 관계를 청산함으로써 새 세상이 되었습니다. 왜제와 민족반역자 및 악질지주 토지를 무상으로 몰수해서 낫과 쇠스랑 든 농민에게 무상으로 분배함으로써 새 나라 건설 토대를 닦았던 것입니다.

여러분!

우리 민족의 영명한 지도자인 청년장군 지도 아래 북조선에서 토지혁명이 일어난 것이 해방 다음 해인 1946년, 그러니까 해방된 지 6개월 만인 1946년 3월 5일에 첫코 떼서* 25일 만인 3월

말에 토지혁명을 이뤄냈습니다.

그야말로 전광석화 같은 토지혁명이었지요. 이것을 역사적으로 보자면 6백여 년 전 이루어졌던 고리 말 신돈개혁 이후 처음 이루어진 것으로, 조선역사 5천년 만에 처음 맞게 된 일대 위관이었습니다. 북조선 토지개혁이 더욱 빛나는 것은 지주들이 저항할 시간을 주지 않은 그 빠르기에 있었습니다. 신돈개혁 때는 개경은 15일, 외방은 40일 안에 신고하라는 것이었는데, 북조선개혁 때는 평양이나 지방을 막론하고 몰밀어 10일 안에 신고하라는 것이었습니다. 도대체 저항하고 자시고 할 틈이 없게 만드는 것이었으니, 왈 혁명이란 이런 것이다라는 본때를 보여준 것이었지요."

사내는 다시 물을 마셨다.

"이렇게 토지개혁이 이루어짐으로써 북조선 인민경제의 물질적 토대와 민족경제 발전 기초가 이루어졌던 것입니다. 이처럼 조선인민 모두가 쌍수를 들어 환영해야 할 민족사적 위업을, 남조선 친일파 민족반역자 및 그 추종자들은 외래 반동분자들과 결탁하여 북조선 토지개혁을 가리켜 공산주의자들 소행이라거나 조선에 공산주의를 실시하려는 첫 개혁이라는 등 천박한 허위선전으로 북조선의 민족적 토지개혁을 거부하려는 도구로 이

첫코 떼다 처음 비롯하다.

용하였던 것입니다."

사내는 목이 타는지 다시 또 물을 마셨다.

"자진신고 대상은 5정보 이상 소유자였습니다. 1정보는 3천 평이니, 한 1만5천 평이지요. 5정보 이상 소유한 지주는 토지뿐 아니라 모든 재산을 몰수당한 후 다른 지역으로 이주되었구요. 소작농들과 분쟁을 피하기 위해서였습니다. 다만 그 경우에도 직접 농사짓는 토지는 몰수되지 않았습니다. 종교단체 경우에도 5정보가 넘거나 소작을 주었으면 몰수되었구요."

사내는 물잔을 손에 잡았다.

"이로써 어시호 북조선 인민들은 가구당, 아니 집마다 1.35정보, 그러니까 한 4천 평 땅을 분배받았던 것입니다. 송곳 꽂을 땅 한뼘 없던 농민들이 하루아침에 4천 평 이상 제 땅을 갖게 됨으로써, 혁명 주체세력이 되었습니다. 지주와 지주소작제는 뿌리째 뽑혀버렸어요. 불교와 천주교 재정기반이 약화되고, 기독교를 기반으로 하던 황해도와 평안남도 평야지대 지주와 이른바 민족주의 세력기반이 송두리째 없어졌습니다. 지주와 자본가와 기독교도들이 월남하게 된 까닭이며, 그 행렬은 이제도 이어지고 있습니다.

여러분!

공산주의라는 것은 아직 책 속에만 있는 말이올시다. 인류가 마침내 가닿아야 될 저 언덕으로, 지상낙원인 것이지요. 따라서 북조선에서 이뤄낸 토지개혁은 공산주의로 가기 위해서는 반드시 거쳐야 될 사회주의 앞 층층대, 그러니까 소위 인민민주주의를 이루기 위하여 닦게 된 신작로에 지나지 않는 것입니다.

여러분!

남북정당사회단체 대표자 연석회의 석상에서 청년장군이 한 보고 가운데 특히 우리가 주목할 점은— 토지개혁과 주요산업 국유화, 진보적 노동명령, 사회보장제 실시, 여남동등권 선포 등— 농업과 공업과 인권의 비약적 발전상이며, 근로대중들 생활향상입니다. 이러한 모든 민주적 발전상의 주춧돌이 된 것이 토지개혁이올시다. 왜제시대 50~90퍼센트에 달하던 살인적 소작료에 의한 봉건적 착취가 사라지고, 농민이 토지 주인공이 되어 전수확고에서 10퍼센트부터 27퍼센트 현물세만을 조국을 위하여 바치게 된 결과입니다. 이리하여 북조선 식량문제는 완전히 해결되었습니다. 이상과 같은 북조선 농촌현상은 이번에 북행하고 온 여러 인사들이 이구동성으로 부르짖고 있는 바올시다.

지난 봄, 그러니까 4월 19일부터 24일까지 닷새 동안 평양 모란봉 극장에서 열린 남북조선 정당사회단체 대표자 연석회의에는 박헌영, 허 헌, 김원봉, 백남운, 김규식, 김 구, 조소앙, 엄항섭 선생 등 6백95명이 참석하셨습니다. 친일파 민족반역자를 제외하고 애국자는 죄 모였으며 각계각층 대표들이 죄 참석하셨는데, 그분들이 옥살이한 총 햇수가 8백79년 3개월이올시다."

사내는 잠깐 말을 끊더니, 눈길게 좌중을 둘러보았다.

"여러분 가운데는 호남 수부며 조선왕조 발상지인 전주와 서해 항구도시인 군산에 가보신 분이 계실 것입니다. 이른바 전군가도라고 하지요. 우리 조선에서 맨 처음 생긴 2차선 포장도로로서, 신작로라는 말이 여기서부터 생겨났습니다. 새로 닦은 길이라는 이 말이 생겨난 것은 1908년이올시다. 왜노들이 우리 조선을 완전히, 이른바 법적으로 빼앗는 서류가 완성되기 이태 전에 그 신작로가 뚫렸다는 것은 무엇을 말해주고 있습니까? 조선을 삼켜버린 첫 번째 목적이 바로 식량수탈이었음을 적나라하게 보여주는 것이지요. 그 신작로가 뚫린 이듬해인 1909년에 벌써 전체 조선쌀 30퍼센트 이상이, 조선농군들이 우마차와 지게로 실어 나른 쌀가마니가 빠져나갔던 것입니다. 가마니라는 것이 이때 처음 생겨났습니다. 우리 조선사람들은 섬이라고 했지요. 쌀섬이라고 했지 쌀가마니라고 하지 않았습니다. 조선쌀을 실어 가기 위해서 소학교, 보통학교, 국민학교 아이들까지 동원해서 만들어낸 튼실한 쌀자루가 바로 가마니였던 것입니다. 왜말 가마쓰. 어찌 또 그곳뿐이겠습니까? 이른바 징게맹개외애밋들* 쌀을 실어내던 전군가도는 그 대표적 상징이 되는 것이지요.

보릿고개가 되면 농촌인구 중 80퍼센트가 넘는 소작인들 가운데 굶어죽는 이들이 속출하던 때 최고 9할에 이르던 살인강도

징게맹개외애밋들 김제만경 너른 들.

적 소작료와 각종 고리대로 죄 빼앗기던 시대였습니다. 김정한이란 소설가는 「사하촌」에서, 리태준 소설가는 「꽃나무를 심어놓고」라는 소설에서 죽음의 벼랑 끝에 내몰린 농민들 참상을 사실적으로 그려놓았지요. 이게 무슨 말이냐 하면, 왜제 때 했던 해방투쟁은 쌀을 찾기 위한 투쟁이었고, 8·15해방은 쌀을 되찾은 해방이었다 이런 말씀이올시다. 인류역사는, 우리 조선을 필두로 한 동북아시아 역사는, 쌀역사였던 것입니다.

그런데 해방은 왔으나 쌀은 오지 않았습니다. 왜군 대신 들어온 미군은, 미군정은 푸른 눈에 해행문자*를 쓰는 새로운 총독부였습니다. 독립운동으로 피를 흘리던 우리 애국자들이, 조선인이 자주적으로 선언하고 결성한 자주국가인 인민공화국을 세우고 나서 제일 먼저 손붙인 것이 인민위원회였다는 것을 여러분은 잘 아시지요? 남조선 7도 12시 1백31군 방방곡곡 짜여진 인위에서 농민들에게 나눠줬던 땅을 다시 빼앗아 간 것이 누구입니까? 미군정에서는 왜제 때 동양척식회사를 이름만 바꾼 신한공사를 내세워 왜제 때와 다름없는 살인적 고율 소작료로 농민들 피땀을 빨았습니다. 지난해 12월 22일치 독립신보에 실린 동요가 있습니다. 서울 삼청국민학교 5학년인 안병숙 어린이가 지은 것입니다.

해행문자(蟹行文字) 영어.

엄마 엄마
양력설은 죽물먹고
이번설만 고대고대
압빠 압빠
이번설도 죽물이니
색동조고리 고흔치마
언제입고 세배할가.

매일같이 네댓 명씩 죽어나가고, 쌀이 떨어진 가장이 안해와 아이들을 죽이고 자결하는 전대미문 참상이 일어나는 판국에 미군정은 "쌀이 없으면 고기를 먹으면 되지 왜 굶느냐?"고 하니, 이게 사람이 할 수 있는 말인가요? 불란서혁명 발단이 되었다는 뭐라는 왕비 말이 떠오르는군요. 이처럼 호랑이가 물러가니 늑대가 오더라고 왜제 때와 다름없는 쌀 강제공출이 불러온 것이 그러께 대구에서 일어나 전국으로 번져나간 10월항쟁이었습니다. 그리고 야산대가 일떠섰지요.

지난 8·15에 리승만이가 남조선 단독정부를 세웠습니다. 그리고 그들이 한 일은 고작 미국에서 생산된 잉여농산물 수입이었던 것입니다. 미국인들이 새로 얻은 식민지인 조선에서 수백만 석 어마어마한 쌀을 왜국에다 팔아먹고 자기들 묵은쌀을 식민지 백성들에게 비싸게 팔아먹는 야바위장사를 하는 것입니다. 야산대 또는 들대라는 이름의 인민유격대가 생겨나게 된 까닭이올시다. 반세기도 전인 저 갑오년에 일어난 농군 봉기는 여태도 끝나지 않은 것입니다. 더욱더 치열해지고 있는 것이지요. 미군정은 그리고 소위 적산이라는 이름으로 남조선 전체 재산 거의 모두, 그러니까 8할이 넘는 재산을 빼앗아 갔습니다. 적산이라면 곧 왜제 것이라는 말인데, 그렇다면 전에 왜국땅이었던 조선이 이제는 미국땅이 되었다는 말 아닌가요? 무엇보다도 먼저 토지개혁을 하지 않고서는 진보, 곧 한발짝도 앞으로 나갈 수 없기 때문입니다.

더 끔찍한 사실은 이른바 전군가도라는 그 식민지 수탈로인 신작로 가에 왜제 상징인 벚나무를 심는다는 것입니다. 어떤 재왜교포가 보냈다는 그 벚나무 뒤에 숨은 왜제들 속뜻이 무엇이겠습니까? 이상으로 변변찮은 현시국상황에 대한 보고를 마치겠습니다. 고맙습니다."

꾸벅 고개를 숙여 시국보고가 끝났음을 알린 사내는 잠깐 무엇을 생각하는 듯하더니, 다시 마이크를 잡았다. 그리고 요마적 남조선에서 유행하는 민요民謠를 읊조리는 것이었다.

"들락날락 군정청
먹고보자 수도청
내일와라 서울시청

돈이나 내라 학교."

해설피 해가 넘어가고 있었다. 저만치 울틔로 접어드는 삼사미 드날목에 다옥한 삼푸리*가 보였고, 사내는 걸음을 멈추었다. 그리고 서낭당 돌담불에서 주운 헝겊으로 당감잇줄 삼아 헐렁해진 '지까다비'*를 들메하고 나서 비슥맞은편* 삼푸리 속 돌엄마* 한테 외 붓듯 가지 붓듯 도담도담 아들딸 잘 자라게 해달라고 합장삼배한 다음 잰걸음을 쳤다.

산속에 푸줏간이 없으므로 맷고기* 한 칼 못 끊었으나, 어머니 아버지께 드릴 겨울내복과, 아우들에게 줄 양말과, 안해에게 줄 박가분 한 통과, 제 얼굴과 똑 빼쏜꼴인 다섯 살 났을 딸따니와 아직 돌이 못 된 아들내미에게 줄 눈깔사탕 한 봉지가 든 배낭을 다시 한 번 추슬렀다. 그리고 걸음을 재촉했는데 무슨 까닭으로 영 무겁기만 한 발걸음이었으니, 집이 가까워올수록 눈에 밟히는 것이 들피진 어머니 아버지와 아우들 얼굴이었던 것이다. 더구

삼푸리 소나무·잣나무·대나무가 가장 푸른빛을 띠고 있으므로 '삼푸리'라고 한다. 통감권이나 읽은 진서세대에서는 '삼청三靑'이라고 하였다. **지까다비** 왜인들이 신던 작업화. 지하족대地下足袋. 버선신. **비슥맞은편** 맞바로에서 벗어난 맞은편. **돌엄마** 아들딸이 탈없이 잘 자라도록 돌에 치성을 드리던 것으로, 그 돌을 어머니 삼아 부르던 말. **맷고기** 고기를 짝으로 사가는 부자들과 달리 서민들과 친숙하던 고기로, 조금씩 떼어놓고 푼어치로 팔던 쇠고기. 예전에는 명절에도 쇠고기 한칼 구경하기 힘든 서민들 삶이었음. 〈농가월령가〉에 보면 '새댁이 신행갈 때에도 개고기를 싸가지고 갔다' 고 함.

나 갈빗대 밑이 시린 것이 사립문 앞에 우두커니 서 계시던 삼베 옷 입은 쌍그런 어머니 고비 늙은 모습이었다. 돈이 없는 것도 아니었다. 경찰들 눈이 무서웠지만 광천읍내서 새댁한테 부탁했으면 될 일이었다. 맷고기가 아니라 가리고기*를 몇 짝이라도 떼어갈 수 있었다. 사내가 입고 있는 속곳 속 주머니지킴에는 돈머릿수* 큰 소절수*가 들어 있었지만, 그것은 당사업에 쓸 군자금이었다. 사내는 충남도당 밑에 무장대를 꾸려볼 작정이었던 것이다. 아직 그 쌊에 지나지 않는 오서산 들대*를 찾아봤던 것도 무장대를 꾸리는데 어떤 도움을 받아보자는 생각에서였다. 그래서 담양 가마골에도 들러볼 생각인 것이다.

사내한테는 아무도 모르는 물잇구럭이 있었다. 리승만단정에서 이른바 민의원을 하는 고모부가 있었는데, 고모부의 첩 그러니까 고모 시앗인 여자였다. 왜제 때부터 유명짜한 해어화*로 장안 오입장이들 살림을 여럿 툭수리차게 한 일색이었다. 솥장사를 하겠다는 명목으로 거금 50만원을 빌렸던 것이다. 작은고모라고 부르는 그 해어화한테 목돈을 얻었던 것은 이번만이 아니었다. 사내가 스물여덟 살 나던 해, 그러니까 해방 전 해인 1944년 끝무렵 서울 어떤 여자전문학교에 선생으로 이름을 올렸던 적이 있었

가리고기 '갈비'는 동물 늑골을, '가리'는 식용 갈비를 뜻하여 가름하였음. "날고기 보고 침 안 뱉는 사람 없고 익은 고기 보고 침 안 삼키는 사람 없다"고 비위에 거슬리는 시뻘건 갈비 생김새를 피해보고자 하는 옛사람들 슬기였음. **돈머릿수** 액수. **소절수**(小切手) 어음이나 수표. **들대** 야산대野山隊. **해어화**(解語花) '말을 알아듣는 꽃'이라는 뜻에서 '기생'을 말함.

다. 독궁구로 깨친 수학강사 자리였는데, 그 학교를 머리지은 몇몇 전문학교에 독서회라는 이름을 단 반제국주의동맹을 얽어내는 데 드는 군자금이었다. 청주 어떤 곳에 몸을 숨기고 있던 박동무와 김삼룡金三龍 선생 다리노릇을 하며 경성콤그룹을 얽어나갔던 것이다. 그리고 해방이 되면서 농민동맹 쪽으로 옮기게 된 것이었다. 세상물정에 밝은 그 여자는 본마누라 친정조카인 사내가 똑똑하고 공골차기*가 마른 건천에 돌팍 같은 '주의자'라는 것을 알고 있었지만, 두말없이 큰돈을 내주었던 것이다. 곁빈 친정 쪽에 잘난 사내가 없어 늘 뒤가 추웠던 그 여자는 끌밋한 사내를 볼 때마다 친조카였다면 얼마나 좋을까 싶어 불보살 명호를 불렀던 것이다.

사내는 소절수가 든 속곳을 한번 만져본 다음 배낭 아래쪽을 만져보았다. 사내가 소중하게 받쳐드는 배낭 밑바닥에는 어디서고 나라 안팎 새소식과 나갈 길에 목마른 인민대중에게 알려줄 이야기와 선전선동 문건들을 박아낼 등사판과 인쇄도구에 프린트판이며 잉크와 솔과 롤라 원지 같은 인쇄도구들이 질기고 튼튼한 미국 낙하산천에 쌓여 있었으니, 물장수 혁명가를 본받은 것이었다. 독 오른 살모사 같은 왜경 눈길 피하여 대전으로 가고 대구로 가고 함흥으로 가고 전라도로 가고 경상도로 가고 함경도로

공골차다 야무지고 빈틈없다.

가고 경기도로 솥땜쟁이, 엿장수, 풍각쟁이, 동냥아치로 차림만 다르게 한 것만이 아니라 진짜로 그런 이들과 한몸이 되어 돌아다니며 노동자 농민 얼개를 만들고 트로이카•식으로 작은 동아리를 만들어 반제반전 사상을 널리 퍼뜨렸던 것을 되새기며 장만한 것들이었다. 리관술 선생 활약상 가운데서도 사내 가슴을 뛰게 한 것은, 해방 10여 년 전 리재유° 선생과 함께 위장농군 생활을 하며 조선공산당재건준비그룹 기관지 〈적기赤旗〉를 '가리방 긁어' 박아낸 일이었다.

쇠코잠방이에 등거리• 걸치고 밀대모자 쓴 장삼이사張三李四로 동지를 만나러 다니며, 곤경에 처한 동지에게는 당신이 입은 옷도 벗어주고 지갑에 있는 돈도 덜어주기를 주저하지 않았으며, 이웃집이 밥을 굶으면 당신 밥을 주고 당신은 굶는 분이었지. 활동하던 북선에서 서울로 연락을 취하러 왔다가 약조했던 김삼룡 선생이 검거된 것을 알고 여러 날 동안 불식불면不食不眠하던 선생은 언제나 말씀하셨지. 우리 공산주의자는 조선독립의 주인공이다. 조선독립을 전취戰取함에 자기희생을 두려워해서는 독립은 불가능하다. 우리 공산주의자는 자기 행동을 결백하게 가져야 한다. 한 사람이라도 부정한 행동이 있다면 공산주의자 전체가 비난을 받게 되고 따라서 조직을 파괴시키는 것이니 자기

트로이카 '세 마리 말이 끄는 마차'라는 러시아말. **쇠코잠방이 등거리** 농군이 여름에 입던 굵은 베로 올이 성기게 짠 가랑이 짧은 홑고의(사발잠방이)와 소매 없는 웃옷.

행동은 민중의 귀감이 되어야 한다던 선생님한테 한밭은 어떤 인연의 땅이란 말인가? 이 하늘 밑에 벌레는 또 무슨 전생의 인연으로 엿장수로 몸을 바꾸었던 선생과 만나게 되었다는 말인가? 그리고 무엇보다도 선생의 배다른 누이 되는 철혈鐵血 여성 혁명가 리순금李順今 선생은 어디서 무엇을 하신다는 말인가? 한밭역 앞 연문서점研文書店에 들러 홍연필로 '×'자를 쓴 백원 권을 서점 주인에게 제시하고 〈신천지〉 대금으로 가져왔다고 하면 '레포'와 접선할 수 있었고, 레포 안동받아 중동 어떤 집에 가면 만날 수 있었던 리순금 선생이었는데, 작년부터 당신 몸 받았다는 이를 보내더니, 리승만역도가 단정을 세운 다음에는 숫제 선이 끊어지고 말았구나. 어서 후딱 가서 자식놈 얼굴이나 한번 본 다음 연문서점 들러봐야지.

오서산 속 어느 절에서인가 석쇠 치는* 소리가 들려왔고, 휘휘한 산길을 달음박질쳐 가는 사내 입에서는 노랫소리가 흘러나오는 것이었다. 천재시인 림 화°가 노랫말을 짓고 세계적 천재작곡가인 김순남°이 곡을 붙인 「해방의 노래」였다.

어둠의 쇠사슬 풀리고
자유의 종이 울린 날

석쇠 치다 절에서 조석예불 때 종을 치다.

삼천만 가슴에 눈물이 샘솟고
삼천리 강산에 새봄이 오던 날
아 아 동무여! 그날을 잊으랴
우리의 생명을 약속한 그날을
8월 15일
8월 15일

뭉치세 삼천만 동포여
찾으세 삼천리 강토를
지고온 쓰라린 멍에를 버리고
새로운 만년의 역사를 세우세
아 아 동무여! 그날을 잊으랴
우리의 영광을 약속한 그날을
8월 15일
8월 15일

5

"캬아!"

잔뜩 눈살을 찌푸리며 술잔으로 쓰는 간장종재기를 뒤집고 난

청년이 뜯다 만 닭다리를 집었다.

"거 튼술이라구 우습게 볼 게 아닙네다레. 세 끝이 다 얼얼한걸."

성냥개비로 이 사이에 낀 닭살을 후벼 실퇴 밑으로 뱉은 사내가 담배에 불을 붙였다.

"산골물이 쏜다잖는가베. 거 달구새끼 다리 한번 딜기구만기래."

왼쪽 광대뼈 위로 칼자국이 뚜렷한 서른 너머로 보이는 사내가 피우던 담배를 개다리소반 가에 올려놓더니 뜯다 만 닭다리를 집어 들었다. 턱에 엽전만 한 푸른점이 박힌 청년이 길게 연기를 내뿜었는데, 붉은색으로 동그라미가 쳐진 곽에서 꺼낸 것은 칼자국과 같은 미제 럭키스트라익이었다.

검정물을 들인 미군 작업복 차림인 두 사내 앞 개다리소반에 놓인 목예반 위에는 닭갈비가 수북하였는데, 구장네서 제삿날 쓰려고 담가둔 쌀알이 동동 뜨는 맑은술을 거르고 씨암탉 한 마리를 삶아다 바친 것이었다. 서울서 내려온 귀한 양반들이니 잘 모셔야 한다며 다짐을 두던 보령경찰서 사찰과장 당부를 모른 체할 수 없는 구장이었다. 리승만단정 지역 후원자인 국민회장단이며 우익청년단체인 민보단장에 애국부녀회장단들이 돌림추렴을 한다지만, 장근 석 달이 되게 묵새기고 있는 경찰관리들을 장님 손 보듯 할 수도 없는 구장으로서는 여간 부담스러운 일이 아닐 수 없었다.

작업복 두 사람이 술상을 마주하고 앉아 있는 뒤란 퇴창 밖 실퇴 벽에는 카빈총 두 자루가 세워져 있었다. 남조선단독정부가 세워진 두어 달 전부터 남조선노동당 충청남도당 야체이카로 문화부장을 맡고 있으며 아울러 당수 비선이기도 한 이 집 주인 아들을 잡기 위하여 거미줄을 느리우고 있는 참이었다. 서북청년단 출신 가운데서 용맹이 사나운 사람들, 그러니까 북조선에서 세운 조선민주주의인민공화국 정권에 원한이 깊은 이들로 골라 제주도 빨치산 토벌에 내세웠다가 공을 세운 이들을 서울시 경찰국 특별경찰대로 채용한 사람들이었다. 특경대가 내려와 진을 치고부터 낮이면 식구들이 죄 밖으로 도는 집 안은 쥐 죽은 듯하였다.

"이 덥 택호가설라무네 딘사댁이라디요? 유명따한 냥반이라구."

점백이가 물었고 귀에 꽂았던 꽁초를 펴 입에 물려던 칼자국이 콧방귀를 뀌었다.

"냥반인디 두반인디 띠끄레기 단반인디…… 녜전 고리딱에 딘사를 했다던가?"

"합방 때 다딘한 튱신렬사라던데……"

"튱신렬사는 머이가 얼어듁을 튱신렬사."

칼자국은 다시 콧방귀를 뀌었는데, 고향인 평안남도 순안에서 아버지가 마름노릇 하던 집 택호가 진사댁이었던 것이다. 토지개혁을 맞아 툭수리차게 된 진사댁이었고, 후림불에 떨거둥방아가 된 칼자국네였다. 칼자국이 조그맣게 말하였다.

"하라반 손댜 말캉 대그빡 하나는 텬대라드만."

"이 딥 아들내미가 박허넹이 부관이라는 거이 맞습네까?"

"부관인디 탐시인디는 모르디만 남노당 악덜 발강이루 농맹이 서두 엄디가락이래드만."

"이 간나루 댭아가믄 승딘은 틀림없갔디요?"

"박허넹이와 뭐이 연락이 있넌 모냥이니깐두루 틀림없갔디. 고럼. 고럼."

"뎌 냠똑 려순가 있던 십사련대 간나덜이 반란을 쌔렸다던데 디금 어캐 되구 있대요? 궁금해 똑 듁갔구만."

"그거이야 경비대 아덜한테 매끼구설라무네 우리 특경댄 기저 공산당만 쌔려답으믄 된다니. 알가서?"

"이 딥 갓난아새끼래 돌이 다 되두룩 울디 안넌대디요?"

"버버리새낀가 부디. 애비넌 공산역도구 다식새끼넌 버버리구. 거 탐 달나가넌 딥이구만기래."

"버버리 에미나이도 인물 한번 툡디다요. 아까 달구새끼 삶아온 구당딥 간나도 삼삼하구. 눈가생이가 파르톡톡 하니 방티가 딱 벌어져갔구설라무네."

"뻴대투이 가튼 에미네르 각시 삼으람둥?"

"각시는 무슨……"

"거 껄떡거리디 돔 말라. 요버이 이 김딘사딥 아들내미 댭아바티구 상금 타믄 댱개나 가라우. 밤낮 되없넌 에미나르덜만 댭아먹디

말구."

"성님은 맨날. 삼팔따라디가 어카가시요. 이번에 포상금 타구 승딘하믄 이몸두 댱개들구 남됴선서 다리답갔시요."

제주도 토벌대로 있으면서 겪었던 여러 가지 좋았던 일—반란군 잡는다는 명목으로 반반한 섬 부녀자들을 마구 겁탈하였던 일이며, 곤경에 처한 식구들 살려보려고 비대발괄하는 이들 겁박하여 금품을 울궈냈던—을 떠올리며 점백이가 혀끝으로 입술을 핥는데, 칼자국이 하품을 하였다.

"아함- . 데듀도 토벌 때가 됴왔디. 아, 데듀도 비바리 에미나이덜 생각하믄 듁갔구나야. 듁가서."

시커먼 눈자위가 간잔조롬하여지던 칼자국이 손가락 한 개를 들어 입에 세웠다.

"쉬잇!"

두 사내는 똑같이 카빈을 잡았는데, 앞마당 쪽에서 인기척이 났던 것이다. 특경대 청년 두 명은 마치 잠자리 잡으려는 아이들처럼 살금살금 소리 나지 않게 뒤란 돌아 앞마당 쪽으로 갔다.

"어머니!"

소리치며 첨곗돌 밟고 흙마루 올라서던 사내는 무춤하며 배낭끈을 잡았다. 입속에 침이 말라옴을 느낀 사내 손등에 푸른 힘줄이 돋는데, "손들엇!" 소리와 함께 카빈총구 두 개가 사내 등짝에 매달린 배낭에 박혔던 것이다.

칼자국과 점백이가 모뽀리하듯 소리치는 바람에 놀랐는가. 무슨 날것 한 마리가 포르르 날아올랐다. 애빨치 싸울어미를 만나던 오서산 재몬다외서부터 사내 어깨 위에 앉아 있던 고추잠자리였다. 저 멀리 한내로 가는 신작로 너머로 해가 넘어가고 있었다.

멧새 한 마리

제망모가祭亡母歌

청주清州 후인後人 한희전韓熙傳은 이 중생 어머니이니, '칸요시코 한선자韓善子'가 왜식이름이며, 련희蓮姬는 아버지가 지어준 아호 겸 당호黨號이다.

내 선비先妣께서는 옛살라비에서 보통학교를 마치고 부모 무릎 아래 새악시 궁구를 하며 자라났으니, 우리 배달겨레 내림줄기 이어받은 꽃두레였어라. 스물한 살 나던 해 늦가을 월하노인月下老人 중신 좇아 스물여섯 이웃고을 꽃두루 만나 다음 해 찔레꽃머리에 백년가약百年佳約을 맺음으로 평생동무가 되었음인저.

새댁은 새서방님 가는 길 좇아 조선공산당에 들어갔고 뒤이은 남조선노동당원이 되었으니 신작로길 마다하고 가시덤불 우거진 외자욱길로 들어섰음이어라. 가짜 해방이었던 8·15를 만나

묵돌불가금墨突不暇黔으로 신 벗을 사이 없는 남편 뜻 좇아 조선부녀총동맹에 들어갔고, 뒤 이어 남조선민주여성동맹원이 되었는데, 우리 배달겨레 살매에 깊은 눈길을 주게 되었던 것은 오로지 '독서투쟁'과 함께 남편과 어깨 겯는 '학습투쟁' 덕분이었어라.

"인물은 다시 없으나…… 그 사상이 골칫거리올시다."

"사상이라면……?"

"뼛속까지 보루세빗긔다 이런 말씀이외다."

월하노인과 친정아버지가 나누는 말씀 듣던 꽃두레가 했다는 말인즉,

"누가 새상과 혼인허남유. 인긕이 훌늉헌 츤재면 그만이쥬우."

새서방님이 체 잡아 보내주는 헌 신문지가 까매지도록 습자習字해서 배운 글씨는 방정方正하였고, 맹원과 아이들 가르치고자 '창가투쟁'으로 익힌 노래 솜씨 또한 사람들 귀를 모으게 하였는데, 어글하니 총민한 눈빛에 톡 찬 이마가 서늘하게 넓어 잘생긴 얼굴이었고 늘씬하게 고운 몸매였으니, 첫눈에 사내들 눈길을 확 끌어당겨 오금을 못 쓰게 만들 만큼 빼어나게 아릿다운 자태로, 왈 일색一色이었어라. 곳처럼 어여쁘고 끼끗한 기상으로 잘생긴 얼굴과 몸매여서, 장 수수한 옷차림과 민낯으로 사람들 눈길을 피하였어라.

인공세상이 왔을 때 남조선민주여성동맹 청라면맹 위원장이 된 선비께서는 더구나 옷깃을 여미었으니, 하늘같이 믿고 따르

던 남편 이름에 한낱 먼지라도 앉을까 두려워하는 마음에서였고녀. 칠흑처럼 까만 벨벳치마에 깨끗이 빨아 다려 눈처럼 흰 옥양목저고리 받쳐 입고 흰고무신 꿴 아낙은 바른팔을 어깨 위로 들어올렸어라.

"우리나라 어머니 품을 떠나서
헤매이는 형제들 어서 뭉치세
백설단심 끓는피 깨끗이 받아
한을 풀고 찾으세 화려 삼천리"

「우리나라 어머니」 부르던 아낙이 '도망꾼의 봇짐'*을 쌌던 것은 '9·28사변'이 난 지 한 달소수가 지났을 때였어라. 1950년 11월 중순으로, 자식놈 낯이라도 보고자 들렀던 옛살라비집에서 남편이 서청 출신 서울시경 특경대한테 잡혀간 이태 뒤였구나. 어제 들렀던 소재지(면) 인민위원회 지붕에는 인공기 대신 태극기가 펄럭이고 있었는데, 시집인 울틔 사립문에는 인공기가 휘날리고 있었으니— 류진산柳珍山이 이끄는 대한청년단 사람들이 인공기를 뽑고 태극기를 달아놓은 것을 오밤중에 내려온 오서산유격대가 다시 인공기로 바꿔놓았던 것이었구나.

도망꾼의 봇짐 크고 어수선하게 꾸린 봇짐을 흉보아 비꼬는 말.

〈패주하는 인민군을 따라갈 작정으로 오서산 넘어 홍성군 광천읍에서 북쪽으로 40리 가량 도주하다가 민보단원들한테 붙잡혔던……〉

공소장에 적바림 된 대문인데, 말없이 살푸슴하는 어머니였고녀. 한번은 어머니한테 큰절 저쑤며 용서를 구한 적 있으니— '아버지 빽'으로 위원장동무를 했다고 생각하며 어머니를 낮춰보는 마음이었던 이 중생은, 어마뜨거라! 장군죽비로 뒷통수를 맞은 것 같았으니, 혁명서책들을 몰송하시는 것이었어라. 머릿말 또는 서장만이었으나 한줄로 꿰인 염주 알처럼 주르륵 꿰고 있는 것이었고녀.

이른바 '운동가들'을 만날 때마다 장 하는 소리가 있으니, "왜 피어린 현대사의 생생한 체험과 말을 안 들어보느냐?" 어떤 대학 교수와 환경운동가와 생태인문잡지 주간과 춘천 마을 밖 사는 후래 소설가를 찾아갔던 때였는데, 곡차일배 하는 자리에서 그런 말을 했던가. 얼마 뒤 환경운동을 한다는 글쟁이한테서 전화가 왔는데— 녹취를 딸 팀을 짰으니 언제 찾아뵈면 좋겠냐는 것이었고, 아! 덧없는 인간사련가. 전화가 온 바로 전날 쓰러져버리신 망백望百 어머니인 것이었고녀. 모자간에야 어떻게 의사소통이 된다지만 '역사를 증언'하기에는 어림없는 성음이었어라. 노노봉양이 바드럽다는 사람들 걱정 좇아 정양원으로 모시게 된 어머니 좇아 여기 용문산 자락까지 오게 된 까닭이고녀.

'살아남은 자의 슬픔'이었던가. 징역복이 터진 어머니였으니, 50년 11월 중순 다음부터 모두 10년 위로 살게 된 징역이었고녀. 왜제 때부터 끌려다녔던 예비검속은 수에 넣지 않는다고 하더라도 끝없이 끌려가야만 하는 경찰서와 형무소였어라. 삼칠일이 넘는 단식투쟁 끝에 지켜낸 동무였으니, '민들레꽃반지'였고녀. 다비茶毗를 저쑵고 나서 신문지상에 올렸던 글이다. 〈잊지 않겠나이다.〉

〈새 세상을 그리워하며 '민들레꽃반지'를 닦던 어머니 열반에 향을 사뤄주신 어른들께 엎드려 큰절 올리나이다.〉

이제도 귀를 물어뜯는 소리가 있으니, '오카모토 미노루와 그 딸내미 욕을 하지 말라'는 것이었어라.

"죽으면 다 소용읎넌겨. 늬 애븨를 봐라. 서른 저우 넹겨 저생 간 애븨를 봐. 살어야지. 살어서 새 시상 봐야지. 암, 새 시상 봐야 허구 말구."

아, 슬프다. 향수 97에 눈 감으신 선비 소상小祥을 맞아 변변찮은 제물을 베풀어 놓았으니, 아! 어머니시여. 앎이 있으시거든 못난 자식이 올리는 이 깨끗한 술잔을 흠향하소서.

桓紀 9289년 음 정월 스무여드레

불효자 聖東 분향재배

1

물떠러지• 소리를 내며 거세차게 쏟아져 내리던 오줌발이 무춤 멎으며, 흡. 그 애동대동한• 아낙은 옆에 놓았던 베보자기를 끌어 당기며 솔푸데기 틈바구니 밑으로 머리를 낮추었다. 방금 내려온 재몬다외 쪽 회똘회똘•한 외자욱길•에서 두런거리는 소리가 났던 것이다.

"두목짜 되넌 화상이 트에 있다구 혔것다?"

"그류."

"틀림 읎으렷다!"

"그렇다니께유. 빈판대 이으펀네랑 꽃두레 빨찌산… 그러니

물떠러지 폭포. 작은 것은 '쏠'. **애동대동하다** 매우 젊다. **회똘회똘** 길이 이리저리 구부러진 꼴. 휘뚤휘뚤. **외자욱길** 한쪽으로만 사람이 지나간 자취가 있는 길.

께 시누올케가 짬짜믜• 허넌 소릴 이 두 구이루 똑똑이 들었다니께 대이구 그러신댜, 그러시길."

중다버지•가 내는 밤 문 소리• 뒤를 이어 무엇으로 땅을 찍는 소리가 났다.

"요오시이•! 이느믜 오수산빨찌산늠덜두 오늘이 지삿날이다!"

수리목•진 소리로 씹어뱉는 중년 사내 팔뚝에는 〈대한청년단 감찰부〉 완장이 채워져 있었다. 중년 사내 이마에 잔주름이 잡히었다.

"그란듸 이 사람덜 뒹작이 왜 이렇긔 굼떠•? 빨찌산 쌔려잡구 나서 뫽맹 것덜 쾩쳐야넌듸……"

살그미• 고개를 들어 내다보는 아낙 눈에 들어오는 것은 예닐곱은 되어 보이는 장정들이었다. 왜병들이 입던 달걀빛 국민복 차림인 그들은 저마다 대창이며 실팍한 몽둥이, 그리고 구구식 장총 같은 것을 들었는데, 민보단원들일 것이었다. 마을에서 방귀깨나 뀌는 집 자식들, 그러니까 우익 청년들로 짜여진 민간보안대였다. 「민보단」은 해방이 되면서 좌익 인사들이 세운 인민위원회 무장력인 「치안대」에 맞서 생겨난 우익 쪽 민간 무장력

짬짜미 남몰래 둘이서만 짜고 하는 언약言約. '약속約束'은 왜말임. **중다버지** 길게 자라 더펄더펄한 아이들 머리. 또는 그런 아이. **밤 문 소리** 마음에 차지 않아서 입에 밤을 물었을 때처럼 올곧지 않게 나오는 소리. **요오시이** '좋다!'라고 다짐하는 왜말. **수리목** 목청이 곰삭아서 조금 쉰듯하게 나는 목소리. **굼뜨다** 움직이는 것이 느려 일하는 것이 재빠르지 못하다. **살그미** 남몰래 살며시. 살그니. 살그머니. 살그래.

이었다. 저 갑오봉기 때 세워졌던 농촌자치조직, 곧 농촌쏘비에 뜨인 집강소執剛所 내림줄기• 이어받은 「인민위원회」 세에 눌려 찍쨱 소리도 못하다가, 미군정이 쳐놓은 올가미인 「조선정판사 사건」으로 좌익이 땅 밑으로 스며들자, 살그미 고개를 내어밀었던 것이다. 미군정 뒷배 받아• 큰소리치다가 리승만단독정부가 세워지면서 흰목을 잦혔•는데, 6·25사변이 터져 인공세상이 되면서 가뭇없이• 사라지더니, 9·28사변이 터지면서 다시 세를 얻게 된 것이었다.

민보단이 짜여진 것은 시집이 있는 마을에서도 마찬가지였다. 맥아더라는 자가 거느린다는 북미합중국 침략군이 인천에 올라온 것은 양력으로 구월 십오일이라는데, 시집이 있는 청라면 장현리 얼안 모두는 여전히 인민공화국 세상이었다. 울틔가 있는 장현리만이 아니라 삼동네 이웃이 그랬고 군맹이 있는 한내• 쪽도 마찬가지였다.

그러나 알음알음•으로 들려오는 풍김새•만큼은 전과 달랐으니, 면맹에서 만나본 이들 낯빛이 그러하였다. 여맹이 짜여져 활기차게 돌아가던 칠팔구월과는 다르게 어딘지 풀이 죽어 있었다. 군맹에서 연락이 온 것은 시월에 접어들었을 때였다. 조선인

내림줄기 예로부터 이어받아 지켜가는 것. 전통傳統. **뒷배 받다** 겉으로 드러나지 않게 뒤에서 보살펴 줌을 받다. **흰목을 잦히다** 터무니 없이 제 힘을 뽐내다. 흰목 재끼다. **가뭇없이** 어디로 간 자취가 없이. **한내** '대천大川'. **알음알음** ①서로 아는 사이. ②서로 가진 친분親分. **풍김새** 냄새. 낌새. 눈치. 느낌. 공기. '분위기'는 왜말임.

민의 철천지 원쑤인 미제국주의 병대한테 수도 서울을 빼앗긴 것이 구월 말쯤이니, 청라면 소재지에 주둔하고 있는 인민군대도 철퇴투쟁을 전개해야 된다는 것이었다. 한내에 있는 인민군대도 채비하고 있다고 하였다.

그러나 네둘레*는 여전히 인공세상이었다. 아낙이 사는 민주부락인 울틔며 장밭은 그만두고 면맹이 있는 청라며 군맹이 있는 보령군 언저리는 여전한 인공치하였고, 아낙 또한 여전히 '견결한 혁명전사'였다. 남조선민주여성동맹 면맹위원장.

그래서 나락 석 섬을 펴놓고도 오히려 귀가 남는 구장네 너른 마당에 모인 아낙네와 아이들 앞에서 조선민주주의인민공화국 정치이념인 녀남평등권 법령 실시 및 노동법령 해설, 그리고 미제 식민지인 남조선 부패타락상을 지적하여 해방군인 인민군에게 물질적 원조를 할 것을 역설·선전하고, 아이들 모아놓고 김일성 장군 찬가

장백산 줄기줄기 피어린 자욱
압록강 굽이굽이 피어린 자욱
오늘도 자유조선 꽃다발 위에
역력히 비춰주는 거룩한 자욱
아아 그 이름도 그리운 우리의 장군

네둘레 곳곳. 여러 곳. 여기저기. 네 쪽. 동서남북. 사방四方.

아아 그 이름도 빛나는 김일성 장군

를 고창高唱케 하였으니, 매일같이 되풀이 되는 일이었다.

민주선전실이 들어선 것은 팔월 초순이었는데, 구장네 사랑방이었다. 혁명을 상징하는 붉은색과 해방을 상징하는 푸른색 바탕 속에 반짝이는 붉은별이 박혀 있는 인민공화국기가 나부끼는 구장네 대문이며 담벼락에는 붉은 페인트로 씌어지고 베천에 쓰여진 표어들이 걸려 있었으니—

"우리의 영명한 지도자 김일성장군 만세!"

"조선민주주의인민공화국 만세!"

"조선의 우수한 아들딸들인 영용한 인민군 만세!"

표어가 씌어지고 걸려 있는 것은 구장네만이 아니었다. 마을 드날목에 있는 주막집 담벽에도 물방앗간 곳집*에도 두레우물*가 고목나무에도 걸려 있었으니—

"쓰딸린대원수 만세!"

"세계민주진영의 성벽인 쏘비에뜨 만세!"

"만고역적 리승만도당의 괴뢰집단 전면적 궤멸!"

"리완용이 졸개인 매국노 리승만 타도!"

"만고역적 괴수 리승만 생포!"

봉화전을 감행하고, '독립만세'라고 수놓은 손수건을 만들고,

곳집 헛간. 광. 갈무리광. '창고倉庫'는 왜말임. **두레우물** 여러 집에서 함께 쓰는 우물, 공동우물.

된장·간장·고추장·마늘·고추·호박·가지·오이·감자 같은 찬거리들을 모아 한내에 있는 조선로동당 충청남도당 보령군당 산하 외곽단체인 남조선민주여성동맹 충청남도맹 산하 보령군맹 본부에 조달납부하며, 의용군이 지나갈 때마다 여맹원들 다그쳐 끼니를 제공한 것은 물론이며. 그리고 밤도와 민주선전실에 모여 『볼셰비끼혁명사』를 놓고 학습투쟁을 전개하였다.

서울을 두려뺀 북미합중국 병대와 그 주구인 리승만괴뢰정부 병대인 국방군이 조치원을 지나 대전을 뚫고 그 아래로 내려민다는 소식이 들려온 것은 십일월 초순이었다. 그러고도 한 열흘쯤 지난 뒤였다. 오서산 상봉에 오르던 봉홧불도 끊어졌고, 삐라 투쟁도 끊겼으며, 창가투쟁도 할 수 없으니, 학습투쟁 또한 경자년 가을보리 되듯 하였다. 저녁마다 시집 골방에 모이던 여맹원들 발길 또한 시나브로* 끊어져버린 것이었다.

인민군이 들어오기 전 저고리 한닢에 맏자식 혼백을 담아 온 시아버지는 개짖는 소리도 끊어진 깊은 밤 지붕에 올라 그것을 구천九泉으로 날려보냈지만, 아낙은 믿고 싶지가 않은 것이었다. 믿을 수가 없었다. 밤을 패어*가면서 꾸민 도망꾼의 봇짐 속에 들어 있는 신문이다. 『조선인민보』 1950년 7월 27일(목요일)치 2면 기사.

시나브로 모르는 틈에 조금씩 조금씩. 다른 일을 하는 사이에 틈틈이. **패어** 밝혀.

麗水順天事件愛國者등

七千餘名을虐殺

每日八十臺트럭動員錦山街頭서焚殺

米鬼들의大田虐殺眞相

[대전에서김영룡특파원발]

미제국주의자들은 패주하는 곳곳에서 무고한 인민들을 학살하며 도살마의 본색을 드러내놓았다

이미 수원등지에서 소위「주한미국대사」「무쵸」의 지시에의하여 수다한 애국자들이 학살당하였었다 최근 해방된 대전시를 비롯하여 금강-대전방어라인 관내에서의 학살은 실로전고미문의 잔학성을 말하고있다

미제국주의자들은 인민군대가 추격하는 포성이 은은히 울려오자 발광적발작으로 인민들을 학살하였다 그들이 감행한 대학살은 과거 어디에서도 보지못한 것이며 하의도 독도사건을 체험한 남반부인민들에게조차 상상하기 어려운 것이다 즉 七월七,八량일간 금강좌안 공주시부근은 미군지휘하에 교통차단하고 미군이 직접경계망을 펼쳐놓았다 이량일밤 비단결같이 금강이구비쳐흐르는 고무래산에는 요란한 총성이 밤새도록 그치지않고 마지막 힘을모두어 부르는 인민들의『조선민주주의인민공화국 만세!』소리가간간이들려왔다

이리하여 형무소에서 직장에서 농촌에서 학교에서 결박 당하고 눈을 가리워트럭十三대로 운반된 애국인민들 임봉수씨(공주군 반포면 공담리 수실동) 외八백-九백명은 조국을 사랑하였다고하여 고무래산 사과밭에 파묻혔다 이들중에는 하순계양을 비롯한 수다한 녀성들과 더욱이 가련한 녀학생들이 수다히 섞여있었다.

한편 七월八일 밤늦게 공주군반포면마암리 로병오씨와 배병환씨는 미군이 호송하는 트럭三대에 남자, 二대에는 녀성의 눈을 가리우고 대전으로 전속력으로 달리는것을 보았다

뿐만아니라 야수 미제들은 七월十六일 마암리에서 인민들을 강제피난시키고 一一이 다리에서 학살하였으며 심지어는 로병선씨의딸(三세)이 어머니를 찾는것을 저격하여즉사케하였다

미제국주의자들은 이와같이 우리들의 겨레를 야수적만행을 시험하는 한개의 홍취를 삼고있는 것이다

대전시에서도 七월三,四일경부터 련五일간 미군의 지휘아래 인민들을 대량학살하였다

주지하는 바와같이 대전형무소에는 제주도 려수 순천 태백산사건등의 우수한 조국의 아들딸들이 수감되어있었다

이들을 비롯한 七천여명의 인민들을 야수들은 뒤로결박하여 명태같이 트럭에눞혀놓고 최고一일八十대까지동원하

여 대덕군 사(산)내면 랑울(월)리로 운반하여 가소린을 퍼붓고 불질러 방공호로 몰아넣어 참살하였다

나무하나없는 돌박산줄기우솔 둘러선 금산가도에서 우리들의 겨레는 참살당하였다 부근농민들은 문을 닫아매고 치를떨었다또야수들은 트럭으로 운반하는 것을 목격한 사람까지 참살하였다

일부인민들은 결박하여 눞혀놓고발로짓밟아학살하였다

이와같이 그들이 잔혹하고 악독할수록 인민들은조국의 통일을 렴원하여『조선민주주의인민공화국만세!』『김일성장군만세!』를 부르며 죽음의 길을 택하였다

인류력사에서 찾아볼수없는 참혹한 학살을 미제국주의자들은 우리강토에서조작하고 있다

세기적야수「히트러」무리를 단죄하는「뉴-른베르그」에서도 아세아적고문의 지휘자였던「도-죠」도당을 처단하는 동경재판에서도 우리는 이이상의 참살사건을 보지못하였다 더욱이 오늘 미제국주의자들은 리승만도당을 사수하는 단계를 넘어서 직접교통을 차단하고 트럭으로학살장소까지운반하는등 살인의하수인下手人으로등장하였다 소위문명한「아메리카」들이란 이러한것이라고 그들의 본색을 여지없이 드러내놓고 있다

이곳 인민들은 해방의기쁨과더불어 원쑤미제에 대한 적

개심으로 가득차 무차별폭격을 무릅쓰고 인민군대의 진격로를 보장하여 새로운 건설에 노력하는 새생활의길에 들어섰다

2

산잘림* 밑 외주물구석*을 내려다 보는 아낙 눈가에 파뿌리 같은 잔주름이 잡히었다. 외주물구석에서도 산잘림쪽으로 동떨어진 외주물집* 비트*에 눈길을 주던 아낙은 보자기에서 개떡을 꺼내었다. 그리고 왜군 병정들이 쓰던 군용 물통에 담긴 물 한 모금으로 목을 축인 다음 개떡을 입에 물었다.

"천청天聽이 적무음寂無音이니 창천蒼天 하처심何處尋고? 비고역비원非高亦非遠이니 도지재인심都只在人心이니라."

혼잣말처럼 중얼거리는 시아버지였고, 아낙은 입술을 꽉 옥물었다. 세상일이 답답할 때마다 입에 올리는 말씀이었고, 아낙도 잘 알고 있는 소강절° 선생 어록語錄이었다. 하늘은 들음이 고요하여 소리가 없다. 푸르고 또 푸르기만 하니 어느 곳에서 찾으리

산잘림 산줄기가 끊어진 곳. 지레목. **외주물구석** 외주물집들만 옹기종기 모여 있는 곳. **외주물집** 마당이 없고 안이 길 밖에서 들여다보이는 보잘것없는 집. **비트** 비밀 아지트. 6·25 앞뒤 인민유격대들이 쓰던 말로, 지하운동자 비밀 집회소나 지하본부를 가리키는 말. 왜제 때부터 독립운동가들이 써왔던 말임.

오. 높지도 않고 멀지도 않으니 다만 사람 마음에만 있구나.

"사장 으르신 내오이분*께 안부 즌헤디리구, 시상이 아무리 즌패*된다지먼…… 안즉은 무고허다구. 워딜 가던 다다 몸조심 허구. 이응빅이두 인저 입을 뗐으니 걱정헐 것 읎구."

장죽을 뽑아쥐고 보꾹*을 올려다 보는 시아버지 성음은 가느다랗게 떨려나왔고, 아낙은 보따리를 잡은 손에 힘을 주었다.

"림려 마셔유, 아번님. 친정만 가면 뭣버덤두 믠장허넌 오라버니두 지시구…… 믠국증부쪽 사람덜두 잘 아니께 걱정 읎슈. 이응빅이 순빅이 풀솜할머니* 풀솜할아부지*두 안즉 증정허시니께."

시아버지를 안심시켜 드리는 아낙 말소리에는 그러나 힘이 없었으니, 오라버니는 하마* 이승 사람이 아닌 것이었다. 상년* 그러께, 그러니까 해방된 3년 뒤 남조선단독정부가 세워지면서 오라버니는 친정곳 면장을 하였는데, 6·25사변이 터지면서 저뉘*로 가게 된 것이었다. 인민공화국 자치대 완장을 찬 청년 둘이가 집에 왔는데, 면장님을 모시러 왔다고 하더라는 것이다. 마침 공일*이어서 늦은 아침을 먹고 아버지와 바둑을 두고 있던 오라버니가 무슨 일이냐니까 가보시면 안다며 면인민위원회까지 가기

내오이분 내외분. 한솔. 안팎. 가시버시. 남진계집. 남편과 안해. '부부夫婦'는 왜말임. **즌패** 전패顚沛. 엎드러지고 자빠짐. **보꾹** 방이나 마루 천장을 펀펀하게 만들어 놓은 차림. 천장天障. **풀솜할머니** 제 딸이 낳은 자식이라 느끼는 정이 풀솜처럼 따스하다고 해서 외할머니를 일컫던 말임. **풀솜할아버지** '풀솜할머니'와 같은 뜻. 외할아버지를 일컫던 말임. **하마** 벌써. 이미. **상년**(上年) 지난해. '작년昨年'은 왜말임. **저뉘** 저세상. 저승. 저생.

를 욱권•하는 그들한테 친정어머니는 씨암탉을 잡아 이른 점심 대접까지 해서 보냈는데, 돌아오지 않는 오라버니였다고 한다. 면인민위원회에서는 면장을 리승만이 졸개라며 인민재판에 걸었고, 대창에 꿰인 그 시신이 면사무소 뒤란 우물 속에서 뜬 것은 그로부터 달소수•나 지나서였다고 하였다.

"부시수不是水면 빈시석便是石이니…… 야불답백夜不踏白이니라." 물 아니면 돌멩이니 밤길에는 희게 보이는 것을 밟지 말라고 일러주시는 시아버지는, 토지분배위원장이었다.

8·15해방 5주년 기념일 다음 날 면인민위원 선거와 토지분배위원장과 남조선민주여성동맹위원장과 남조선민주애국청년동맹위원장을 뽑는 선거를 하였는데, 다음은 『해방일보』 보령군 통신원인 허철동 기자가 본사에 송고하였던 기사 애벌글•이다. 기사로 가려잡힌다면 제목이야 본사 편집국 책임일꾼 동무들이 정하겠지만, 이마에 깊은 골을 파면서 제가 쓴 기사 제목을 뽑아 보는 허철동 기자이다.

해방된 조국을 위해 무엇을 할 것인가?
친일민족반역자를 몰아내고

공일(空日) 기독교가 들어와 '주일主日날'이라는 일요일이 생겨나면서 관공서가 쉰다고 해서 생겼던 말임. '토요일'은 한나절만 일한다고 해서 '반공일半空日'이라고 하였음. **욱권** 우락부락하게 우겨대어 권하는 것. **달소수** 한 달이 조금 지나는 동안. **애벌글** 글초. 아시글. 초고草稿.

행복한 인민낙원으로 돌진하자!

당선된 위원장들 필승의 결의 토로!

보령군 청라면 각급 위원장 선거

생생한 현지보도!

[보령군 청라면에서 허철동 통신원발]

신생공화국의 강력한정치적 토대가되는지방주권기관을 일층 공고화하며 일층민주주의화 하기 위하여 각리인민위원 선거를 지난八월十四일에 성공적으로끝마친 보령군에서는 계속하여 十五일 十六일에는 군내 十二개면에 대한 면인민위원회 선거를 실시하였다

이리하여 보령군 청라면에서는 八·一五해방기념 五주년기념을 의의깊게 맞이하며 또 면인민위원선거와 면토지분배위원장선거와 면민주여성동맹위원장선거와 면민주애국청년동맹위원장선거를 성공적으로 실시하기 위하여 이날하오 一시부터 옥계리 옥계국민학교강당에서 十一개리 대표 九三명이 출석한가운데 청라면림시인민위원회위원장이며 고 김일봉선생의 부친이신 김석진동무의 사회로 력사적인 이날의 회의는 시작되였다 먼저 사회자로부터 금번 이선거는 미제국주의 침략강도배와 그의주구 리승만 역적들이 우리남반부인민들을 놈들의 노예로 맨들기위하여 박탈하였던 모든권리를 도로찾어 진정한인민의정권기관인 인

민위원회를 복구강화하기위한 선거이니만치 여러분들은 우리들의진정한 대표를 선출해주기바란다는 것과 또한 일통• 된 조선인민으로서 그들의감격깊은 八·一五해방 五주년을 맞이하기위하여 조선인민들은 피어린투쟁을 하여왔으며 하고있다는 뜻깊은해설이있었다

순서에따라 주석단추대에들어가 윤철현동무의 동의로 김석진 리명수 김형순 박철동 정진룡 송태영 로정순(녀자) 七대표가 주석단에 선증되였다

이어 박철동 동무로부터 대표자九五명의 심사보고와 정진룡대표의 선거규정랑독이있은다음 면위원추천에 들어갔다

九五명의 대표자들로부터 김석진 조정순(녀자) 최숙현(녀자) 박일민 리영호 류세민 리 혁 림학규 조자영 성규동 한달현 리병로 현기철 양순득 기정철외 五명 계二十명이 추천되였다 다음으로 추천된 대표자들의 략력보고와 립후보자등록에대한 토의가 있었는데 이들 추천된동무들의대부분은 매국역적 리승만의괴뢰정권을타도분쇄하며 조국의일통과 독립을 쟁취하기위하여 굳센 투쟁을 계속하여온 열렬한애국자 농민들이었다

일통(一統) '해방8년사'가 끝나는 1953년 7월 27일까지 썼던 말로, '통일'은 왜말임.

토의결과 五명은 제외되고 우에련명한 十五명의 립후보자 전원이 만장일치로 청라면 전체인민을대표하는 면인민위원으로 선출되였다

선출된일꾼들의 장래와군센투쟁을 고무격려하기 위하여 꽃다발증정이 우렁찬 박수가운데 진행되였다

회순에따라 군인민위원을 선거하기위한 면대표자선거에 들어가 기정철대표로부터 주석단의 의견발표제의가 있게되자 의의없이 통과되어 사회자로부터 十분휴회를 선언하였다

주석단대표들의 신중한토의가 거듭된후 사회자로부터 회의계속을 선언하고 토의된의견을 발표한결과 만장일치로 통과되였다

끝으로제一차 면인민위원회가 十五분동안 계속된후 대표자들앞에서 면상무위원 발표가있었는데 위원장에 김석진씨 부위원장에 정진화씨 서기장에 송태영씨들이 선출되여 면토지분배위원장에 김석진씨, 면민주여성동맹위원장에 한전희씨, 면민주애국청년동맹위원장에 김이봉씨가 선출되여 우렁찬 박수와더불어 조선민주주의인민공화국 만세와 김일성장군 만세 삼창으로 이날의 력사적회의는 원만히 폐회되였다

二十분 휴식한후 계속하여 대표자들은 장현리옥계리 전

체인민들과 함께 같은 자리에서 하오五시부터 八·一五해방기념경축및 면인민위원회지지대회를 개최하였다

이대회에서 새로선거된 면민주애국청년동맹위원장 김이봉씨는 조국이처하는 내외정세와 조선인민의 정의의전쟁을승리로이끄는데있어서 면전체인민과 청년대중들의 새로운 각오를 열렬히 토로하는 보고가있은다음 면인민위원인 송태영(四五)씨는 자기의 토론에서 인민군대의힘으로 해방이된오늘날 나는한시간이라도 거저앉아있을수없습니다

우리조선인민은 五천년력사를 가졌다고하여도 오늘처럼 자기의군대와 진정한민주주의국가를 건설하여본일이 있었습니까 이와같은 시기에 조선사람으로서 애국심에 불타서 궐기하지 않고 언제 조국을위하여 뜻깊은일을하여 보겠습니까

우리들은 하루바삐 전쟁에 승리하기위하여 아들 딸 손자 청년들을 전선에 보내고 후방에 남어있는사람들은 전선을 강화하기위한 온갖사업에 전력을 기울여야되겠습니다 라고 애국심에불타는 토론을 전개하자 만장대중의 감격은 우렁찬 박수로 표현되였다

토론이끝난후 쓰딸린대원수께 드리는 편지와 김일성장군께 드리는편지를 각각열렬한 박수로써 채택하였다

대회는 하오十一시에 폐회되였다

그러나 군중들은 헤여질생각도없이 밤늦도록 교정에서 풍물패를중심으로 무등춤 승무등을 북 징 장구 새납•등의 반주에맞추어 뜻깊은 이날을 마음껏 경축하였다

끝으로 도림 속에 작은 글씨로 씌어진 글이 있었다.

(고 김일봉선생 집안에서는 四명의위원장이 배출되였으니 ― 전국농민동맹충청남도본부위원장 김일봉씨, 남조선토지분배위원회 충청남도 보령군 청라면위원장 김석진씨, 남조선민주여성동맹 충청남도 보령군 청라면위원장 한전희씨, 남조선민주애국청년동맹 충청남도 보령군 청라면 위원장 김이봉씨가 그들이다 한집안에서 위원장 四명이 배출되는것은 민주주의분산자율원칙에 위배되지 않느냐는 이의제기가 있었으나 민주애국렬사인 고 김일봉선생에 대한 마땅한 예우와도리라는 만장의박수갈채에 묻혀버리고 말았다 김석진 한전희 김이봉동무들의 완강한 손사래가 있었음)

다시 커진 글씨로 이렇게 씌어 있었다.

새납 날라리. 태평소太平簫. 호적胡笛. 나무로 만든 관에 여덟 구멍이 뚫리어 있고, 아래 끝에는 깔때기 꼴 놋쇠를 대고, 윗 부리에는 갈대로 만든 혀를 끼웠는데, 그 곳에 입을 대고 붊. 병자호란 때 여진족이 들여왔음.

김석진 림시인민위원장 선창에따라 일제히 입모아 소리쳤으니 강당 내 바람벽마다 둘러쳐진 八·一五해방 五주년 기념표어들이었다.

"一.위대한 쏘련군대의 무력에 의하여 일본제국주의 식민지통치로부터 조선해방 八·一五 五주년기념 만세!"

"二.조선인민의 해방자이며 우리조국의 일통독립과 민주발전을 위한 투쟁에서 조선인민에게 진정한 원조를 주는 위대한 쏘련만세!"

"三.위대한 쏘련인민과 조선인민의 영원불멸의 친선만세!"

"四.쏘련인민의 위대한 수령이시며 조선인민의 친근한 벗이며 해방의 구성이신 위대한 쓰딸린대원수 만세!"

"五.우리 조국과 우리 민족을 악독한 일본제국주의 식민통치로부터 해방시킨 위대한 쏘련군대에 영원불멸의 영광이 있으라!"

"六.미제의 무장침범자들과 리승만매국역도들의 침해로부터 우리 조국의 독립과 자유와 영예를 수호하는 조선인민의 무장력인 영웅적 인민군대에 영원불멸의 영광이 있으라!"

"七.영웅적 인민군 장병들이여! 적과의 가혹한 전투에서 당신들은 조국의 독립과 자유와 영예를 사수한다!

적을 소탕하는 전공의 기세를 더욱 높이라!

부산과 진해는 지척에 있다!

앞으로! 앞으로!"

"八.영웅적 인민군 장병들이여! 적들을 일층 무자비하게 소탕하라! 원쑤들에게 숨쉴 여유를 주지말고 돌격하라! 승리의 기빨 높이들고 부산으로! 진해로!"

3

굴뚝에 비표秘標는 없었다.

기역자집 모통이 초가지붕 위로 세워진 질옹동이* 곁에 꽂힌 대막대기에 헝겁을 매달아 놓게 되어 있었다. 붉은색 헝겁이면 주인이 집에 있으며 아무 일도 없다는 표시이고, 푸른색 헝겁이면 조직 안위에 어떤 문제가 있다는 말이며, 아무것도 매달려 있지 않으면 주인이 출타중이라는 뜻이었다. 그런데 아무런 헝겁도 매달려 있지 않으니 주인이 없다는 말이었고, 아낙은 다문 입술에 힘을 주었다.

남조선민주여성동맹 광천읍맹 위원장인 방귀녀方貴女 시누이는 오서산 인민유격대원으로 유격대장인 박철진동무 오른팔이었다. 정식 명칭은 오서산인민유격대 선전선동부장이었으나,

---

질옹동이 질로 만든 아가리가 좁고 몸통이 긴 항아리.

대장동무가 없을 때면 유격대 모두를 이끌고 나갔으니, 유격대장 맞침이었다. 이십대 초반 꽃두레였으나 다기차고• 공골차기가 똑 마른건천에 돌팍같은 사람이어서 어지간한 남성대원들은 겨뤄볼 생각도 못할 만큼 견결한 꽃두레빨치산이었다.

빨치산을 때려잡겠다고 오서산 재몬다외길을 톺아오르던• 민보단 장정들을 본 아낙은 자꾸 입술에 침칠을 하였다. 무슨 수를 쓰던지 이 발등에 떨어진 불을 꺼야 할 터인데, 방귀녀위원장 동무는 어디로 갔다는 말인가. 그리고 요강담살이였던 방씨녀를 싸데려 갔던 남편 변판대卞判大는?

사립문은 재쳐 있었다. 잰걸음•쳐 방위원장 집에 이른 아낙은 에멜무지로• 재쳐놓은 사립문을 흔들어보았다. 삽짝 위에 매단 쇠방울이 요란한 소리를 내었으나 아무런 기척이 없었고, 아낙은 서둘러 그곳을 떠났다.

'동무넌 참 뵉인•유. 그렇긔 도저허게 핵식 높은 슨상님헌티 맨날맨날 핵습받을 테니 월매나 좋을겨어.'

짜장• 부러워 죽겠다는 눈빛으로 바라보던 방씨녀였으나, 내외간에 친정어머니가 해준 이불 속에서 하냥 지낸 것은 두 달 남짓이었다. 남편이 진득하게• 집에 붙어 있었던 것은 혼례를 치른

다기차다 매우 담차고 야무지다. **톺아오르다** 가파른 데를 오르려고 발걸음을 매우 힘들게 더듬어 오르다. **잰걸음** 재빠르게 걷는 걸음. **에멜무지로** ①뒤끝을 바라지 않고 헛일하는 셈으로 해보아. ②몬(물건)을 단단히 묶지 않은 채로. **뵉인** 복인福人. 복 많은 사람. **짜장** 과연果然. 정말로. **진득하다** ①몸가짐이 의젓하고 참을성이 있다. ②잘 들어붙도록 누진하고 차지다.

두어 달 남짓이었고, 언제나 밖으로만 돌았다. 언젠가 해준 남편 말마따나 묵돌불가금•으로 신 벗을 틈이 없었던 것이다. 혼례를 치른 것은 해방 그러께 봄이었는데, 한밭°이 남편 운동마당이었다. 도청 무슨 양정과糧政課라는 데 이름을 걸고 있다 하였으니, 이른바 '가장취업'이었다. 남편이 집에 들른 것은 해방이 되고도 서너 달이 지난 뒤였는데, 옛살라비 전배•이기도 한 박동무 견마잡이•를 하는 것 같았다.

"이정•댁과는 담배 반 대 전거리두 안됬더니라."

시아버지 말씀이었는데, 정작으로 남편이 가르침 받는 것은 물장수•라고 하였다. 집에도 몇 차례 들른 적 있는 그 혁명가는 엿장수 차림이었다. 박동무라고 불리우던 어른은 뵌 적이 없지만 엿장수 말고도 집에 들렀던 이로는 이진사•라는 어른이 있었

묵돌불가금(墨突不暇黔) 중국 춘추전국시대 노魯나라 철인으로, 형식·계급·사욕을 깨트려 꿈나라를 만들자는 '겸애설兼愛說'을 내대었던, 맑스보다 큰 손윗사람이었던 묵적墨翟, 곧 묵자墨子라는 이가 천하를 널리 돌아다니며 그 사상을 펴느라 그 집 굴뚝이 검어질 겨를이 없었다는 말로서, 바쁘게 자주 왔다갔다 함을 이름. **전배**(前輩) 나이·학예·자리 따위가 저보다 많거나 나은 사람. 또는 제 출신 학교를 먼저 나온 사람. '선배先輩'는 왜말임. **견마잡이** 조선왕조 때 말을 다루던 사복시司僕寺 하례下隷로 긴경마, 또는 경마를 잡던 거덜. '심부름꾼'이라고 스스로를 낮추는 말임. **이정**(而丁) 압박과 착취와 온갖 불평등한 구조로 꽉 막혀 있는 식민지 조국 불구덩이를 뚫어내는 '고무래'가 되겠다는 다짐에서 스스로 지었던 박헌영 선생 호였음. **물장수** 1946년 5월 미제가 쳐놓은 올무인 '조선정판사사건'으로 7월에 잡혀 대전형무소에 수감되어 있다가 6·25 직후 대전 언저리 뼈잿골에서 학살당하신 민족혁명가 리관술선생 별명. 얼굴빛이 검어서 붙여졌던 딴이름이었다고 함.

다. 전주이씨 왕손이라서 이진사로 불리우던 그 어른은 전라도 금산사람이라고 하였는데, 다부진 얼굴이면서 눈매가 여간 매서운 것이 아니었다. 몇 달에 한 번, 어떤 때는 해가 지도록 한 두어 차례나 집에 들렀는데, 그때도 골방에 틀어박혀 무슨 서류뭉치를 뒤적이며 서울과 한밭에서 내려오는 무슨 레뽀*들과 만나느라 내외간 정분을 나눌 수도 없었다. 한번은 공주사범에 다닌다는 여학생이 찾아온 적이 있었다. 남편과 골방에 틀어박힌 두 남녀는 나올 줄을 몰랐고, 새댁은 여간 가슴이 두근반 세근반하는 것이 아니었다. 그 여학생이 '하이칼라'* 인 것은 그만두고, 촌간에서는 볼 수 없는 일색*이었던 것이다. 물을 디밀어 준다는 말막음으로 골방문을 열었는데, 힐끗 한번 쳐다본 두 사람은 하던 일을 계속하는 것이었다. 낮은 목소리로 무엇인가를 불러주는 남편이었고, 앉은뱅이 책상에 엎드려 손바닥만 한 수첩에 받아 적는 여학생이었다. 공중 남편을 의심한 꼴이 된 그 여자는 지금도 그때 생각만 하면 낯이 붉어지는데, 한 달에 한 번은 꼭 편지를 보내주는 남편이었다. 이른바 서신학습이었다.

이진사(李進士) 민족혁명가로 지리산 두리에서 항미투쟁을 벌이다 전사하신 리현상 선생이 전주이씨 왕손이었대서 아낙 시아버지가 대접 삼아 불러주던 이름이었음. **레뽀** 정보통신원이나 연락원을 뜻하는 러시아말로, 조직지도부와 하부조직 사이 연락을 맡거나 하부조직 셈평을 상부에 보고하는 구실을 해내었음. **하이칼라** 서양식 또는 유행을 좇는 일이나 그런 사람을 뜻하나, 여기서는 '신여성'을 말함. **일색**(一色) 빼어나게 아름다운 사람으로 거의 여자사람을 가리켜 쓰던 말임. '미인美人'은 왜말임.

련희[•]!

내 목숨이나 달음업시 그대를 사랑하오. 이 世上 모—든 것이 다 貴치 안이하고, 모—든 사람이다—木石과 같이 차고쓸々할지라도 오즉 蓮姬만을 貴重히 永遠히 사랑하려오. 내 精力이 잘아는 곳까지, 내 壽命이 다할째까지 그대를 사랑하려오.

蓮姬

남편을 사랑하랴면 우선 外人을 사랑하고, 남편의게 사랑을 받으랴면 먼저外人의 사랑을 받어야하오. 父母同氣를 비롯하여 其外 여러사람의게 사랑을 밧게되자면 비록 남편된자 어리석다할지라도 그 안해[•]를 안이 사랑할슈 없슬 것이오. 남편만을 사랑하고 外人의 憎惡(미움)를 받은 사람이라면 그사랑이 眞實로 아름다운 사랑이 못될 것이니 그 男便의 사랑도 짜라서 굿고길게 받을슈 업을것인 줄노 알어요.

蓮姬! 사랑하는 나의 안해여! 내 그대를 사랑함은 젊은 血氣로 輕薄히 사랑함이 안인줄을 理解하여야 하오. 사랑을 더 듯터이 하고서 당신의게 勸하는 바 잇스니, 人格을 向上케하고 知識을 넓이고 過去의 不充分한 点을 現實에 업시하고 現時보다 未來를 아름답게 하기를 勞力하여야하오. 過去를 不

련희(蓮姬) 연꽃을 좋아하였던 남편이 각시한테 지어주었던 이름으로 '당호'였음. **안해** '안에 뜨는 해'라는 말로 '해방8년사'가 끝나는 1953년 7월 27일까지 쓰여졌던 말임.

願하는 사람은 未來前程에 發展性이 업는 법인즉 七十을 살어도 終是 일반일것이오.

'天은 自己스사로 自己를 도읍는 사람이 안이면 이를 도와주지 안이한다'는 말이 잇다오.

비록 짧은 一生이라하나, 이一生을 넘기자면, 그波浪이 極히 험하고 可히 두려울 点이 만코많은 것이나 하날이 配定하신 分福으로 알어 天命을 順從하고 自身을 修練하지 안이하면 오즉 自己의 害만을 助長식힐뿐, 달은 아무런 所益이 업슬 것으로 알어야하오.

'배우지 안이하면 사람이 안이라'는 말이 잇습니다. 이는 비단非但 學問만을 일음이 안이오, 모―든 것을 恒常向上케 勞力함을 일는말이니 一生이 다하는 날까지 힘써 배우는 것이 사람의 사람다운 職責인가하오.

"神이여!

사랑하는 나의 안해 젊은 蓮姬에게 加護하심을 앗기지 마으시고, 蓮姬여! 萬里前程*에 四時長春*의 幸福을 辭讓하지 말어주오."

읽어볼冊

『당건설』『해방후 조선』『쏘련 볼셰비끼당사』『변증법적

만리전정(萬里前程) '만리나 되게 먼 앞길이 열려 있다' 함이니, 젊은이들 앞날을 북돋워 줄 때 쓰던 말임. **사시장춘**(四時長春) '네 철이 모두 봄처럼'이라는 말임.

유물론』 레닌의 『제국주의론』 『정치경제학의 기초』

이것은 강동정치학원에서 배우는 것이니 꼭 구해 보시오.

『세계정치지리』 『인류의 역사』

쏘련 과학아까데미에서 나온 것으로, 모스끄바에서 나온 조선어판이 있고, 평양 과학아까데미에서 나온 번역본이 있으니 구할슈 잇슬것이오. 이봉이 시키던지 開月 妻男께 부탁하시오. (理解가 안되드라도 자꾸자꾸 읽어보시오! 눈이쩌질 것이오.)

사람이 사람일 수 있는 근본도리를 일깨워 주는 절절한 가르침 말은 꽃밤* 직후 딱 한 번 뿐이었고, 죄 당사업에 연관된 것이었으니 — 아낙 또한 당원이었던 것이다. 초례를 치른 1943년 봄에는 새서방님 욱권 미좇아* 들어가게 된 것이 조선공산당이었고, 해방 다음해 11월 23일 조선공산당·조선인민당·남조선신민당 삼당이 합뜨려 남조선노동당이 되었을 때는 자동적으로 남조선노동당원이었다. 이음줄을 맺은 사회단체로는 조선공산당 외곽단체인 부총, 곧 조선부녀총동맹원이었고, 남조선노동당원이 되면서는 여맹, 곧 조선민주여성동맹원이었다. 그러다가 평양 빨치산 사람들이 조선로동당을 세우면서 '조선'이라는 통국* 적 이름 대신 남녘땅에 국한되는 남조선민주여성동맹원이 된 것

꽃밤 첫날밤. **미좇다** 뒤미쳐 좇다. 뒤따르다. **통국**(通國) 온 나라. '갑오왜란' 때까지 두루 쓰이던 말로, '전국全國'은 왜말임.

이었다. 남편이 말하는 것은 언제나 똑같았으니—

"아름다운 조국을 건설하기 위하여 친일파 민족반역자들을 엄중히 단죄하고, 땀흘려 일하는 노동자 농민을 머리로 한 모든 인민대중이 똑고르게 잘살 수 있는 새 세상이 되어야 합니다."

무엇보다도 먼저 남북일통이 되어야 한다는 것이었다. 외세의 압력에서 벗어나지 못하는 만큼 우리나라는 진정한 독립국가가 아니다. 조국이 찢겨진 것은 리승만매국역도 탓이다. 아니, 리승만이는 꼭두각시에 지나지 않고 국토분렬 원흉은 미국이다. 미국이라는 나라 제국주의자들. 남조선을 대쏘방파제로 만들고자 하는 미제국주의이다. 미제는 리승만이라는 사냥개를 하수인으로 내세웠고, 친일민족반역도배를 등에 업은 리승만이는 제국주의 미국에 앙버티는* 여운형 선생을 암살하였다.

여기서 똑똑하게 알아두어야 할 것이 있으니, 여운형 선생 암살에 대한 진상이다. 사람들은 그냥 리승만이가 정적인 몽양°을 없이한 것으로 아는데, 우남°이라는 자는 미제가 풀어놓은 사냥개에 지나지 않는다.

「신간회」°가 없어진 것은 1931년이었다. 좌우합작체인 신간회가 뜯어 헤쳐지면서 조선독립운동을 하였던 것은 오로지 공산주의자들만이었다. 그리고 그들이 해방을 맞아 「조선인민공화

앙버티다 기를 쓰고 고집하여 끝까지 덤벼들다. 저항하다. 대들다.

국」을 세운 것이 9월 6일이었다.

「조선인민공화국」이라는 것은 정치단체에 지나지 않지만 '나라'를 표방한 데는 까닭이 있으니, 이틀 뒤 올라오는 미군에 대처하자는 것이었다. 자주적으로 나라를 세울 수 있다는 힘을 보여주자는 것이었다.

그때 몽양과 박동무가 새로 세울 나라 이름을 놓고 다투게 된다. 몽양은 자꾸 박동무더러 먼저 말하라고 하였으니, 박동무를 존중하기 때문이었다. 나이로야 15년 후래後來이지만 왜제폭압 아래서 가장 뜨겁게 그리고 올곧게 싸워온 해방투사라는 것을 알고 있었던 때문이었다.

"인민공화국이 좋겠습니다. 조선인민공화국."

몽양은 담배를 입에 물었고, 이정이 안경테를 만졌다

"선생님께서는 어떻게 생각하시는지요?"

"이 사람은 좀 과격하다고 생각하외다. 그 '인민'이라는 말이 걸리오. 인민 뒤에 따라붙는 말이 뭐외까? 지주와 자본가들한테 두려움을 줘서는 안된다는 말씀이외다."

"그럼 뭐가 좋겠는지요?"

"민주라는 말이 어떨까 하오. 조선민주공화국."

옥신각신이 있었으나 결국 「조선인민공화국」으로 낙착되었으니, 조선공산당 쇠귀•를 잡고 있는 것은 경성콤그룹•이었는데, 경성콤그룹 목대잡이•는 박동무였던 것이다.

「조선인민공화국」을 세운 조선공산당 사람들이 가장 먼저 손붙였던* 일이 있다. 남조선 7도 12시 131군에 하나도 빠짐없이 농촌쏘비에뜨인 농군평의회, 곧「인민위원회」를 세운 것이었다. 51년만이었다. 1894년 갑오농군혁명 때 호남 쉰여섯 고을에 세웠던 인민자치기관인 집강소執剛所를 다시 살려낸 것이었다.

이때 미군정 군정장관인 육군소장 아놀드라는 자가 몽양과 만난다. 그리고 미군정이 실시되는 남조선정권을 넘기겠다는 놀라운 제안을 한다. 남조선 일대 인민위원회 조직을 끝낸 것이 10월 말쯤이니, 두 달 반만이었다. 진정한 민주주의나라를 세우려는 인민대중 열기에 공포를 먹은 미군정이었다. 공포를 먹은 것은 왜제도 마찬가지였다. 왜제가 군대를 보내 갑오봉기를 무질렀던 것은 집강소 설립으로 드러난 조선농군들 민주주의 싹을 잘라버리자는 것이었다. 제국주의자들이 민주주의를 이루고자 하는 인민대중을 억누르는 것은 미국이나 왜국이나 똑같은 것이다.

미군정에서 나치가 썼던 의사당방화사건을 슬갑도적*질 해서 조선공산당을 없애버린 것이 이른바「조선정판사사건」이다. 조

쇠귀 우이牛耳. 주도권. **경성콤그룹** 모든 사상운동과 정당사회단체운동이 금지되었던 1939년 4월쯤 리관술·김삼룡선생이 만든 얼개로, 6년 복역 끝에 1939년 만기 출옥한 박헌영 선생을 지도자로 받들었음. **목대잡이** 여러 사람을 도맡아 거느리고 일을 시키는 이. 지도자. **손붙이다** ①무슨 일을 비롯하다. ②힘을 들여 일하다. **슬갑도적**(질) 남 시문詩文 글귀를 몰래 훔쳐서 그것을 그릇 쓰는 사람을 웃는 말. 슬갑膝甲: 겨울에 추위를 막으려고 바지 위로 무릎에 껴입던 옷.

선공산당을 불법단체로 금쳐버린* 미군정에서 1946년 7월 한 여론조사에서도 사회주의 공산주의를 좋아하는 사람들이 80퍼센트였다. 좌익매체에서 「조선정판사사건」 전에 했던 여론조사에서는 90퍼센트 위로 절대적 지지를 받았던 조선공산당이다. 우익 여론조사기관에서 한 조사에서도 대통령감으로 몽양과 이정이 압도적 일이위를 하는 남조선 좌익을 깨뜨리고자 미군정에서 쓴 엄평소니*가 「조선정판사사건」이니, 여덟 달 만에 좌익들은 캄캄한 땅 밑으로 들어가게 되었던 것이다.

이때부터 좌익에서는 미국이라는 나라를 침략자로 금치게 되고, 세상에서 말하는 바 '신전술'에 따른 항미투쟁 층층대로 접어들게 되는 것이다. 들대나 야산대野山隊라고 불리우던 항미빨치산, 곧 인민유격대가 일떠서게 되고 남조선 얼안 모두는 살륙의 도가니가 된다. 미군정에서 주겠다던 정권을 한마디로 자빡놓는* 몽양이었으니, 미제 앞잡이 심부름꾼은 될 수 없다는 것이었다. 몽양이 했다는 말이다.

"우리 조선인민대중 힘으로 자주정권을 세우겠다."

인민공화국을 두루 알린 조선공산당에서는 노동자·농민을 사북*으로 공산주의로 가기 위한 사회주의 첫 층층대인 인민민주주의를 펼쳐나가는데, 9월 8일 하지 중장이 거느리는 미24군

금치다 ①무엇을 하지 못하게끔 막다. ②몬 값을 어림쳐서 부르다. **엄평소니** 의뭉스럽게 남을 후리는 솜씨나 짓. 계략. 책략. **자빡놓다** 못 박아 딱지놓다.

단이 인천에 올라선다. 그들 북미합중국 병대는 성조기와 태극기를 흔들며 맞조이• 나온 인천보안대원과 조선노조원들한테 무차별로 총을 갈겨 여남은 명 사상자를 내게 하였다. 미군들은 조선인민들이 저희들을 해치려고 달려들어 부득이 발포를 하였다고 하였으나, 환영 나온 사람들과 해코지하려 덤벼드는 사람들을 몰라볼 만큼 어리석지 않으니, 맛보기를 보인 것이었다. 점령군으로 왔으므로 이제부터 말을 듣지 않는 자들은 죄 죽여버리겠다는 선언이었던 것이다. 해방정국에서는 몇 차례 암살사건이 있었는데, 겉으로 드러난 것과 달리 그 배후에는 미제 그림자가 드리워 있으니— 미국 본질을 알고 신탁통치를 찬성하다가 죽임당한 고하°가 그렇고, 미국 정책에 반대하다 죽임당한 설산°이 그러하며, 미제 졸개인 리승만이 손발노릇을 하다가 뒤늦게 척을 진 리승만이한테 죽은 백범°이 그들이다.

리승만역도는 저를 따르는 친일 지주와 매판자본가들을 거느리고 미제국주의 군사력에 기대어 항왜 민족진영 인사들에게 무자비한 야수적 탄압을 가하고 있다. 리승만역도들은 해방 여섯 달만에 무상몰수 무상분배 원칙으로 토지개혁을 이루고, 녀남평등권을 보장하고, 노동자·농민을 머리로 한 인민대중 행복을 최

사북 중심中心. ①가장 대수로운 어섯. 한가운데. 가운데. 복판. 한복판. 줏대. 고갱이. 뼈대. 안. 속마음. 알맹이. 알속. 알짜. 사자어금니. 범어금니. 노른자. 한허리. 한바닥. '중앙中央'은 왜말임. ②부챗살이나 가위다리 어긋매끼는 곳에 꽂는 못과 같은 몬. **맞조이** 환영歡迎. 마중.

우선으로 하는 북조선정부 민주정책을 지지하는 남조선의 양심적이고 양식 있는 사람들을 '빨갱이'로 몰아부치며 야수적 탄압을 하고 있다. 남녘땅 대구에서 쌀폭동인 「시월항쟁」이 일어나고, 제주도에서 「4·3항쟁」을 일으킨 동족을 학살하라는 명령에 저항하여 려수14연대가 일떠섰으며, 지리산을 두리*로 인민유격대가 총을 잡게 된 까닭이다.

남편한테서 소포가 왔는데, 무엇인지 한보따리였다. 뉴똥치마나 벨벳치맛감 또는 대처에서 유행한다는 무슨 나일론블라우스 같은 것이 들어 있나 가슴 두근거려하던 그 새악시짜리는, 애개개! 헌신문지다발이었던 것이다. 좌익지인 『해방일보』 『조선인민보』 『독립신보』 『현대일보』 『중외신보』 『노력인민』 『조선중앙일보』와, 중립지인 『서울신문』 『자유신문』 『신조선보』 『조선일보』 『경향신문』 『중앙신문』과, 우익지인 『동아일보』 『대동신문』 『민중일보』 『한성일보』 같은 것들이었으니, 두루 읽어 시쳇일을 익혀두라는 뜻이었다. 신문지 사이사이에 붓과 먹이 끼워져 있는 것으로 봐서 글씨 궁구를 하라는 뜻은 알겠는데, 아지못게라.* 신문기사를 읽고 난마처럼 얽혀 있는 조국이 놓인 자리를 올곧게 읽어내기란 여간 힘에 부치는 것이 아니었다. 공맹지도孔孟之道만 찾는 시아버지는 어렵기만 한데, 큰시동생 또한 임

두리 하나로 뭉치게 되는 복판 둘레. **아지못게라** '알 수 없다'는 뜻으로, 무릎을 치는 말.

의롭지가 않았다. 남편이 곁에 있었던 꽃잠초였다면 잠긴 문에 쇳대•로 모르는 것이 없는 사람이었으므로 문제가 없었으나, 낙화인미귀•였다. 일송삼백•하는 천재로 높게 끓아매기던• 만자식이 서청 출신 서울시경 특경대원들한테 잡혀간 그러께 늦가을부터 시아버지 입에서 떨어지지 않는 탄식이었다.

"좌익은 뭣이구 우익은 뭣일까유?"

새서방님이 물었고, 새악시짜리는 귓볼만 붉히었다.

"지가 그렇긔 어려운 말을 워치게 안대유. 뇦은 궝구헌 잘난 사람덜이나 알지."

"아닙니다. 그렇지 않습니다. 시방버텀 내가 허넌 말을 잘 들어보셔유. 그러구 틈틈이 굉책두 보시구."

새서방님이 말하였다. 그리고 입으로 말한 것을 욧점만 간추려서 마분지로 맨 잡기장에 적어주는 것이었다.

"흔히 급진적이구, 사회주의적이구, 무정부주의적이며, 또 공산주의적 쏠림 인물을 가리켜 허넌 말이지유. 이른바 시상에서 말허넌 좌익 말입니다. 우익은 반대루 보수적이구……"
하다가 새서방님은 고개를 내저었다.

"보수적이란, 그러니께 보수란 옛것 가운디서두 가치 있어 아

잠긴 문에 쇳대 어떤 자물쇠도 죄 딸 수 있는 만능열쇠. **낙화인미귀**(落花人未歸) '꽃은 져도 님은 오지 않는다'는 말로— 세월이 가도 그리운 이가 오지 않을 때 쓰던 말임. **일송삼백**(日誦三百) 하루에 3백자, 그러니까 사흘에 책 한 권을 떼는 천재를 일컬을 때 쓰던 말이었음. **끓아매기다** 값쳐주다. 평가評價하다.

름다운 것덜은 지키구 가꿔나가자넌 것이지유. 이른바 온고이지신*이지유. 그리구 당장은 알어듣기 어렵드래두 그냥 들어두세유. 굉책이다 적어줄 테니께 양중이 찬찬히 읽어보시구… 의심나넌 딘 따루 물어보시구… 우선은 그냥 들어두서유."

새서방님은 잠깐 방을 나갔다가 들어왔는데, 냄새가 나는 것으로 봐서 담배를 태우고 온 것 같았다. 남편은 꼭 밖에 나가서 담배를 태웠는데 반드시 양치를 하고 들어왔다. 그날도 그랬지만 시간이 없을 때는 뒤란 장독대 곁에 섰는 소나무잎을 한줌 씹는 것으로 대신하였다.

"우익은 그러니께 좌익과 반대루 보수적이구 국수주의적이며 또 팟쇼적인 인물이나 무리를 가리키넌 말이지유. 같은 증당이나 모임 안이서 좌우가 서루 맞섰을 때넌 좌익은 좌파라 허구 우익은 우파라구 부를 적이 많습니다. 모두가 저 유럽에 있넌 불란서라넌 나라이서 일어난 대혁띵 때버텀 비롯된 말들입니다. 서그 1792년 9월 인민협의회이서 앞자리 의장석을 보구 워느쪽이 앉었너냐루 잣대삼었던 말이지유. 온건즘진파였던 지룅드파가 오른편이 앉었구, 가운디 증간파가 앉었으며, 급진좌파인 자코뱅파가 오여손편이 앉었습니다그려."

새서방님은 빙긋 웃었다.

온고이지신(溫故而知新) '옛것을 익힌 다음에 새것을 받아들인다'는 말.

"이건 다 책, 그러니께 양인덜 책이 나와 있넌 사전적 증의이구…… 우덜 동양이선 예전버텀 좌익사상이란 것이 있었소이다 그려. 좌편우위사상이란 건듸, 그러니께 바른편버덤 오여손편이 더 높단 말이니, 바른손이룬 소마*를 볼 때 거시기럴 손이루 잡게 된다구 헤서 불길허다넌 거지유."

식어버린 숭늉 한 모금으로 입을 축인 새서방님이 말하였다.

"한마디루 좌익과 우익이란 말은 시재문제, 그러니께 시방 여그서 일어나구 있넌 골칫거리를 워치게 볼 것이냐 허넌 디서 갈러집니다. 사회생활, 그러니께 우덜이 살구 있넌 모둠살이틀거리를 워떤 뫼냥이루 볼 것인가를 놓구 보넌 눈이 서루 다른 디서 비롯됩니다. 모든 게 삶의 골칫거리에서 생겨나넌 것이지유. 워떤 삶을 아름답구 훌륭헌 삶이루 볼 것이냐 허넌. 새덜은 반다시 좌우 두 쪽 날개가 파닥여야만 앞이루 나갑늬다. 외짝 날개루넌 날 수가 읎지유."

좌익이나 우익 같은 이른바 이데올로기적 이야기만 하는 것이 아니었다. 누구나 알아들을 수 있는 이야기를 아주 쉽고 재미있게 들려주는 새서방님이었다. 새악시짜리가 더듬거리었다.

"저어 거시기……"

"말씀 허시오."

소마 오줌을 점잖게 이르는 말. 소피所避. '소변小便'은 왜말임.

"그란듸…… 소리 내긔가 점 거시긔헤서……"

"긔헐 게 뭐 있소. 괜치않으니 말씀허시오."

"조지루 왜목친다넌 게 뭔 말인지?"

새악시짜리가 사람들이 수근거리는 말 뜻을 물었을 때, 웃지도 않고 풀어 말해주던 새서방님이었다

"조지루朝支露넌 그러니께 조선과 지나 곧 중국과 로서아가 힘을 모두어 왜적을 물리치자넌 것이루, 인믠대중덜 바램이 댕긘 말이지유. 이 믠요가 나온 디가 바루 보천교°였습니다. 보천교란 전라도 정읍땅이서 일어난 민족종교루 한때 6백만 교도를 자랑했던 굉장헌 새종교였지유."

보천교는 20년대 조선 인구가 2천만쯤 되었을 때 6백만 교도라면 인민 세 사람 가운데 한 사람이 보천교도였을 만큼 엄청난 교세를 자랑했으니, 사이또[齋藤實]라는 왜제 총독과 아사요시[淺利]라는 총독부 경무국장이 정읍으로 가 보천교 본당인 십일전•에 참배를 할 만큼이었다는 것이다. 열다섯 때 아버지 차치구° 따라 갑오봉기에 들었다는 차경석°은 7척에 가까운 키에 눈에서 불을 뿜는 왈 장수재목이었는데, 독립운동자들 뒷배를 봐주던 애국자였다고 하였다. 왜제 손에 박살이 나면서 피를 토하고 죽은

십일전(十一殿) 백두산에서 벤 미인송美人松을 뗏목 엮어 황해바다로 내려다 지은 보천교 성전聖殿으로 십일十一은 흙토土 자를 나타내니, 세상 중심을 말함. 근정전勤政殿보다 두 곱이나 크고 화려했음. 왜제는 보천교 전각들을 죄 경매에 붙였음.

차경석 나이 쉰일곱이었다고 하였다. 차천자車天子로 불리었던 차경석이 옥좌玉座에 앉았던 십일전은 왜제가 뜯어 경매에 붙였는데, 서울 견지동에 있는 태고사* 대웅전이 십일전을 옮겨놓은 것이라고 하였다.

"중국에서는 예로부터 황제를 가리켜 천자라구 했습니다그려. 저 하늘에 밍을 받어서 백성을 다스린다넌 것이었지유. 천자가 입넌 증빅이 황색이었습니다. 제후 또는 작은나라 왕덜은 황색옷을 입을 수 읎었지유. 우덜 조선 왕덜은 이성계 이래루 황색옷을 뭇 입구 청색 곤룡포를 입어야 했습니다. 중국에서는 스스로를 가리킬 때 중원中原이라구 했습니다. 천하에 한가운디라넌 뜻이었지유. 이 말이 안되넌 오만무쌍한 말에 불가불*을 걸었던 것이 다산°이었습니다그려. 천하에 증복판이란 게 워째 중국만일 것이냐구 말이지유. 아니, 한족漢族들이 스스로를 높여 쓰넌 '중국'이라는 것두 말이 안되지유. 워째서 즤덜만이 이 시상이서 증가운디냐 이말이지유. 지가 서 있넌 자리가 바루 증복판이 되니, 따루 한가운디가 읎다넌 거지유. 한족만이 중국이 아니라 모든 나라가 죄 중국이 되넌 것입니다. 이게 바루 중화주웁니다그려. 동이東夷 서륭西戎 남만南蠻 북적北狄 네 오랑캐라구 얕잡어 봤던 한족덜이었습니다. 지난 수천 년 세월이 그렜구, 시방두 크게 달러

태고사(太古寺) 이제 조계사曹溪寺. **불가불**(不可不) 어떤 일을 놓고 옳은가 그른가를 따져보는 것. '시비是非'는 왜말임.

지지 않었습니다. 이건 사상철학과두 관계 읎넌 것입니다. 무서운 중화이데올로기지유. 각설허구 천하 한가운디 땅이서 하늘뜻을 받어 천하를 다스리넌 사람이 황제라구 봤습니다그려. 그레서 증복판색을 황색이루 했습니다. 중국사람덜이 황색을 가장 귀하게 여긧던 디넌 까닭이 있습니다. 중원을 가루질러 흐르넌 황하黃河색이기 때문이었지유. 황하 물빛은 싯누렇습니다. 황하가 흐르넌 네둘레 흙바탕 빛깔이 본디 싯누렇습니다그려."

다시 숭늉 한 모금으로 입가심을 하고 난 새서방님이 말하였다.

"사람을 보구 뭐라구 허넌지 아세유?"

"예에? 사람유우우?"

"예, 사람."

"글씨유우."

"하늘 밑에 벌레라구 헙니다. 숨탄것*이라넌 말인듸, 하늘과 따헌티서 숨이 불어넣어졌다구 헤서 허넌 말이지유. 이 누리에 꽉 차 있넌 만물만상萬物萬像 가운디 사람만이 오직 그 긔운을 오롯허게 받었다구 혀서 만물에 영장이라구두 허지유. 그런듸 홀로 있어 낳음이 있넌 이치가 읎습니다그려. 이른바 음양지리陰陽之理지유."

"음양지리넌 아번님께서 장 허시넌 말씸이니 저두 알 거 같기

숨탄것 하늘과 땅한테서 숨이 불어넣어진 목숨붙이라고 해서, '동물'을 말함.

두 헌듀. 음양지리 버덤두 새상이란 게 뭐이래유? 사람덜이 서방님더러 새상운동허넌 냥반이라구덜 허잔남유."

"사상이란 다른 게 아닙니다. 사람이라는 숨탄것이 다른 미적이*들과 다른 점이 뭣이것습니까? 여러가지가 있것지먼 가장 크게 다른 점은 그러니께 그리움이란 감정에 있을 겁니다. 뭣인가를 그리워헐 수 있넌 글력이 있긔 때문이지유. 뭣인가를 그리워허기 위해서넌 뭣버덤두 먼저 생각헐 수 있넌 글력이 있어얍니다. 이 생각을 뚜렷헌 질 따러 일매지게* 봐낼 수 있넌 글력을 가리켜 사상이라구 허지유.

뭣이 옳구 뭣이 그른가? 뭣을 일러 아름답다구 허구, 뭣을 일러 드럽다구 허넌가? 사람이란 뭣인가? 워치게 살어가넌 삶을 가장 아름답구 훌륭헌 삶이라구 허넌가?

사상이루버텀 정치체제가 나오구, 긩제구조가 짜여지며, 모둠살이 횡태가 맨들어지게 됩니다. 예술이 나오구 죙교가 생겨나게 된다 이런 말이올시다. 슨악시븨럴 나눌 수 있구, 아름답구 추헌 것을 가려낼 수 있넌 눈이 생겨나게 됩니다. 소위 세계관이라넌 것이 생겨나게 된다 이런 말씀이지유."

새서방님은 새악시 손을 잡았다.

"사상이 같은 사람은 금방 친헤질 수 있습니다. 세세생생 같은

미적이 살아 숨 쉬는 '동식물 모두'를 말함. **일매지다** 모두 다 고르고 가지런하다.

길을 하냥 손잡구 가넌 됭지가 될 수 있지유. 나랑 당신처럼 말이
지유."

새서방님은 막사발 바닥에 깔린 숭늉을 비웠다.

"생각헐 수 있으므루 헤서 사람입니다. 생각은 증신을 말허며,
이 증신이 사상을 이룹니다. 사상은 삶에서 나옵니다. 워떤 땅이
서 워떤 삶의 조건 아래 살어왔너냐에 따러 사상이 나오게 되넌
것이지유. 우리 조선을 필두루 헌 동양이서 말허넌 음양오행사
상 또한 마찬가지구유."

새서방님은 새악시짜리를 바라보았다.

"사람을 진서루 워치게 쓰넌구 허면, 사긔삿자 볼람자를 씁니
다. 사긔는 저 한족 역사가 사마천°이 쓴 역사책을 말헙니다. 역
사를 똑바루 볼 수 있을 때만이 마침내 사람이라구, 사람일 수 있
다구 했던 것이지유."

4

"미제국주의 괴뢰인 리승만역도의 폭압통치 밑에서 고통받는
남조선 인민대중을 해방시킴으로써 국토완정•을 이룰 수 있는

국토완정(國土完定) 나라 땅덩어리 살피(경계)를 똑똑히 못박는다는 것으로, 6·25 때 내려온 조선민주주의인민공화국 사람들이 썼던 말임.

이 싸움은 그러므로 조국해방전쟁인 것입니다. 이 성스러운 과업을 성공적으로 완수하기 위해서는 남조선 인민의 열성적이고도 애국적인 동참이 있어야만 합니다."

국대안 반대투쟁을 벌이다가 경성제국대학 후신인 경성대학에서 쫓겨나 평양으로 올라갔다는 그 젊은 정치군관은 주먹을 부르쥐었다. 붉은별이 달린 군모에 긴 가죽장화를 신은 그 젊은이는 깨끗한 녹색 군복차림이었다. 정치군관이 말하였다.

"청라면 여맹사업은 위원장동무만 믿습니다. 청라면 주둔 인민군 식량보급과 부식보급에 만전을 기해 주시오."

인민군이 진주한 8월 초순 청라면여맹위원장에 임명된 아낙은 그때부터 각종 선전「슬로우건」을 부락민들에게 고취하고, 대한민국 정부의 부패타락상을 지적하여 인민군에게 물질적 원조 등을 역설 선전함과 동시에 부녀자와 학생아동들로 하여금「김일성장군 노래」「해방의 노래」「진군가」「추도가」「붉은별 노래」같은 인민가요를 합창하게 하였다. 미제 군대와 국방군과 싸우기 위하여 금강 방어선으로 내리닫고 치닫는 인민군대와 의용군들에게 끼니를 지어 날랐으며 부상병들을 돌봐주기도 하였다. 나중, 그러니까 1951년 9월 21일 대전지방검찰청에서 국가보안법 제1조 2호, 동법 제3호, 동법 제4호 및 비상사태하의 범죄처벌에 관한 특별조치령 제4조 위반 등으로 기소되었을 때 적시된 것들이다.

가,관련자 인적사항

피의자 한전희韓傳熙(당29세, 女)

본적: 충남 홍성군 홍동면 월현리 번지불상

주소: 충남 보령군 청라면 장현리 335번지

직업: 공업(소목)

가입정당 및 사회단체: 조선공산당. 남조선로동당. 조선부녀총동맹. 남조선민주여성동맹.(면당위원장)

나,범죄사실

피의자 한전희는 평소에 적색사상을 포지하고 암암리에 지하공작을 기도하던 자인바 6·25사변이 돌발함을 기화로 남편 김일봉金壹鳳(당34세)가 일제때부터 조선공산당 경성콤그룹 충남대전 야체이까로 공산세상의 도래를 위하여 암약하여 오다가 8·15를 맞아 남조선로동당 충남도당 문화부장과 대변인 및 전조선농민동맹 충청남도총본부 위원장으로 공산당 수괴인 박헌영°·리관술·리현상° 등과 합류 만행타가 군경에 총살당한 원한을 복수코자 당지에 침공한 북한 괴뢰군과 호응하여

(1) 1950년 8월 15일경(일자불상) 거주면 장현리 제각祭閣에 설치된 동면 여성동맹사무실에서 동군맹위원장인 동면 옥계리 거주(현기피) 정말순鄭末順(당38세)의 권유에 의하여 대한민국 국헌을 위배하고 정부를 전복할 목적으로 결사된

불법단체임을 지실함에도 불구하고 동 여성동맹위원장으로 피임되어 적극활약한 사실이 있고, 범의를 계속하여

(2) 동년 9월 27일 상피의자 鄭末順, 金判禮(32세,기피중) 등과 시동생인 민주애국청년동맹위원장 金貳鳳(당21세)外 十여명 민애청원을 데리고 烏棲山으로 도주, 入山하였다가 翌日 再次 保寧郡 青羅面 長峴里에 復歸하여 울티부락 前 一帶 畓中 또는 堤防 等에 土壕8個所를 構築 所謂 青羅面黨部라 呼稱하고 同「아지트」에서 每日같이 密議하여 中共軍이 南下를 開始하여 戰局이 有利하고 平澤, 原州 等 地區를 解放하였는데 生命만을 保存하기 위하여 隱居할 것이 아니라 當地를 解放시킨 後에는 黨的으로 面目이 있으니 女盟, 民愛青의 細胞 等을 組織하여 青羅面黨을 再建한 後 早速한 時日內에 人民政權을 復舊하자는 것과 中共軍이 南下함에 民心이 騷亂한 것을 契機로 自首者 또는 地下에 隱居한 者 等을 莫論하고 全部가 連絡線을 가져 黨을 再建하자는 것 等 討議를 遂行할 目的으로,

(3) 1950년 10월 초순경(일자불상) 면민애청위원장인 시동생 김이봉이 거느리는 민애청원 겸 자위대원 배구진裵九鎭 外 8명과 共謨하여 미군과 군경 진주를 방해할 목적으로 大川과 化城간을 관통하는 居面 長山里 前 道路 長 8尺, 深 7尺 假量을 破壞하여서 利敵行爲를 敢行하였고, (女盟員들은 韓傳

熙위원장 指揮下에 호미와 竹片으로 道路를 破壞하였음. 그리고 인공기를 휘두르며 만세삼창을 하였던 惡質 赤色分子임.)

동월 일자불상일에 상 피의자는 오서산 마루에서 홍성군 광천읍 여맹위원장인 방귀녀(方貴女, 당32세)와 密會하여 오서산빨치산 衣服修理와 食糧副食 調達 等을 補調함과 아울너 빨치산들이 쓸 지까다비, 毛布, 煙草 等을 自進納付하였으며, 범의를 계속하여(인공직후 있었던 일)

(4)

동년 9월 2일경 동군 여맹위원장 정말순의 지시를 수하여 동면 각 부락에 여맹 선전책 등에게 지시하여 괴뢰군의 식량 보급에 충당케 할 목적으로 각 부락민으로부터 부식물인 된장 3승가량(시가 약 900원), 고추장 3승가량(시가 약 900원), 대근大根 약 30개(시가 약 600원), 고추 2승가량(시가 약 8백원) 등을 징수하여 보령군 여성동맹 본부에 조달납부하였고,

(5) 동년 9월 12일경 동군 여맹위원장 정말순의 지시를 수하여 동 여맹 선전부원(기피 사살) 박성순(朴成順, 당29세)에게 지시하여 전술한 (4)항과 동일한 목적으로 동면 신산리新山里 부락민으로부터 부식물 된장, 고추장, 대근, 생고추 등(시가 약 5,500원)을 할당 징수하여 전술 보령군 여맹본부에 조달납부한 사실이 있고, 범의를 계속하여

(6) 동년 9월 18일경 군여맹위원장 정말순의 지시를 수하

여 동면 18개 부락 여맹위원장 등에게 지시하여 괴뢰군 등에게 제공할 목적으로 면포제 국방색 군복(상하) 1착씩을 제작 납부토록 할당 군복 18착(시가 약 9만원)을 징수하여 전술 보령군 여맹본부에 조달납부한 사실이 있고, 범의를 계속하여

(7) ①미제 앞잡이 리승만을 타도하자

②미제국주의 절대반대 등 불온벽보를 작성 첩부하였고, 범의를 계속하여

(8) 동년 9월 28일 오전 10시경 군경이 대전에 진주함을 계기로 계속 지하운동을 감행할 목적으로 거주면 명대리鳴袋理 후산後山에 설치된 소위 청라면 노동당「아지트」에 기피입산하여 동년 10월 5일경 전술한 (1)항과 동일한 목적으로 자진 청라면 노동당원으로 가입한 사실이 있고, 범의를 계속하여

(9) 동년 11월 8일 오후 10시경 전술 기피처인 명대리 후산에 비설된 청라면당「아지트」에서 잠거중인 동면당책 최대진(崔大珍, 당 39세)의 지휘하에 동원된 성명불상자 10명과 동 여맹위원장 정말순 등 피의자들과 공히 13명이 동면 내현리 부락에 침입하여 동부락민들을 협박 백미 1두 시가 약 8천원 상당을 약탈한 사실이 있고, 범의를 계속하여

(10) 동년 11월 9일 하오 9시경 전술한 동면당책 최대진의 지휘하에 동당원 10명과 동 여맹위원장 정말순, 피의자

등 공히 13명이 동면 의평리 부락에 침입하여 동부락민 등을 협박하여 백미 5승(시가 약 1,200원), 부식물 장유, 된장(시가 약 1,400원)을 약탈한 사실이 있고, 범의를 계속하여

(11) 동년 11월 4일 오후 10시경 전술 동면당책 최대진의 지휘하에 동당원 10명과 동여맹위원장 정말순, 피의자등 공히 13명이 동면 향천리 불무골 부락에 침입하여 동부락에 남녀 약 20명을 동원 동부락 회관에 집합시켜 놓고 약 10시간에 걸쳐 동 부락민 등에 대한 감언이설로서 대한민국을 빙자하며 각종 악선전을 감행 민심을 교란케 한 사실이 있고, 범의를 계속하여

(12) 동년 11월 6일 오후 12시경 전술 동면당책 최대진의 지휘하에 동원된 10명과 동 여맹위원장정말순, 피의자등 공히 13명이 동면 향천리 불무골 부락에 침입하여 둥부락민 등을 협박하고 농우 1두(시가 약 30만원), 백미 5승, 부식물 된장 2승, 장유 2승(합계 시가 약 1,200원) 상당을 약탈한 사실이 유하고,

(13) 동년 11월 10일 오후 9시경 전술 동면당책 최대진 지휘하에 동단원 10명과 동군 여맹위원장 정말순, 피의자 등과 공히 13명이 동면 유현리 부락에 침입하여 동부락민 등을 협박하여 백미 20승(시가 약 10만원), 부식물 된장, 장유, 각 1승(시가 약 1,200원)을 약탈한 사실이 유한 자로서 계속

식량 등을 약탈할 목적으로 각부락에 침입하다가 보령군에 미군과 국방군이 들어온다는 소문을 듣고 퇴각하는 인민군 뒤를 쫓아갈 목적으로 오서산 넘어 홍성군 광천읍까지 갔으나 광천여맹위원장 방귀녀(方貴女, 32세), 목수동맹위원장 변판대(卞判大, 당44세)를 못만나자(내외지간인 두 사람은 도피중) 천안쪽으로 도주하던 중 북녘으로 가는 도중에 있는 친정곳인 홍성군 홍동면 월현리 개월開月에 칩입도중 동부락 전측(상낭골)에서 잠복중인 민보단에게 체포당한 자임.

다. 검찰처분

被疑者 韓傳熙는 1951年 3月 14日 大田地方檢察廳에서 國家保安法 및 非常事態下의 犯罪處罰에 關한 特別措置令 第1條 1號, 4條 5號 違反等으로 起訴되어 同年 4月 8日 다음과 같이 求刑되었다.

韓傳熙: 懲役15年

5

광천읍 목수동맹 사무실이 있는 구장터로 가던 아낙은 무춤서버리었다. 저만치 구장터다리가 보이는 곳이었는데, 얼라? 웅긋쭝긋* 한 사람들 모습이 눈에 들어왔던 것이다.

오서산 재몬다외를 넘을 때 보게 되었던 민보단사람들이 떠올랐고, 그 여자는 부르르 진저리를 쳤다. 방씨녀 서방인 변판대를 만나려면 목맹이 있는 구장터로 가야 했는데, 구장터로 가려면 반드시 그 앞으로 흐르는 개울을 가로지른 구장터다리를 건너야 하는 것이었다. 소마를 보고자 찾아든 솔수펑이• 덕분에 범 아가리를 벗어나게 되었다고 생각한 아낙은, 다시 또 진저리를 쳤다. 민보단원들일 것이 틀림없는 사내들이 쥐고 있는 것은 오서산 재몬다외서 보았던 것처럼 날카롭게 끝을 쳐낸 죽창과 쇠몽둥이보다도 더 강팍한 물푸레나무로 깎아 오줌독에 담궈 벼린 몽둥이, 그리고 왜병들이 버리고 간 구구식장총 같은 것들일 터였고, 아낙은 보따리를 갈마들었다.•

여맹 본부가 그렇고 목맹 또한 그렇다면 들러볼 곳은 한군데밖에 없다. 철맹. 철맹으로 가려면 광천역 뒷녘에 있는 벌말로 가야했는데, 광천역으로 가려면 사람들 눈이 많은 저자거리를 지나야 했으므로, 그 여자는 저자거리 옆댕이를 끼고 도는 개울을 에둘러 가기로 하였다.

철맹은 철공동맹 줄임말로 철공소며 풀무간 같이 쇠를 다루는 바치쟁이들이 짠 직업동맹 가운데 하나였다. 철맹원들을 만나보지는 않았지만 성냥일•과 지위•일은 이웃사촌인 듯 여간 자별하

웅긋쭝긋 굵고 잔 여럿이 군데군데 고르지 않게 머리가 쑥쑥 불거진 꼴. **솔수펑이** 솔숲이 있는 곳. **갈마들다** ①서로 대신해서 번갈아 들다. ②뒤숭숭한 생각이나 느낌이 엇갈려 일어나다.

게 지내는 것이 아니었다.

철맹위원장이라는 성냥바치*만 만나고 보면 변판대 소식을 알 수 있으리라 생각한 아낙은 갈마들던 보따리를 숫제 머리에 얹었다. 그리고 두 팔을 힘차게 내저으며 잰걸음을 쳤는데, 목달이가 긴 장화를 신고 있었다. 검정고무신에 버리는 옷에서 떼어낸 천을 달아 해방 전 왜병 장교짜리들이 신던 장화처럼 만든 것이었다. 고무신 바닥에는 가죽잠바 떨어진 것을 얻어다 둘러쌓은 다음 가죽끈으로 단단히 감발을 쳐 놓고 보니— 맨고무신을 신었을 때처럼 잘 벗겨지지 않아 산길을 걸어가기 더구나 편하고 달음박질치기에도 맞춤하였다. 짚신감발을 하던 오서산 인민유격대한테 농구화를 신게 한 것은 남편이었다. 그러께 늦가을 남편이 잡혀간 다음 뒤늦게 인편으로 받아 본 편지를 읽고 아낙이 장만한 것이었다. 마을에 있을 때 아낙은 겨울이면 털 돗친 겨울운동화를 신었는데, 또한 새서방이던 남편이 서울에서 부쳐준 것이었다. 옛살라비 하늘 같은 전배인 이정 선생 복심비선*으로 한밭에서 야체이카로 있을 적이었다. 남편 운동마당은 한밭을 두리로 한 충청남도 얼안이었으나, 이정 선생을 만나러 자주 서울엘 드나드는 눈치였다. 남편이 한밭에서 그렇게 큰일을 하고 있다는 것은 남편이 잡혀간 다음에야 알았고, 그 전에는 그냥 대

성냥일 대장일. 대장장이가 하는 일. **지위** '목수木手'를 점잖게 이르는 말. **성냥바치** 대장장이. **복심비선**(腹心秘線) 마음 속 깊은 뜻을 주고받을 수 있는 심복 손발.

처에서 무슨 돈벌이를 하는 것으로 알았다.

蓮姬!

써나든날은 제법 더웁습디다 化城나와서 約한시간가량 기다려서 자동차를 타고 大川나와서 점심을 먹고 열두시반차로 天安驛에서 나리니 下午다섯시, 大田行列車는 다섯시십오분인데 즉시 차표를 사가지고 홈으로 오랴닛가 바로車가 드러오니 잠시도 지체안이하고 定刻에 發車하야 下午일곱시십오분에 大田驛에서 下車하야 下宿으로 드러오니 저녁먹기 쓕맛드군요. 나제는 모심고 밤에는 알으실터히지요 마음노히지 안습니다. 촌에서 살면 일하기는 어려워도 배급 물건 사기에는 고생은안이하니 오히려 촌살림이 나슬것 갓어요. 大田에서는 배급제도가 점々더심하야저서 무슨물건이고 배급안이고는 사지를 못하게되는군요 몃달전까지도 그럿치안이 하든 것이 지금은 외, 배차, 호박갓흔것도 전부 배급제도로되며, 폭양에 한나절가량이나「나라베」를 하엿다가 겨오 두서너식구가 두서너끠 먹을것을 사게되니 그노릇못하겟드군요. 그럿케 한나절 기다리다가도 중간에서 賣切이 되면 헛탕을 치고 도러스게된다합니다. 차라리 일을 좀 어려웁게하는것이 나흘것이 안임닛가. 여러가지를 생각하야 보건대 살림이라고 시작할 렴의가업서 다시 노력하엿

스니 련희도 그리아르시고 다시생각 말으시요 여긔에 비교하면 촌살림은 편하기가 태고적이라할슈있습니다 다만 모심고밧매기에 힘드는 것이 험이라하겟스나 식구가 여럿이니 번갈어서 일을하면 과히 못견될정도에 일으지안이할듯, 임신중에 무리한일을 하면 좃치못하고 태아의게 해가되는 것이니 주의하시고, 마음이 명랑하지안이하야도 해로운 것이니 아무조록 여러가지를 너그럽게 생각하고 편협한성질을 쓰지안토록 하시요. 쪄나든 전날 내가 일으든 여러가지 말슴을명심한다면 긔필코 훌늉한 안해와 훌늉한 어머니가 될 것이니 범연히 알지 말으시기를 간절히바라나이다. 말슴안이하드래도 잘알으실 터히지만 우리 내외의 책임은 실노 가벼웁지 안슴니다. 여러대의 종손이되는 관게로 우흐로 祭事를 밧들고 한집의 웃듬이되여 家事를 處理하고 이외 兄弟를거나려가랴면, 인격도 업서々는 안이되고 수단도잇서야 하고 덕의도 잇서야 하고 모든 것이 우리내외의게 달렷슨즉 그책임이 중한 것을 ○○○○○○○○○(여덟 자가 떨어져 나갔음)게 갓지안이하면 안이됩니다 이만 주림니다 종々편지하시기 바라압 홍성편지 곳붓치섯나요? 七月十日 夫 金壹鳳

大田府春日町三丁目一0二 魚林連海方 ○○○○殿 이 주소로 편지 붓치시요

닐거볼冊

李泰俊· 韓雪野· 李箕永· 姜敬愛· 白信愛小說. 林 和· 權 煥· 兪鎭五詩.

영복이 놈이 아버지를 부른 것은 다저녁 때였다. 양력으로 칠월 초순이었다. 모깃불이 매캐한 연기를 뿜어주는 마당 한복판 멍석 위에 줄남생이* 늘어안듯 한 식구들이었다. 저마다 두 해가 다 되도록 돌아오지 않는 자식과 돌아오지 않는 언니와 돌아오지 않는 오라버니 걱정을 하며 저녁상을 기다리고 있었다. 풀떼기죽*이 놓여진 늦은 저녁상을 든 아낙이 막 부엌 문지방을 넘을 때였다. 멍석가를 기어다니며 개아미며 땅강아지며 풀무치며 여치며 장칼내비*며 노린재 같은 벌레들과 동무하여 놀던 아이가 어슨듯* 고개를 잦히며 부르짖었던 것이다.

"아부지!"

네 살이라지만 설은살*이어서 태어난 지 꼭 2년 7개월 된 그 아이는 타는 듯 붉은 새털구름이 덮여 있는 한밭 쪽 허공을 바라보며 두 번 더 부르짖었다.

"아부지! 아부지!"

그렇게 또렷한 발음으로 세 차례나 소리쳐 아버지를 부르고

줄남생이 크고작은 것이 줄대어 있는 것을 가리키는 말. 남생이: 거북이와 비슷한 남생이과 민물동물. **풀떼기죽** ①잡곡 가루로 묽게 풀처럼 쑨 죽. ②범벅보다 묽고 죽보다 된 죽. **장칼내비** 도마뱀. **어슨듯** 문득. 갑자기. **설은살** 덜 익은 나이. 꽉 차지 않은 나이.

난 그 어린아이는 발딱 잦혔던 고개를 꺾으며 으앙! 하고 울음을 터뜨리었다. 어마지두*에 밥상을 떨어뜨려 박살을 낸 아낙이 구르듯 달음박질쳐 와 아이를 끌어안으며 젖꼭지를 물렸다. 아이는 받아들일 생각은 하지 않고 자꾸 깨물기만 하는 것이어서 여간 아픈 게 아닌 젖꼭지였으나 입을 뗀 것이 고마워 깨물리는 젖꼭지가 아픈 줄도 몰랐는데, 식구들은 벙어리인 줄 알고 한걱정*을 하던 아이가 입을 뗀 것만이 다만 신통해서 저녁을 생으로 굶고도 배고픈 줄을 몰랐다. 그러니까 그때 아이가 아버지를 부르던 때 아이 아버지 되는 이 염통에는 총알이 박혔던 것이었다.

도망꾼의 봇짐을 꾸려 쥔 아낙이 떨어지지 않는 발길로 다시 또 고개를 돌렸을 때였다. 할머니품에 안긴 아이는 잠이 들었는지 눈을 감고 있었고, 할아버지나 삼촌들 심부름을 갔는지 일곱 살짜리 계집아이는 보이지 않았다. 돌림자 좇아 지은 호적이름이야 따로 있었지만 사내아이는 집에서 영복永福이라고 불렸고 계집아이는 순복順福이라고 불리었으니, 오래오래 도담도담* 순탄하고 행복하게 살아주기 바라는 아버지 뜻이 담긴 것이었다.

해방이 되고 나서는 더구나 보기 어려운 남편이었다. 시아버지가 잘 쓰는 문자로 '묵돌불가금'이었다. 새 나라 건설에 바빠 그야말로 신 벗을 사이가 없는 것이었다.

어마지두 무섭고 놀라와서 정신이 얼떨떨한 판. **한걱정** 큰걱정. **도담도담** 어린아이가 탈없이 잘 자라는 꼴.

한밭·충남 야체이카로 있을 적에는 그래도 글씨 궁구를 하라며 체잡은 헌 신문지 속에 훌륭한 안해, 훌륭한 며느리, 훌륭한 딸, 훌륭한 어머니, 훌륭한 형수가 되기 바라는 편지글이 들어 있었는데, 해방이 되고는 당사업과 농맹건설 일로 눈코뜰 사이가 없는 듯하였다. 엄숙한 일이나 말도 우스개처럼 슬쩍슬쩍 들려주는 사람이었으니—"명치明治 끝에 대정大正을 박으니 소화昭和가 될리 없다." 강도 왜제가 조선이라는 날고기를 입에 집어넣었지만 끝내 소화를 못하고 게워낼 수밖에 없으니 곧 해방이 된다는 말이라고 왜제 끝무렵 떠돌던 참요讖謠를 풀어주던 남편이었다.

『볼셰비끼혁명소사』『레닌주의의 기초』『자본주의의 한계』『역사의 제문제』 같은 책들을 읽어보라고 하였다. 철학의 근본문제를 알려주는 수준 높은 사상책들만을 읽어보라는 것이 아니었다. 『신흥』°이며 『별건곤』°이며 『삼천리』°에 『과학전선』° 같은 잡지들도 열심히 읽어보라고 하였다. 꼭 좌익 쪽에서 내는 책과 잡지만을 읽으라는 것이 아니었다. 우익 쪽에서 내는 것들도 읽어 그네들 생각이 무엇인지를 알아두어야 한다는 것이었다. 중도계열 또한 마찬가지라고 하였다. 그런데 이렇게 말은 쉽게 하지만 무엇이 좌익이고 무엇이 우익이며 무엇이 그리고 중도인지를 알아내는 것이 그렇게 쉬운 일이 아니라는 것이다. 그 책 성격을 똑바르게 알아내기 위해서도 책을 읽는 수밖에 없으니, 책 속에 모든 길이 들어 있다는 것이었다.

『佛陀の教説』이라는 삼성당三省堂에서 나온 책을 펼치면 끼워져 있는 광고지가 있다. 1931년 개조사改造社에서 박아낸『資本論』인데 河上肇·宮川 實譯이다.「자본론의 생명은 萬古不易이다」「이제 萬人 모두 資本論으로 돌아가서 다시 읽어야겠다.」제1장 '상품'에서부터 제12장 '분업의 기본형태'까지를 설명하고 있는데, 재미있는 것이 '勞働'이란 글자이다. 우리는 움직일 동動자를 쓰는데 왜인들은 굼닐 동働자를 쓰는 것이다. 담배를 쌓던 은박지 안쪽에 적힌 시가 있다. 〈현대일보〉°에 실렸던 유진오° 시「횃불—8·15의 노래」

웅성깊은 수풀처럼
조용대는 깃발 깃발
부랑캇트 환히 하늘을 뚫어
○이 달은 심장心臟이 아퍼

피와 눈물이 뒤섞인
까아만 얼굴 우에 주름을 잡고
끝없는 부르짖음이
○성(○聲)처럼 지축地軸을 흔들어

거대한 생명이 대열을 지으면

염염炎炎히 타는 불길되어
거리마다 인민의 마음 속속드리
아! 조선은 야만野蠻이 아니다

풍장치며 가는 농민도
어머니 손에 매달려 가는 어린 아해도
한결같이 외치는
'정의의 손으로 탈환하여라'
앞에서 들려온다
뒤에서도 들려온다
바다와 같이 고함치며
바다와 같이 깊은 마음들이

써근 강냉이와 밀가루에
쫒기고 밀려나온 겨레들이
여기 모다 한데들 모여
군정軍政을 인민에게 넘겨달라고
동무여 너도 나도 목이 쉬였다

파랑이며 나부끼든 깃발 깃발
우리들 각지끼고 뛰여들 때엔

너는 모든 산허리에 꼽혀서
활활 횃불처럼 타라

1935년 5월에 나온 『신흥』이라는 철학잡지 8호에는 경성제국대학 출신 조선인 청년들이 낸 잡지였는데, 연필로 줄이 쳐져 있었다. 조벽암°이 쓴 「참된 영예榮譽」란 시 첫련이었다.

飛躍은 歷史의 마디
辨證法의 수래바퀴다
참은 비약의 기름
삶과 죽음의 차디찬 理性이다.

잡지 여백에 달필로 적혀 있는 남편 철필글씨이다.

易에 대한 拙見.

野蠻時代에서 文明時代로, 母權社會에서 父權社會로, 原始共產制에서 奴隸制로 進出하는 時代의 勞作이다. 惱좋은 먹물, 곧 識字層에서 만들어 낸 呪文에 지나지 않는다. 巫女의 비나리* 같은 말이지만, 한가지 취할 점이 있으니, 바로 辨證

비나리 앞날 흐뭇한 삶을 비는 말.

法이다. 변증법적, 그러니까 否定의 눈으로 事物과 現象을 보는 것은 좋은데, 그렇게 본 視覺이 가 닿게 되는 언덕이 支配階級의 이해관계라는 점이다. 한마디로 易 또한 지배계급을 지켜주는 護衛兵인 것이다. 册을 어떻게 읽을 것인가?

남편이 읽어보라는 책들은 거지반 남편 책장에 꽂혀 있었다. 서청 출신 서울시경 특별경찰대가 거미줄 느리•면서 시아버지가 몰래 땅에 파묻고 덮잡기•해 가 그렇지 책방에 골방에 사랑방에 수박씨처럼 촘촘히 박혀 있던 책들이었다. 조선책도 있고 진서책도 있고 왜서책도 있고 양서책도 있었다.

밤을 패어가며 읽어 봤는데, 알 것도 같고 모를 것도 같았다. 앎 바탕이 되는 사회과학이며 역사과학 그리고 일반지각에 대한 다져진 지식이 없는 탓이었다. 그러나 시집 와서 두어 달 동안, 그리고 남편 말을 따르자면 '서신투쟁'으로 익히게 된 사회과학이며 역사적 여러 문제에 대한 배움이 큰 밑천이 되어 기본적인 사상철학책들을 읽어낼 수 있었다. 남편이 읽어보라고 한 책 가운데는 러시아 글지• 톨스토이가 지은 『부활』과 볼셰비끼• 여성글지라는 콜론타이°가 쓴 『붉은사랑』이라는 소설책이 있었는데, 그

거미줄 늘이다 비상경계망을 치다. **덮잡기** 빼앗음. 뺏아둠. 잡아둠. 거둠. '압수押收'는 왜말임. **글지** 세종대왕이 훈민정음을 만들었을 적부터 썼던 말로, 글 짓는 사람을 말함. 대한제국 때까지 쓰였음. '작가'는 왜말임. 글지이. **볼셰비끼** 모범적인 공산주의자. 과격한 혁명주의자. 또는 과격파. 러시아혁명에서 정권을 잡은 레닌주의를 좇던 다수파를 말함.

여자가 부르짖는 여성해방이라는 것이 무엇인지 영 아리송하기만 하였다.

〈그 여자는 다른 여자들에게 공산주의 방식으로 애를 어떻게 키우는지 보여주고 싶었다. 부엌도 필요없고, 가정생활도 필요없다. 그런 것은 쓸데없다. 반드시 해야 할 일은 탁아소를 조직하고 자영공동주택을 설립하는 것이었다. 실천은 설교보다 더 좋은 것이다.〉

"신랑짜리는 인긕적이룬 그저 다시 읎이 좋은사람입니다만……"

"허, 뭔 하자가 있넌 사람이외까?"

"하자라기 버덤두……"

"허, 답답하외다."

"저 거싀긔 사상적이룬 그러니께 뵌뵈긔* 보루세빗긔다 이런 말씸입니다유. 그쪽 보령 을안이선 호가 난……"

중신아비 되는 이와 친정아버지가 말하는데, 규수짜리가 한 말이었다.

"누가 새상과 혼인허남유. 인긕이 훌늉헌 츤재면 그만이쥬우."

보령군에서는 남편 김일봉이 태어나서 자란 곳이라 하여 청라

본보기 본. 본때. 거울. '모범'은 왜말임.

면을 민주면民主面이라 하고, 청라면에서는 장현리長峴里 가운데서도 울티를 민주촌民主村이라 하였으니, 동네사람들로서는 그지없이 영광스러운 일이었다. 그래서 울티사람들은 비록 오서산 밑 깊은 산골짜기에 사는 촌무지렝이일 망정 삼동네 이웃사람들 앞에서도 흰목을 잦히며 뽐을 낼 수 있었던 것이다. 그러던 사람들이 맥아더 미제 침략군한테 서울을 빼앗겼다는 소식이 돌면서 입을 다물기 비롯하더니, 천안과 조치원을 빼앗기고 대전까지 내어주게 되었다는 흉흉한 말이 돌고부터는 숫제 발길을 끊었던 것이다. 시아버지는 토지분배위원장이었고, 당자는 전국농민동맹 충남본부위원장이었으며, 큰시동생은 남조선민주애국청년동맹위원장에, 아낙이 남조선민주여성동맹위원장을 하는 그 집은 하나밖에 없는 목숨을 성스러운 민주제단에 바친 혁명렬사 유가족이었다.

"만고역적 리승만도당의 괴뢰집단 전면적 궤멸!"

"리완용의 정신적 후예인 매국노 리승만 타도!"

"역적괴수 리승만 생포!"

"우리의 영명한 청년지도자 김일성장군 만세!"

"조선민주주의인민공화국 만세!"

"쓰딸린대원수 만세!"

"세계민주진영의 성벽인 쏘련만세!"

"조선민족의 친애하는 벗이시며 세계약소민족의 해방자이신

쓰딸린대원수 만세!"

붉은 페인트로 더께더께• 칠하여 놓은 여러가지 베간판 표어들이 집집마다 담벼락마다 붙어 있었다. 그 밑에 웅긋쭝긋 늘어선 사람들은 입에 거품을 물었다. 이북과 이남 어느 쪽에서, 그러니까 공산주의와 자본주의 가운데 누가 먼저 선손•을 걸었느냐를 가지고 다투는 모양이다. 그러나 문제는 누가 먼저가 아니라 왜?가 먼저가 아닐까 생각하는 아낙이다. 이른바 '애치슨라인'이라는 낚싯밥을 던졌던 미제가 아닌가. 그리고 아낙한테는 풀리지 않는 의문이 있었다. 아낙만이 아니라 누구나 품고 있는 의문이었으니, 유월 이십팔일날 새벽에 수도서울을 두려뺀 인민군이 왜 사흘 동안이나 서울에서 묵새기질•을 쳤느냐는 것이다. 그때는 양키병대가 들어오기 전이었으므로 꼭두군사• 나부랑이에 지나지 않는 남조선 국방군이야 부산 앞바다로 밀어넣을 수 있었기 때문이었다.

마을에는 붉은완장을 차고 다니는 사람들이 많아졌다. 무어라고 글씨를 쓴, 그러니까 훈민정음으로「자치대」라고 쓰고 진서眞書로「自治隊」라고 서당 훈장이 써 준 것 같은 붉은완장을 찬 우락부락하게 생긴 청년들이었다. 머슴 출신도 있고, 소작농 출신도

더께더께 어떤 물기 같은 것이 덕지덕지 덧쌓여 쳐발라진 꼴. **선손** ①남이 하기 앞서 하는 일. ②먼저 한 손찌검. 선先손 쓰다. **묵새기질** ①따로 하는 일 없이 한군데 오래 묵으며 날을 보냄. ②애써 참으며 잊어버리거나, 별것 아니라는 듯 슬쩍 넘겨버림. **꼭두군사** ①꼭둑각시 놀음에 나오는 군사軍士. ②기동성이 없는 군졸軍卒에 빗댄 말.

있었으며, 난데서 들어온 사바공산주의자•도 있었는데, 하나같이 밤 문 얼굴들이었다. 그들은 어디서 났는지 구구식소총과는 다른 낯선 총을 메고 다니면서 집마다 얼마쯤 양식을 지니고 있는지를 따지는 식량보유량을 조사해갔다. 더러는 그저 아무런 글자도 씌어 있지 않은 붉은헝겁 조각을 팔뚝에 감고 다니는 사람도 있었다.

집집마다 인민공화국기가 나부꼈다. 이른바 혁명과 해방을 속뜻으로 한다는 붉고 푸른 바탕 속 흰 동그라미 안에 반짝이는 붉은별. 이 깃폭이 얼마나 많은 이 나라 사람, 이 나라 사람 가운데서도 피끓는 젊은이들 동경 표적이었던가. 얼마나 많은 젊은이들이 죽어갔던가. 또 한줌도 못 되는 친왜친미 민족반역배들한테 두려움 표적이었던가.

마을사람들이 갑자기 아낙이 사는 김진사댁으로 몰려들었다. 공화국기를 그리기 위해서였다. 공화국기를 그리려면 잉크나 물감이 있어야 하는데, 붉고푸른 잉크를 쓰는 집은 혁명렬사 유가족이 사는 김진사댁밖에 없었던 것이다.

아낙네 집이 '진사댁'으로 불리우는 데는 까닭이 있으니, 아낙 시할아버지, 그러니까 남편 김일봉씨 할아버지가 조선왕조 마지

사바공산주의자 '사바娑婆'라는 말은 왜제 때 군대·감옥·유곽 같은 데서 자유로운 바깥세상을 가리키는 변말로, 감옥맛을 본 공산주의자들이 그렇지 못한 공산주의자들을 나지리 여기는 속된 말이었음. 출가승려들이 재가신도들을 가리켜 '속인俗人'이라고 하는 것과 비슷함.

막 과거시험인 저 갑오년 생진회시生進會試에서 진사입격을 했던 것이다. 열다섯 살 때였다. 갑오왜란을 맞아 그때까지 궁구했던 시문詩文이 뒷간* 수지*쪽 만도 못하게 된 김도령은 부담농* 놓여진 조랑말 타고 집으로 왔는데, 그때부터 입에 넣는 것은 밥이 아니라 술이었다. 을사늑약乙巳勒約을 당하자 별채 글방에서 목을 매었다가 식구들한테 들켰는데, 낱알기 끊기 달소수 만에 이뉘를 떠난 것은 그로부터 꼭 다섯 해 뒤였다. 경술국치庚戌國恥를 당했을 때였다. 맏손자를 깎듯이 괴이던* 시할머니가 돌아가신 것은 아낙이 시집온 다음 해, 그러니까 해방 전해였다.

일장기日章旗를 끌어내리고 걸었던 태극기太極旗를 끌어내린 사람들은 조선민주주의인민공화국기朝鮮民主主義人民共和國旗를 걸었다. 그리고 두 팔 높이 치켜올리며 목이 찢어지라고 소리쳤다.

"조선민주쥐이인믜인굉하구욱 만서이!"

"충청도땅이서 태어난 인믜인대중에 이응원한 븟 박흔옝슨상 만서이!"

"조선에 빌인 긔밀셍 청년장군 만서이!"

"세계약소민족에 븟 쓰딸린대원수 만서이!"

마을마다 인민위원장이 뽑히면서 『해방일보』와 『조선인민

뒷간 똥오줌을 누는 곳. 측간厠間. '변소便所'는 왜말이고, '화장실化粧室'은 양말임. 절집에서는 '정랑淨廊'이나 '해우소解憂所'라고 함. **수지** '밑씻개'로 쓰던 못 쓰게 된 종이. '휴지休紙'는 왜말이고, '화장지化粧紙'는 양말임. **부담농(負擔籠)** 옷이나 책 같은 것을 담아 말 등에 싣던 농짝. 부담. **괴이다** 괴다. 굄. 고임. 총애寵愛.

보』를 교재로 학습투쟁을 하고 궐기대회를 하는데, 낯선 사람들이 단 위로 올라갔다. 왜제 끝무렵과 리승만단독정부에서 선이 끊어졌다가 인공세상이 되면서 다시 잇게 된 세포위원들이었다. 텁수룩한 차림에 광대뼈가 드러난 얼굴이었는데 눈빛만 날카로웠다.

"조국과 민족을 위하여 우리는 이 악독한 미제국주의와 그 주구인 리승만 매국도당들을 쳐부셔야 합니다."

"우리 조국의 완전자주독립을 전취하려는 이 성스러운 대열에서 낙오하려는 비겁한 자는 적어도 우리 면에는 한놈도 없을 것입니다!"

"옳소! 옳소!"

"우리는 먼저 그러한 반동분자와 가열차고도 무자비한 투쟁을 하여야 할 것이오!"

부르쥔 주먹을 휘두르는 세위들이었다. 세위들 목울대에 핏대가 섰다.

"강도미제 사주로 말미암아 육이오를 기하여 강도 미제국주의, 흡혈귀 미제 사주를 받은 리승만 매국도당이 동족상잔 불집을 터뜨려서 평화를 애호하는 우리 인민공화국으로서도 마침내 이를 반격하지 않을 수 없어서…… 우리 인민의 가장 우수한 아들딸들인 영용한 우리 인민군은 영웅적 반격을 시작한지 불과 육십시간 만에 수도 서울을 완전 해방하여 리승만도당의 야만적인 압제하에 신음하던 백오십만 서울시민을 구출하고 계속 남진하여 한달 미만에 적 최대 거점인 대전을 해방시키고 경기도와 충청도를 완전 제압하였으며, 이제 전라도를 석권하고 경상도로 밀고들어가 귀축미영*과 그 주구인 리승만반역도당 졸개들을 낙동강 밑으로 내리밀었으니, 저 파렴치한 흡혈귀 침략자 미제와 그 졸개들을 남해바닷 속으로 몰아넣을 날도 멀지 않았습니다."

도당에서 내려온 무슨 부장동무 말이다. 해방 다음 해 여름 미군정청에서 여기저기 흩어져 있던 단과대학들을 한군데로 모아서 국립서울대학교를 만들었다. 이른바 '국대안'을 추진했을 때 거세차게 반대했던 상당수 교수와 학생들이었는데, 식민지 지배층을 양성하고자 경성제국대학을 세웠던 것처럼 미제 또한 후식민지 지배 하수인으로 양성하고자 만든 국립서울대학교였고, 미제 뜻이 관철되면서 평양으로 올라가 교수 부족에 허덕이던 김일성대학교 교수가 되었던 3백여 명 경성대학 교수 가운데 한이* 라고 하였다.

"만고역적 리승만괴뢰도당이 저들 상전인 강도미제 사주를 받아서 무모하게도 일으킨 육이오 불법침공에 대하여 영용무쌍한 우리 인민군이 정의의 칼을 잡고 일어서서 손쉽게 이를 물리치고

귀축미영(鬼畜米英) 귀신과 짐승이고, 잔인한 짓을 하는 자이며, 하는 짓이 아담하거나 단정하지 못하여 더럽다는 뜻에서— 왜제가 미국과 영국을 일컫던 말임. **한이** 사람을 헤아릴 때는 반드시 '한이' '둘이' '서이'…… 해야지 '하나' '둘' '셋'이라고 해서는 안됨.

도주하는 적을 추격하여 단시일 내에 일통조국의 성스러운 국토 완정 과업을 완수하려던 찰라에 흡혈귀 미제의 야만적인 무력간섭으로 말미암아 필요 이상 고귀한 피를 흘리게 되었소이다.

그러나 이미 적 최대 거점으로 완강히 버티던 대전이 함락되고 적은 대구부산이라는 묘액* 안으로 쫓겨가고 있어서 이들을 완전히 남해바닷 속으로 몰아넣는 것도 이제는 시간문제로 되고 있소이다."

김대 교수는 보리차를 한 모금 마셨다.

"한편 해방지구에선 력사적인 각급 인민위원회와, 력사적이고도 세기적 과업인 토지개혁이 급속도로 진행되어 가고 있습니다."

김대 교수는 목이 타는지 다시 보리차를 마셨다.

"이 토지개혁에 대해서는 할 말이 있습니다. 저 고리* 공민왕 십오년 때이니, 꼭 584년 전이올시다. 영도첨의사사로 정권을 잡은 변조스님 신돈이 토지개혁을 합니다. 자진신고를 받는 데 수도인 개경은 보름, 외방인 각도에는 40일 말미를 줍니다. 각설하고, 불철저하나마 한두 달만에 토지개혁을 해냅니다. 그때 개경사람들이 땅을 차고 솟구쳐 오르며 소리쳤으니, 성인이 나오셨다!였습니다. 진사辰巳에 성인출聖人出이라는 비기秘記가 맞았다는 것이

묘액(猫額) '고양이 낯짝'이라는 말로, 매우 좁은 땅을 가리킬 때 쓰던 말임.
고리 '高句麗'와 '高麗'라고 쓰고 읽을 때 '麗'자는 '고울 려'가 아니고, '나라 이름 리'로 읽고 써야 함으로, '고구려'가 아니라, '고구리'이고, '고려'가 아니고 '고리'임.

었지요. 토지개혁을 이루기 전 해와 전전 해가 바로 갑진년甲辰年과 을사년乙巳年이었거든요. 신돈이 이제로 말하면 수상首相인 영도첨의사사사領都僉議使司事가 된 것이 개혁이 이루어지기 전 해인 을사년이었거든요. 제가 새삼스럽게 신돈개혁을 들먹이는 데는 까닭이 있습니다. 청년장군이 단 열흘만에 이룬 토지개혁이야말로 신돈개혁 이후 육백년만에, 아니, 단군개국 이래 맨 처음 이뤄낸 인민혁명이기 때문입니다. 조선인민공화국 사람 가운데 농사 지을 힘이 있는 농군들은 집집마다 평균 1.35정보, 약 4천평까지 제땅을 가질 수 있게 되었습니다. 송곳 꽂을 땅 한뼘 없던 농군들이 하루아침에 4천평 이상 땅을 갖게 됨으로써 혁명 주체세력이 되었습니다. 지주와 자본가는 뿌리채 뽑혀 버렸지요. 불교와 천주교의 재정기반이 약화되고, 기독교를 기반으로 하던 황해도와 평안남북도 평야지대의 지주와 자본가, 이른바 민족주의 세력 기반이 송두리째 없어졌습니다. 뿐인가요. 진보적 로동법령과 녀남평등권, 주요 산업시설의 국유화가 이루어졌습니다.

북조선림시 인민위원회에서 공포한 3월 5일자 토지개혁 법령 공포는 3월말까지(참으로는 3월 15일까지) 5정보 이상 소유자는 자진신고하라는 것이었는데, 1정보는 3천평이니 약 1만5천평이 됩니다. 5정보 이상 소유한 지주는 토지뿐 아니라 모든 재산을 몰수당한 후 다른 지역으로 이주되었습니다. 소작농들과 분쟁을 피하기 위해서였지요. 다만 그 경우에도 직접 농사짓는 토지는 국유화하지 않았습니다. 종교단체 경우에도 5정보가 넘으며 소작주였으면 몰수되었구요.

이 세계에서 공화국정권 농군들보다 행복한 농군은 없습니다. 어서 빨리 일통조국이 되어 남반부 농군들도 행복하게 살아야 합니다. 서울에 내려와 계신 우리 공화국 농림상 박문규° 동지 지휘하에 해방지구에서 토지개혁이 진행되고 있습니다. 여태껏 간악한 제국주의자 및 악덕지주와 자본가들 압제와 착취에 신음하던 인민들이 비로소 진정한 해방을 맞이하여 얼마나 기뻐하고 있는가는 해방이 된 지 한달도 못 되는 동안에 서울시 및 부근 해방지구에서 이미 54만 녀남학생과 청년들이 솔선자진하여 의용군의 성스러운 대열에 가담하였음을 보아서도 알 수 있습니다.

우리는 하루바삐 타파해야 할 봉건유제인 옛 허울을 벗어버리고 새 시대 맑은 공기를 호흡하여야 할 것이외다. 이 가열무비한 조국해방전쟁에 있어서 우리만이, 우리 충청남도만이 낙오되었다 하면 앞으로 우리는 과연 우리 위대한 공화국 공민으로 존치될 수 있을 것인가? 우리 위대하고 자랑스런 공화국 공민인 충청남도 보령군 청라면 여러 동무들은 깊은 생각이 있어야 할 것입니다. 두서없는 말씀 들어주셔서 감사합니다. 조국해방전쟁 승리만세! 위대한 청라인민 만세!"

「민주선전실」이라는 것이 생겼다. 마을 몇 군데에 집회실을 마련하여 두고 아침저녁으로 동네사람들을 모아 시국에 대한 이야기를 들려주고, 해방일보며 조선인민보 같은 신문에 난 "8월을 해방의 달로 하여야 한다"는 주먹만 한 5호 활자를 읽어 들려주며 아낙네와 아이들을 모아놓고

"아침은 빛나라 이 강산
 은금에 자원도 가득한
 ……………………"

같은 '인민가요'를 가르쳤다. 아낙이 사는 울티에서는 구장네 사랑방과 방앗간집 육손이네 매조밋간*이 민주선전실이 되었다.

여맹위원장을 맡은 8월에 들어서면서는 신문을 보기가 두려워지는 아낙이었으니— 서울에서 대전으로, 대전에서 보령읍내로, 보령읍내에서 청라면으로, 청라면에서 리맹 사무실이 있는 장밭 황학병네로, 황학병네서 위원장동무가 사는 울티까지 예전 역말에 딸렸던 기급 단 벙거지*처럼 기차편과 자동차편과 그리고 인편으로 전해졌으므로 사나흘씩 어떤 때는 일여드레씩 걸리는 구문이었지만—고양이랑 수원이랑 대전이랑 영동이랑 순창이랑 고창이랑 남원이랑 함평이랑 영광이랑 문경이랑 거창이랑 산청이랑 여러 도 여러 군에서 기관포로 엠원으로 카빈으로 수류탄으로 일본도로 대창으로 쏘아죽이고 터뜨려 죽이고 찔러죽였

매조밋간 벼를 매통에 갈아서 매조미쌀을 만드는 방앗간. 매조미쌀: 왕겨만 벗기고 속겨는 벗기지 아니한 쌀. 곧 '현미玄米'를 말함. **기급**(寄急) **단 벙거지** 예전 역졸驛卒 같은 하례下隷들이 급한 소식을 알리러 갈 때 '寄急'이라고 쓰인 쓰개를 하고 달렸던 데서 온 말임.

다. 리승만이 개들이 저지른 학살만행은 어느 것 하나 눈을 뜨고 볼 수 없고 귀를 열고 들을 수 없는 것들이지만, 더구나 차마 끔찍해서 눈이 감겨지고 귀가 닫쳐지는 이야기가 있으니, 전라북도 남원군 대강면 강석마을이다. 북미합중국 병대가 인천에 올라오면서 전세를 역전시킨 미군은 국군한테 명을 내렸는데, 강석마을로 들이닥친 11사단 전차대 소속 군인들이 새벽에 들이닥쳐 100여 가구 500여 명이 살던 70여 채 집에 불을 질렀고, 끌고 간 마을 청장년 90여 명을 쏘아죽여 논구렁과 그 곁 순창으로 가는 골짜기에 떨어졌다. 그러기 전 몸에 핏종발이나 있어 보이는 19명을 마을회관 앞으로 끌고 가 한 명씩 일본도로 목을 내려쳤는데, 헝겊으로 눈을 가리고 목을 친 다음 소금을 뿌렸다고 한다. 비린내가 나지 않게 하기 위해서였다는 것이다. 치 떨리는 이야기는 또 있으니, 신원이 없는 사망자를 '아기'라고 표기했다는 점이다. 세상에 태어난 지 얼마 되지 않아 이름도 정해지지 않은 채 학살당한 그 생명들은 '김아기'·'이아기'이거나 막내인 경우 '박막동', 그렇지 않으면 '최언년'·'정끝순'·'류동이' 식으로 이름이 매겨진다. 군인들은 일본도에 목이 잘렸으나 채 죽지 않고 신음하는 사람이 있으면 떡메로 머리를 쳐서 죽였다고 한다. 그리고 일본도로 목을 쳐 죽이는 것은 왜제시대 왜병들이 독립지사들을 잡아 죽일 때 그랬던 것처럼 공포감을 주기 위해서였다고 한다. 사람이라는 동물은 총알이 몸에 박히는 것보다 '날이 선 연장'이 신체에 닿을 때 훨씬 더 큰 공포를 먹게 마련이다. 저 불란서대혁명 때 있었다는 길로틴, 곧 단두대斷頭臺란 것이 그렇고, 조선왕조 때 있었던 망나니 칼춤이란 게 다 그렇지 않은가.

남조선 일대에서 저질러지는 것은 군경만행만이 아니었으니 리승만이를 사냥개로 부리는 미제 침략군이 여러 도 여러 군에서 무고한 인민을 수없이 학살하였다고 하였다. 지리산 두리 8백리 안에서 결사항전하는 남부군 인민유격대를 몰살시키고자 한 발만 떨어뜨려도 사방 50미터 안에 있는 미적이들은 섭씨 2천도가 넘는 쇳조각 하나만 스쳐도 그 자리에서 까만 숯덩이가 되어버려 원자탄 버금간다는 '네이팜'이라는 신형 폭탄을 터뜨리는 것과 함께 무수히 부녀자들을 능욕하고 말리는 사람들을 그 자리에서 죽여버린다는 것이었다.

36년 동안, 아니, 남편 말을 따르자면 1876년 쳐들어 온 강화왜란부터 꼽아 60년 동안 왜제한테 갖은 착취와 닦달을 받고 나서 뼈만 앙상하게 남은 가엾고 불쌍한 조선사람들인데—같은 겨레끼리 서로 아껴주어도 시원찮을 것을, 사상이 다르다는 이유만으로 동족을 그렇게 무참히 학살한단 말인가.

원흉은 미제이다. 남편 말을 따르자면 미제가 이 땅에 들어온 것은 1945년 9월 8일이 아니다. 제너럴셔먼이라는 해적선을 끌고 들어왔던 대동강에서 평양인민들한테 불태워지며 해적 24명이 죽임당한 병인년丙寅年, 그러니까 1866년 7월 24일부터 꼽자면 꼭 79년이 되니, 미제는 왜제 대전배가 된다.

"육이오사변 불집을 먼저 일으킨 것은 리승만 남반부 괴뢰정권이요, 그것을 뒤에서 부추기고 뒷배를 봐주는 것은 승냥이 같은 흡혈귀 양키놈들이다. 양키제국주의. 따라서 동족상잔 책임은 마땅히 양키와 그 앞잡이 사냥개인 리승만 괴뢰도당이 져야 할 것이다."

민주선전실 앞에서 아낙이 한 말이었는데, 신문과 라디오에서도 밤낮 되풀이해서 거듭 강조하는 말이었다. 미제 국무장관 덜레스란 자가 3·8선을 보러 왔던 것은 3·8선 산자락에 피어 있던 개나리곳 진달래곳을 구경하기 위한 것이 아니었다고 김효석° 이라는 자가 증언하였다는 것이다.

8·15해방 5주년 기념 표어들을 민주선전실 담벼락에 써붙이게 한 아낙은 제니스라디오를 틀었다. 등에 거북이 같은 건전지를 고무줄로 친친 동여맨 그 낡은 라디오에서는 애동대동한 여성 방송원 쨍쨍한 쇳소리가 흘러나오고 있었다.

영용무쌍한 조선인민군이 낙동강 도하작전에 성공하였다는 것이다. 동으로 포항을 확보하여 경주와 울산에 육박하고, 서으론 진주와 마산까지 나아갔으므로, 대구와 부산도 이제는 풍전등화와 같은 운명에 놓여 있다는 것이었으니—

인민병대 이런 가공할 힘은 도대체 어디에 그 뿌리를 두고 있는 것일까. 양키 승냥이들 무차별 폭격이 날로 격심해지는 가운데서도 양키 포로들을 끝없이 잡아들이고 있는 것을 보면, 놀랍기만 하다. "덴노헤이까 반자이!"를 목이 찢어져라 외치던 대일본제국 병대를 원자탄 한 방으로 일패도지시킨 북미합중국 병대와 겨뤄 자꾸만 이겨나간다는 사실은 정녕 무엇을 말해주고 있는가. 이것은 바로 대고구리 내림줄기 이어받은 조선민주주의인민공화국의 영용무쌍하고 탁발한 창발성을 보여주는 것이라. 무엇보다도 먼저 커다란 민족적 자부심과 긍지를 갖게 하는 산 증좌인 것이었다.

역사에 밝은 남편 말을 따르자면—세계최강 병대와 싸워 이긴 고구리요 그 후예인 것이었으니—대수제국과 대당제국과 대료제국과 대금제국과 대원제국과 대명제국과 대청제국과 대왜제국과 대미제국이 바로 우리 강토를 집어삼키려고 쳐들어 온 외적들인 것이다. 아낙은 그리고 또 아련한 눈빛이 되는 것이었으니, 이북에는 무엇보다도 앞서 탐관오리가 없고 따라서 정부에 부정부패가 없다고 한다. 저 갑오년에 농군들이 일떠서게 된 까닭인즉 탐관오리들이 저지른 부정부패에 있었는데, 이북에는 그럴 수 있는 눈꼽만한 터무니도 없다고 한다. 인민대중들 피를 빨아먹던 지주와 자본가가 없으므로 망치 든 노동자와 낫 쥔 농민이 잘 사는 극락세상이라는 것이다. 지상락원. 노동자와 농민 사이에는 그리고 양심적이고도 양식 있는 먹물들이 있어 모든 이해관계를 조절해 내니, 낫과 망치 사이에 붓이 서 있는 상징그림이 생겨나게 된 까닭이라고 하였다.

"결국은 자본주의와 인민민주주의 사이 싸움이다."

남편이 장* 하던 말이었다. 아낙은 생각한다. 인류의 종국적 꿈인 공산주의세상을 이루기 위하여 반드시 거쳐야만 하는 앞 층층대인 사회주의, 그 사회주의로 가기 위한 앞 층층대인 인민민주주의를 말하는 것이다. 대쏘 전진기지, 그러니까 다시 말해서 남조선에 저 볼셰비끼 시월혁명을 이룸으로써 지상락원이 된 쏘비에뜨련방 남진을 막아내기 위한 자본주의 철벽으로 만들고자 하는 미제 야욕에 온몸을 던져 앙버티다 곳잎처럼 날아가버린 것이다. 남편이 죽임당한 까닭을 알 것만 같았다.

"용진 용진 어서 나가세
한손에 총을 들고 한손에 사랑
……………"

'진군가'를 부르며 더욱 가열차게 여맹일을 다그쳐나가는 아낙 곁에는 민애청이 있었다. 여맹과 민애청은 표리일체 관계였다. 보성전문 철학과 출신 리호제李昊濟 동무가 위원장이던 민청, 곧 조선민주청년동맹이 미군정한테 두 달만에 불법단체로 불도장 찍혔을 때 곧바로 이름 바꿔 움직인 민애청, 곧 조선민주애국청년동맹 청년들이었다. 여맹이 가는 곳에 민애청 청년들이 보

장 늘. 언제나.

호해줬고, 민애청이 가는 곳에 여맹원들이 도와주었다. 여맹원과 민애청 동무들은 입을 모아 소리쳤다.

"양키 승냥이늠덜만 손 대지 않구 내버려 뒀다면 발써 전이 일튕남북을 완수헤서 우리 조선사람덜찌리 오순도순 새 살림을 채릴 수 있었을 것을…… 흡혈귀 같은 하앵이* 양키백정늠덜 등쌀이 이게 뭔 꼴이냐?"

인민군이 밀고 내려와 세상이 뒤집어졌을 때였다. 김진사댁 식구들은 '혁명렬사유가족'이 되었는데, 조선민주애국청년동맹 청라면맹 위원장이 된 만시동생이 맨 먼저 한 일은 면인민위원회 알림판과 마을 공회당에 체지*를 붙이는 것이었다. 백로지에 먹물로 씌었으되,

〈애도 민족해방혁명렬사 김일봉선생 만세!!〉

하앵이 리승만단정이 서면서 극우파들이 평양 쪽 민주정책을 지지하는 이들을 가리켜 '빨갱이'라는 반민족적이고 범죄적인 낮춤말을 쓸 때 거기에 맞서는 뜻에서 썼던 말로, '극우파'를 가리킴. 곧 '하얀얼굴인 양키 침략자 하수인'이라는 말임. 좌익 독립운동가들한테는 죽어도 쓸 수 없는 말이 '빨갱이'임. **체지**(帖紙) 예전 관아官衙에서 아전과 노비를 들이던 서면, 곧 사령辭令을 말하나, 여기서는 널리 두루 알리는 글을 말함. 요즈막 '대자보大字報'와 같음.

6

철맹 일터로 쓰는 벗말 성냥간*에는 문에 철장이 질려* 있었다. 아낙은 머리에 이고 있던 보따리를 내리며 목덜미를 주물렀다.

그란듸 이 냥반덜이 조이 워디루 갔댜아? 인믜인벙대가 철퇴 튀쟁이 들어가구 양킈군과 귁방군이 쳐들온다넌 소문 듣구 조이 덜* 유긕대루 나갔단 말?

아낙은 철장지른 성냥간 뒤로 돌아 토담벽에 등을 기대었다. 그리고 보따리를 끌렀다. 시장기가 몰려와서 견딜 수가 없었던 것이다. 단단히 쳐매어 둔 보따리 끈을 푸는데 핑 하는 어지럼증이 일면서 꼭 금계랍을 먹었을 때와도 같았고, 눈 앞에 파뿌리 같은 빗살이 스치고 지나갔다.

생각하니 도망꾼의 봇짐을 싸면서 새벽에 뜨거운 물 부어 장물* 찍어 삼켰던 찬밥 한덩어리가 전부였던 것이다. 오서산 넘어 광천까지 오는 동안 지체했던 때라고 해봐야 딱 두 차례였으니, 소마를 보러 솔수펑이를 찾았던 것과 돌엄마한테 삼배三拜를 드렸던 것이 전부였다. 광천읍내서 했던 것이라고는 사람들 눈을 기하여* 방귀녀여맹위원장 집에 갔던 것과 방귀녀 서방이 위원장으로 있는 곳을 찾아가던 것이 전부였다. 변판대가 위원장으

성냥간 대장간. **철장 지르다** 문에 막대기를 어긋매끼게 질러놓다. **조이** 죄. 모두. **장물** 간장이나 소금물. **기**(忌)**하다** 피하다.

로 있는 목수동맹 일터로 가는 구장터다릿목에서 웅긋쭝긋하던 민보단원들에 놀라 몸돌렸던 아낙이었다. 저잣거리 무서워 광천역을 옆댕이로 끼고 도는 개울길 따라 벗골까지 오는 동안 꼴깍 져버린 해였고, 갈가마귀 우짖는 서녘 하늘에는 붉게 물든 새털구름이 깔리고 있었다. 서둘러 개떡 한 조각을 베어문 아낙은 수통 마개를 벗기었다. 물 한 모금을 삼킨 아낙이 다시 개떡을 입에 무는데, 인기척이 났다. 깜짝 놀란 아낙이 보따리를 끌어당기는데, 밭은기침 소리가 났다.

"워디 가넌 새댁이슈?"

히뭇이* 웃는 사람이 허리가 착 꼬부라진 버커리*여서 먼저 안도의 한숨을 삼킨 아낙은 꿀꺽 소리가 나게 입 안엣 것을 삼키었다.

"동무집이 놀러가넌디유."

"동무우? 그 동무집이 워딘구우?"

멱통에 갈°을 들이대듯 다구쳐 물어오는 버커리였고, 아낙은 오줌이 마려웠다. 오줌을 누려고 솔수펑이를 찾는 바람에 민보단원들 눈길을 피할 수 있었던 새재 두몬다외에서 일을 떠올리며 아낙은 입술에 침을 발랐는데, 버커리가 히뭇이 웃었다.

"동무라아? 동무란 말을 쓰넌 걸 보니 당신 불겡이군먼."

"야아?"

히뭇이 히죽이. **버커리** 허리 굽은 늙은여자.

"왜 내 말이 틀렸남? 불겡이란 말이 왜 이렇긔 놀랜댜, 놀래길."

찬찬히 얼굴을 뜯어보며 연방 히뭇이 웃는 늙은여자 합죽한 입을 멍하니 바라보던 아낙은 생각난 듯 보따리를 여미었다. 그리고 성냥간 앞쪽으로 돌아가는 늙은여자 누덕누덕 기워진 뉴똥치맛자락을 바라보다가 뒷쪽길로 접어들었다.

저만치 짐대*가 보이는 데 이르렀을 때 아낙은 걸음발을 죽이지 않은 채 보따리 틈으로 손을 찔러 개떡 한 조각을 떼어내었다. 마악 개떡 한조각을 삼키다 말고 버커리를 만났으므로 견딜 수 없게 배가 고팠던 것이다. 꿀꺽 소리가 나게 개떡을 삼킨 그 애동대동한 아낙은 잰걸음을 쳤는데, 친정이 있는 개월로 가는 길이었다. 영복이 순복이 남매 풀솜할머니 풀솜할아버지 생각을 하던 아낙은 치맛귀를 집어올려 코를 닦았다. 말로 하려면 울음이 터져 말소리가 나오지 못하고 글을 쓰려해도 가슴이 막히고 손끝이 흔들려서 글자가 되지 못하나, 생각만큼은 어제인 듯 새록새록한* 것이었으니—

더불어 함께 일해서 더불어 함께 먹고살자는 좌익사상이 왜 잘못이라는 말인가. 부자도 없고 가난뱅이도 없이 모두가 똑고르게 살 수 있는 고루살이세상을 만들자는 공산주의 사상이 왜 잘못이라는 말인가. 8·15해방을 맞아 한 여론조사에서 90퍼센트 위로

짐대 예전 절이 있음을 알리려고 깃발을 달아매고자 돌이나 쇠로 만들었던 당간幢竿. **새록새록하다** 일어나는 일 따위가 새롭다.

절대적 지지를 받았던 조선공산당이었다. 여덟 달 뒤 나치가 썼던「의사당방화사건」을 슬갑도적질 한「조선정판사사건」이라는 덤터기•를 만들어 씌워 조선공산당을 불법단체로 만든 미군정이 그 두 달 뒤 한 여론조사에서도 70퍼센트가 사회주의 사상을 지지하였고, 자본주의 지지자는 13퍼센트에 지나지 않았다. 공산주의 사상을 좋아하는 사람은 10퍼센트였으니, 80퍼센트가 좌익사상을 좋아했던 것이 아닌가. 미군정 장교가 미군정 공보기구에 올렸다는 보고서이다.

"남조선에는 공산주의적 이상에 공감하는 사람들이 여전히 더 많고, 남조선의 정치적 성향은 의심할 나위 없이 좌익적이다."

1940~46년 쏘련 부영사 부인으로 서울에 거주했던 역사가 샤브쉬나°가 적었던 일기 한 대목이다. 남편이 쓰던 비망록•에 적혀 있었다.

〈농민들은 새벽 4~5시에 일어나서 밤 8~9시까지 들판에서 일했다. 그 들판으로 먹을 것도 없는 점심을 날랐다. 주로 닭똥이나 재로 거름을 했다. 논을 써레질•한 후 수로나 작은 도랑을 통해 물을 댄다. 허리도 펴지 않고 무릎까지 빠지는

덤터기 남한테 넘겨씌우거나 남한테서 애꿎게 넘겨 맡는 걱정거리. **비망록**(備忘錄) 잊어버리지 않고자 적어두는 책자. 총명기聽明記. **써레질** 써레로 논바닥을 고르거나 흙덩이를 깨는 일. 써레: 갈아놓은 논바닥을 고르거나 흙덩이를 잘게 하는 데 쓰는 농구.

무논*에 볍씨를 뿌린다. 바로 그와 함께 모내기를 할 또 다른 논을 준비한다. 일정한 간격으로 모를 심는 일은 매우 중요하다. 바로 그것을 위해 간격표시가 되어 있는 긴 줄이 사용된다. 그 줄은 논을 가로질러 쳐진다.

추수기가 오면 실망도 함께 시작된다. 소작료와 빚, 세금, 관개 및 다른 경비를 납부해야 되기 때문이다. 추수를 해도 농민들에게는 아주 적은 몫만 남게 되는 것이다. 다시 빚을 얻기 위하여 지주나 고리대금업자한테 사정을 해야 되고 또 다시 생활은 반 기아상태로 돌아가며, 농민들의 생활을 조금도 변화시키지 못하는 새로운 추수기를 기다리게 되는 것이다.

(............)

조선인의 거대한 자본과 일본 재벌들의 연합은 여섯 명의 조선인 대자본가를 배출했다. 방직공업, 전기 및 여타 경제 분야에서 활동했던 김성수°와 김년수° 형제, 보험회사와 단체를 한손에 거머쥔 한상룡° 집단, 은행재정과 공업분야 및 농업분야에서 대자본을 굴렸던 민규식°과 민대식°, 견직물 공업에서 크게 성공한 현준호° 집단, 전력회사와 은행을 운영했던 장직상° 집단 등이다. 전쟁시기에 조선인 대자본가

무논 물이 있는 논.

중에서 수위를 차지하던 사람 중 하나가 박홍식°이었다. 그는 기름과 제지산업, 석유 자동차 연합체, 은행과 신용회사의 주식을 대규모로 소유하고 있었고 일-조 비행기 합작회사 대표였다.

어느날 나는 미스 부딴의 자그마한 살롱에서 박홍식 아내 중 한 명을 만나게 되었다. 유럽식으로 매우 세련되게 옷을 입고 젊고 눈부시게 아름다운, 조선인 대자본가의 부인은 도쿄에서 호화로운 제 생활과 서울에서 무위도식에 대해, 또 음악을 사랑하여 오페라 가수가 될 수도 있었지만 상황이 허락하지 않았다는 것 등에 대해 끊임없이 이야기했다. 당시 서울에는 일본 공연단이 '까르멘'을 공연하고 있었는데, 내가 보기에 박홍식 아내는 그것에 대해 이야기하면서, 음악과 연극에 대한 자신의 상당한 조예를 펼쳐 보이는 것 같았다. 나중에 미스 부딴이 나한테 이야기해 주었는데 그 여자는 박홍식의 여섯 명 아내 중 마지막이라고 했다. 말이 난 김에, 당시 조선에서는 실질적인 일부다처제가 존재했다는 것을 밝혀야겠다. 결혼식은 첫 번째 부인과만 할 수 있었고 그 여자한테서 낳은 자식만 적법한 자식으로 인정되었다. 다처제는 눈물겨운 비극과 소동을 불러일으켰다. 그러나 내가 새로 알게 되었던 그 여자는 그런 것과는 무관한 것 같아 보였다. 얼마 전까지만 해도 박홍식한테는 단지 세 명 아내만 있었는데 곧 그 두 곱이 되었다고 미스 부딴이 말해 주었다. 그리고 모두한테 근심걱정이 없는 생활이 보장되었다고 했다.〉

"증이파의甑已破矣니 고지하익顧之何益이리오. 시루가 이믜 깨졌넌 것을 돌아본덜 뭣허것너냐만서두……"

시아버지는 파리똥이 더뎅이져 있는 보꾹을 올려다 보시었다.

"저것이 뭣이냐? 한번은 해를 보구 물었것다. 그렜더니 측허구 허넌 대답이 불이지유 그러넌구나. 호오, 워찌헤서 해를 보구 불이라구 허넌구? 즉답 왈 어둔 것을 밝혀주넌 것이 불백긔 더 있것습니까. 이응빅이 애븨 다섯 살 적이었더니라."

사아버지 눈길은 벌써부터 며느리를 보고 있지 않았다.

"한번은 이응빅이 증조할머니께서 애븨더러 뒷방이 가서 대접을 가져오라구 허셨더구나. 칠흑같은 오밤중인듸 워쩌나 보자시넌 것이었지. 뒷방 정가운듸 놔둔 대접이는 물이 톡 차 있었으니, 워치게 허넌지 보자넌 것이었구나. 물 한 방울두 안 흘리구 대접을 갖구 왔으니, 열 살 전이었더니라."

시아버지 목소리는 가느다랗게 떨려나왔다.

"애통쿠나. 하날은 그 재조를 투긔허야 츤재넌 일찍 데려가시구…… 무지렝이덜만 남어서 난세를 더욱 에지렙히넌고여."

16살에 보통학교를 마치고 3년 동안 죽재竹齋 선생이라는 예산문장한테서 사서삼경四書三經을 익힌 다음,

"승현의 글을 읽은 자루서 난세가 된 시상을 구허려넌 뜻을 픠지 않넌다면 이는 가짜 선븨"
라며 조선공산당에 들었으니, 스무 살 때였다. 1936넌 겨울. 백정기° 선생이 나가사끼[長崎]형무소에서 순국殉國하시고, 단재丹齋 신채호° 선생이 만주 려순旅順감옥에서 순국하셨다는 소식을 들은 다음이었다.

'억압으로부터 해방'을 기치로 내건 '볼셰비끼혁명'을 위하여 밤을 낮삼았다. 대전·충남 야체이카로 농민동맹 건설을 위하여 싸웠는데 왜제 강점이 끝날 때까지였다.

어려서부터 산학算學에 관심이 깊었던 남편이었으니, 하나에 둘을 보태면 셋이 되고 셋에서 둘을 빼면 하나가 남는 셈본 세계야 말로 가장 똑고르게 평등한 공산세상이라는 것이었다. 『산학계몽』부터 비롯하여 『묵사집산법』과 『구일집』 『산학본원』을 거쳐 아조我朝 탁월한 수학자인 경선징, 홍정하, 리상혁, 최석정, 황윤석, 남병철·남병길 동기들 저술을 바탕삼은 순전한 독궁구였다. 그렇게 익힌 산학실력으로 당중앙 방침 따라 숙명여자전문학교에 수학 강사로 가게 되었으니, 해방 전 해 가을이었다. 그러나 세 철, 그러니까 아홉달만에 그만두었으니, 또한 당중앙 지시에 따른 것이었다. 그래도 그때가 가장 행복한 때였으니, 또박또박 부쳐주던 강사료 모아 벨벳치맛감을 끊었던가. 그때에 남편은 숙전을 머리지어 이화여자전문학교며 연희전문학교 그리고 여러 고등보통학교에 독서회라는 이름 반제반팟쇼동맹을 묻는 것 같았는데, 당사업에 더 급박한 일이 있었던가.

남편이 갔던 곳은 평안도 정주定州였다. 오산학교 출신으로 관서와 만주에서 조국해방투쟁을 벌이는 전배가 있었다. 명륜동에 있는 김해균°씨 집이었다. 붉은 벽돌로 된 으리으리한 이층집이었는데, 8월 20일 밤이었다. 김일봉씨가 날자까지 똑똑히 기억하는 것은 그날 미군 B29가 서울 상공에 나타나 9월 3일부터 북위 38도선 이남 남조선 지역에 미군이 진주할 것이라는 예고를 하였기 때문이었다.

평서대원수 홍경래 장군을 존숭하던 그 전배 독립운동가와 무장투쟁 방법론을 놓고 많은 이야기를 나누었는데, 조공 본부가 있던 근택빌딩 3층에서였다. 이정 선생이 내댄 '8월테제'를 영 못마땅해 하였으니, 노농동맹을 바탕으로 한 프롤레타리아 직접혁명으로 가야 된다는 것이었다. 장안파 이론가인 창해° 선생을 따르던 그 전배가 산문山門 속으로 사라졌다는 말을 들은 것은 「조선정판사사건」이 터진 다음이었다.

학벌에 대한 목마름이 있는 남편이었다. 실력으로야 조금도 꿇릴 것이 없었지만, 모든 것이 '쫑'으로 돌아가는 세상이었다. 나중에 레닌학교를 나왔다지만 당수인 이정 선생은 고보만 나왔고 부당수인 김삼룡° 선생은 보통학교만 마쳤지만, 조선공산당 핵심들이 모인 자리에 가 보면 죄 대학 출신들이었다. "러시아만 가면 돈 없어도 궁구할 수 있다"라는 말이 떠돌던 때였다. 제국주의를 물리치고 혁명의 꿈을 이룬 위대한 사회주의 국가 로시아 소비에뜨. 그 쏘비에뜨를 조선에서는 23년 전인 1894년 갑오혁명 때 농촌쏘비에뜨였던「집강소執剛所」로 보여준 바 있다는 남편 말이었다.

박치우°라는 철학자 이름을 알게 된 것도 남편을 통해서였다. 그그러께•여름이었다. 농맹 일로 한내에 들렀던 길이었다. 만삭으로 부른 배에 귀를 대어보던 남편이었는데, 그 바람처럼 짧게 스쳐지나가던 순간에도 손에 쥐고 있던 책이었다.『사상과 현실』 지은이 박치우를 다시 만나게 된 것은 상년 초겨울이었다. 맹비 거두러 들렀던 구장댁에서였다. 동아일보 12월 4일치. 딱 한 줄이었다.

〈약 2주일 전 태백산 전투에서 적의 괴수 박치우를 사살하였다.〉

1949년 11월 20일쯤이었다고 한다. 강동정치학원에서 만나뵈었다고 하였다. 남조선노동당 간부를 양성하고자 세운 학교 철학담당 교수인데, 터지게 난 사람이었다고 했다. 경성제국대학 철학과를 나왔는데 해방이 되면서 서울에서『현대일보』라는 일간지를 내다가 우익들한테 테러를 당하던 끝에 해주로 올라갔

그그러께 3년 전.

다고 하였다. 1948년 8월 21일부터 황해도 해주에서 열린 남조선인민대표자대회 때였다고 한다. 비밀투표용지를 차떼기로 올려보냈던 남편이 인민대표가 아니라 그냥 참관인으로 갔던 것은 박동무와 이음줄을 끊지 않기 위해서였다고 한다. 인민대표로 가면 북조선 매체에 그 이름이 실리게 마련이고, 그것으로 '비선구실'은 끝나기 때문이었다.

홍동면 쪽으로 잰걸음 치던 아낙 이마에 그늘이 지는 것이었으니—

〈대구 완전해방!〉 벽보가 면인위 담벽에 나붙고, 군맹에서는 '몇 사람 여맹선발대가 대구로 떠났다'는 말도 있었고…… 조선민주주의인민공화국 인민군총사령부 보도는 "적의 유생역량• 전투에 참여한 모든 것에 심대한 타격을 주었다"고 하는데…… 짜장 그러한 것인지. 떠도는 말로는 왜군이 부산에 올라왔다고도 한다. 좌익에서야 "죽어도 게다짝 소리는 다시 듣고 싶지 않다"고 왼고개를 치지•만 우익에서는 "왜군이건 청군이건 설사 그보다 더한 것이라도 와서 우리를 구원해 주어야 한다"고 학수고대를 한다. 만약 왜병이 다시 들어온다면, 그리고 양키병대한테 우리 인민군이 훌떡 밀려난다면…… 아낙은 절레절레 고개를 흔든다.

신작로에서 한참 떨어진 산모롱이•여서 그랬겠지만 시집이

유생역량(有生力量) 스스로 제 목숨을 지켜낼 수 있는 힘. **왼고개 치다** 거부하다. 아니라고 고개를 내젓다. **산모롱이** 산모퉁이 빙 둘린 곳. 산기슭이 나와서 휘어져 돌아가는 곳.

있는 울틔에서는 그런 일이 없었다. 그러나 소재지에서는 덜 좋은 일들이 있었다고 한다. 피란나선 가엾은 꽃두레들을 오열* 혐의가 있다며 끌고 가 능욕한 것은 양키군인이라고 하였다. 양키군인만이 아니라 양키부대 씨아이씨 밀세다리*라고 하였고, 전재산인 소를 끌고 피란나선 숫진* 농군 소를 헐값으로 빼앗아 간 국방군이 있다니, 그런 짐승같은 군인을 미좇아 가며 그 소를 사서 큰 이문을 남겨먹은 쇠거간꾼*들이 있었다고 하였다. 이불보따리에 솥단지를 쇠등에 싣고 왔다가 소를 빼앗겨버린 채 울고 있는 농군들이었다는 것이다. 선발대로 몰래 들어온 국방군이었다고 하였다. 아낙은 절레절레 고개를 흔든다.

시동생들이 있다지만 이십소년 큰시동생이 민애청을 맡고 있으니 하앵이들이 그냥 놔두지 않을 것이고, 그 밑 세 사람 시동생은 아직 떠꺼머리 꽃두루이라, 늙으신 시아버지 내외분이 양식이랑 시탄柴炭이랑 어떻게 이 삼동三冬을 나실런지…… 철없는 어린 남매는 또 얼마나 어른들 애를 먹일 것인가.

생각하던 아낙은 저도 모르게 귓볼을 붉히었으니, 해방 전 해던가. 꿈에 떡맛 보기로 집에 들른 새서방님이 새꼽빠지게도 도화지와 심 굵은 연필을 챙겨드는 것이었다. 그리고 뒷동산 묵뫼*로 가

오열 제오열第五列. 적군에 내응하는 자. 내통자. 제오부대. 스페인 내란 때 네 개 부대를 이끌고 마드리드를 공격한 프랑코 장군이 시내에도 우리한테 호응하는 일 개 부대가 있다고 말한 데서 말미암음. **밀세다리** 끄나풀. 밀정密偵. **숫지다** 순박하고 인정이 두텁다. **쇠거간꾼** 소를 사고팔려는 이를 다리놓아 주고 품삯을 받는 사람.

자고 하더니, 별꼴. 홀딱 벗은 알몸뚱이로 묵뫼 앞에 앉아보라는 것이었다. 처가집 뒤란 대밭에서 꺾어 온 댓조각을 입에 대면 멧새가 날아와 춤을 추었고, 붓을 들어 늙은소나무를 그려놓으면 큰사슴*이 뛰어와 춤을 췄으니, 왈 출천지재出天之才였다. 시아버지가 장 하시는 말씀이었다. "일송삼백日誦三百이었더니라." 하루에 삼백자를 외웠으니, 사흘만에 책 한 권을 떼었다는 것이다.

"만리장천반공중에 비행기뜨고
오대양한복판에 군함이떴다
육대주에울리는 대포소리에
여자해방찾는소리 우렁찰때에
너를따라우리들도 함께싸우리……"

남편한테 배운 「녀자해방가」를 읊조리며 잰걸음 치는 아낙이었는데,

"손들엇!"

귓청을 찢는 쇳소리와 함께 무엇인가 아낙 등짝을 찍었다. 날카롭게 끝을 쳐낸 죽창이었다. 광천읍내를 벗어나 홍성군 홍동면으로 접어드는 삼사미*였다.

묵뫼 오래도록 거두지 않고 내버려두어서 거칠어진 무덤. 묵무덤. **큰사슴** 고라니. **삼사미** 세갈랫길. 삼거리.

그 애동대동한 아낙은 깜짝 놀라 두 손을 치켜들었는데, 무슨 소리가 났다. 보따리 떨어지는 소리와 무엇인지 날아오르는 소리였다. 오서산 재몬다윗길 솔수펑이에서 속속곳*을 내렸다가 민보단사람들 이 가는 소리에 놀라 오줌발이 끊겼을 때, 어깨에 날아와 앉았던 멧새 한 마리였다.

속속곳 여자가 맨 속에 입는 아랫도리 옷. 다리통이 넓고 밑이 막혔음. 양말로 '팬티'를 말함.

| 부록 |

인명 및 고유명사 풀이

ㄱ

갈 훈민정음이 만들어졌을 때는 '꽃'을 '곶'이라 하였고 '칼'을 '갈'이라고 하였음. 그러던 것이 임병양란을 겪으면서 삶이 고달파지고 먹고 사는 일이 숨가빠지면서 사람들 마음도 급하고 사납게 되어 '곶'을 '꽃'으로 부르고 '갈'을 '칼'로 일컫는 따위로 된발음을 쓰게 되었음. 그러나 많은 이들이 순하고 약한 발음을 하던 것이 갑오왜란을 겪으며 급속도로 무너지게 되었음. 그러나 이제도 '갈까마귀'라고 하지 않고 '갈가마귀'라고 하며 편지글 끝에 "이만 끄치나이다" 하지 않고 "이만 그치나이다"라고 하니, 임병양란으로 무너지기 전 조선사람들 마음을 엿볼 수 있어, 가슴이 아려옴. 여기에 덧붙여 왜말만 해도 숨가쁜데 눈 위에 서리치기로 양말까지 덧씌워 오고 있으니, 뜻 있는 이들이 한걱정을 하는 까닭임.

고하(古下) 동아일보 사장을 지내고 해방 뒤 지주와 자본가를 대변하는 한국민주당 총무를 지냈던 우익 지도자 송진우(宋鎭禹, 1890~1945) 호.

『과학전선(科學戰線)』 「조선과학자동맹」에서 1946년 2월 창간했던 과학전문 기관지였음. 〈조선의학 건설에 관하여〉를 썼던 경성대학 의학부 교수 최응석(崔應錫, 1914~?)은 '국대안반대투쟁'을 벌이던 끝에 평양으로 가 김일성대학 의학부 부장 겸 병원장을 맡아 북조선사회 의료체계 기틀을 다지게 됨. 지주계급이며 남로당 출신이라는 이유로 반혁명분자로 몰려 숙청될 뻔하였으나 김일성수상이 직접 나서서 구명했다는 말이 있음.

김년수(金季洙, 1896~1979) 경기도 관선 도회의원, 만주국명예총영사, 중추원 칙임참의, 국민총력연맹 후생부장, 임전보국단 간부, 학병권유 같은 반민족행위를 한 혐의로 1949년 1월「반민특위」에 구속되었으나 '증거불충분'으로 두 달만에 풀려난 김년수는 김성수 아우임. 2천정보가 넘는 대토지를 바탕 삼아「삼수사三水社」와「경성직뉴」를 세워 이른바 '경성방직신화'를 만들어 나갔고, 그 신화는 이제까지「동아일보」와「고려대학」그리고「삼양사」라는 꼴로 이어지고 있음. 다음은 역사학자 윤해동이 쓴 글 가운데 한 어섯임.
〈1931년 삼수사를 삼양사로 이름을 바꾼 후에 김연수는 함평에서 대규모 간척사업에 착수하였다. 이것이 완성되어 1933년에는 손불농장을, 1936년에는 일인의 간척사업을 인수하여 해리농장을 조성하게 되었다. 이 해리농장이 농지개혁 때 농토의 용도변경으로 분배대상에서 제외되는 바람에 아직까지도 분쟁의 와중에 있는 바로 그 농장이다. 또한 강원도의 옥계금광과 공주의 계룡금광을 인수하기도 하였다.〉
　김년수는 친형 김성수와 더불어 학병권유와「채권가두유격대」라는 것을 만들어 여러 형태의「전쟁채권」을 사들이라고 강연하고 다녔는데, 이러한 왜제 때 자본축적이 해방 뒤 남조선경제가 세워지는 기반이 되었다는 '역사적 사실'을 알아야 함.

김삼룡(金三龍, 1910~1950) 충청북도 충주군(이제 중원군) 엄정면 용산리에서 지팡사리(소작인) 아들로 태어났음. 보통학교를 마치고 서울로 올라가「칼토페」라는 고학당苦學堂에 들어갔음. 1930년 11월 사회주의 독서회를 짠 혐의로 붙잡혀 있던 이듬해 여름 서대문형무소에서 '불꽃같은 경성트로이카' 리재유(李載裕, 1905~1944)선생을 만나 올곧은 볼셰비끼가 됨. 옛살라비로 내려가 농사를 지으며 농군들을 의식화시키던 1934년 인천에서 적색노동조합을 만들다 붙잡혔음. 1939년 4월쯤 리관술 선생과 함께 「경성콤그룹」을 결성하고 형무소에서 나온 박헌영 선생을 지도자로 모셨음. 해방을 맞아 11월 열린 「전국인민위원회 대표자대회」에서 조선공산당을 대표해서 축사를 했는데, 이때 박힌 넥타이를 맨 모습이 오직 하나뿐인 사진임. 남조선노동당 조직부장으로 박헌영 선생 월북 다음 남로당을 이끌다가, 1950년 3월 리승만경찰대에게 붙잡혀 '원산의 별'이었던 리주하(李舟河, 1905~1950)선생과 함께 남산 숲속에서 총 맞아 돌아가신 것이 1950년 6월 28일 하오 3시였음.

김성수(金性洙, 1891~1955)　전라북도 고창 출신 대지주로, 호 인촌仁村. 1929년 동아일보를 창립하고 1932년 보성전문학교를 꾸려갔음. 해방이 되면서 미군정이 들어서 친일관료들을 중용하는 것을 보고 지주와 자본가를 대변하기 위한 '한국민주당'을 세웠고, 1950년 5월 제2대 부통령을 지낸 남조선 수구우익 대표였음. 한겨레 2018년 12월 20일치 기사임.

〈'친일 반민족 행위'가 인정된 인촌 김성수의 이름을 딴 서울 성북구 '인촌로'의 이름이 '고려대로'로 바뀐다. 인촌로에 실거주하는 주민 약 60%가 동의해 도로명이 변경된 것이다.〉

김순남(金順男, 1917~1982?)　서울 낙원동에서 태어났고, 본이름 현명顯明. 경성제일고등보통학교와 경성사범학교 두 군데에 합격하였으나 경성사범을 나와 동경 구니다치음악학교와 제국음악학원 작곡과를 나왔음. 1944년 귀국하여 프롤레타리아 음악운동 목대를 잡았고, 해방이 되면서 가곡집 『산유화』와 『자장가』를 펴내었음. '인민의 노래' 100곡을 넘게 썼고, 1952년 모스크바 차이코프스키음악원에서 궁구하던 중 남로당 숙청으로 끌려와 창작금지령을 받고 음악을 빼앗긴 삶을 살다가 10년 동안 폐결핵을 앓다 돌아가셨다고 함.

김제술(金濟述, 생몰년 미상)　박헌영 선생 복심비선으로 한산寒山 스님 행세하며 박선생 아들 원경圓鏡을 몰래 도와주었던 경성콤그룹 긴한이로, 1968년 사라졌음. 남로당 물잇구럭이었던 명월관 주인 여장부가 낳은 김정진金小山 오라버니였다고 함.

김해균(金海均, 1910~?)　전라북도 함열咸悅 만석꾼 아들로 이정 선생 추종자였음. 보성전문 영문과 교수로 있다가 이정 선생 미좇아 평양으로 갔음. 해방 직후 명륜동에 있던 으리으리한 김해균 집이 조선공산당 조각본부였음.

김효석(金孝錫, 1895~?) 1949년 내무부장관을 지내다가 6·25 때 납북되었음.

ㄷ

다산(茶山) 정약용(丁若鏞, 1762~1836) 호. 다른 호로 사암俟菴이 있음.

ㄹ

리관술(李寬述, 1902~1950) 경상남도 울산 지주 집안 출신 혁명가로 맹렬한 여성운동가였던 리순금(李順今, 1912~? 1955년 있었던 '박헌영재판'에 검찰측 증인으로 나왔었고, 1980년대까지 살아 있었다고 함.) 배다른 오라버니였음.

리재유(李載裕, 1905~1944) 함경남도 삼수군 빈농집안 출신으로, 보성고등보통학교를 중퇴하고 송도고보에 편입했다가 동맹휴학 주동으로 퇴학당함. 니혼대학 전문부 사회과에 들어갔으나 학자금 부족으로 학업을 중단하고, 고려공청 일본총국 신전부 책임자가 되었다가 3년 6월 징역을 살았음. 1933년 만기출옥하여 경성뜨로이까를 짜고 최고 책임자가 되어 각급 공장 파공을 지도했음. 왜경에게 붙잡혔으나 2번에 결쳐 '신화적 탈출'을 하며 12년 징역을 살았으나 전향을 하지 않았다는 까닭으로 청주보호감호소에서 족대기질 뒷덧으로 눈을 감았으니, 해방 10달 전이었음.

리현상(李鉉相, 1905~1953) 전라북도 금산에서 대지주 다섯째 아들로 태어났음. 고창고등보통학교를 다니다가 서울 중앙고보로 옮겼을 때 6·10만세운동을 채잡아 경찰에 붙잡혔음. 1927년 보성전문학교 법과에 들어갔다가 중국 상해로 가서「한인청년회」에 들어갔음. 1928년 9월「제4차조공사건」으로 붙잡혀 4년 징역을 살았음. 1933년「이재유李載裕그룹사건」으로 붙잡혀 7년 징역을 살았음. 1940년「경성콤그룹」에 들어 2년간 미결에 있다가 병보석으로 나와 지하활동을 했음. 해방을 맞아「조선공산당」과 다음 해「민주주의민족전선」에 들었음. 1948년 려순항쟁 때 14련대 군인들을 데리고 지리산으로 들어가 빨치산활동을 벌였음. 지리산 얼안 빨치산 총책임자인 남부군사령관이 되어 미제국주의 병대와 싸우던 끝인 1953년 9월 지리산 빗점골에서 남조선군경 토벌대와 싸우다 돌아가셨음. 조선민주주의인민공화국 혁명렬사릉에 헛무덤이 있음.

림 화(林和, 1908~1953/1955?) 본이름 림인식林仁植으로 서울 창신동에서 태어났음. 보성고등보통학교를 나온 1928년 사회주의사실주의에 바탕한「젊은 순라의 편지」와 이듬해「우리오빠와 화로」를 선보이며 조선시문학계 샛별로 떠올랐음. 잘 짜여진 단편소설 같은 단편서사시「네거리의 순이」로 높은 손뼉을 받다가 해방이 되면서 조선문화총동맹을 얽고 프롤레타리아문학 목대를 잡았음. 박헌영 선생한테서 "우리 조선에서 세계에 내놓을 수 있는 천재시인"이라는 기림을 받으며 남조선로동당 문화정책을 세우다가 '남로당숙청'으로 돌아가셨음.

ㅁ

몽양(夢陽) 민족운동가 여운형(呂運亨, 1885~1947) 선생 호.

민규식(閔奎植, 1888~?) 민영휘 3남. 영국 캠브리지대학교 경제과 졸업. 1943년 8월 조흥은행 취제역회장이 됨. 1945년 6월 조선총독부 자문기구인 중추원 주임관 대우 참의를 하였음. 1946년 9월 조선은행 총재. 1950년 7월 납북되었음.

민대식(閔大植, 1882~1952) 민영휘 둘째아들로 미국 오하이오주 웨슬리언대학 졸업. 박흥식·한상룡·김년수와 애국경기호 4대 구입비

1,000원 헌납. 미영격멸 결의로 왜국 육해군에 각 2천원씩 총 4천원을 국방헌금으로 헌납. 1945년 12월 대한민국 임시정부에 건국기금 300만원 헌납. 1949년 8월 반민특위에 붙잡혔으나 '무혐의'로 풀려났음.

ㅂ

박동무(朴同務) 해방 바로 뒤 "노동자 농민의 벗 박헌영 선생 만세!" "조선의 레닌 박헌영 동지 만세!" 같은 벽글이 나붙었을 때 '선생'이나 '동지'라는 말을 절대로 못 쓰게 하는 박헌영 조선공산당 당수였음. "그러면 호칭을 어떻게 해야 되냐?"고 했을 때 박당수가 한 말이었으니, "동무라고 해라. 우리는 모두 똑같은 마음으로 똑같은 길을 가는 동무이다."

박문규(朴文圭, 1906~1971) 경상북도 경산군에서 대지주 둘째아들로 태어났음. 대구고등보통학교를 나와 경성제국대학 법문학부에 들어가면서, 리강국·최용달(崔容達, 1903~?)과 함께 '성대트로이카'로 불리며 조선청년 기개를 드높였음. 왜인 성대 교수들 논문 뒤에 덧두리(부록)처럼 실린 「농촌사회분화의 깃점으로서 토지조사사업에 관하야」를 1933년 발표하였을 때는 경성과 동경에서 매긴 값보다 수십 배로도 구하기 어려울 만큼 '낙양의 지가'를 올린 '베스트셀러'였음. 8·15를 맞아 「건국준비위원회」 기획부장이 되었고, 1946년 2월 「민주주의민족전선」 사무총장과 「남조선로동당」 중앙위원이 되어 「조선노동조합전국평의회」가 목대잡은 24시간 총파업을 이끌다가 미군정 헌병대에 붙잡혔음. 1946년 3월에 있었던 북조선 토지개혁에 참여했고, 1948년 8월 평양으로 올라가 제1기 최고인민회의 대의원이 되면서 조선민주주의인민공화국 초대 농림상이 되었음. 6·25 때 서울에 와서 남반부 토지개혁 지도위원장이 되어 '해방지구'에서 무상몰수·무상분배 원칙 아래 토지개혁을 하였음. 박문규는 홍명희와 함께 천수를 누린 드문 남조선 출신이었는데, 끝까지 정치가 길을 마다하고 농업경제학자 길을 걸었기 때문이었음.

박치우(朴致祐, 1909~1949) 함경남도 단천端川에서 태어났음. 1928년 20살에 경성제국대학 문과에 들어가 1933년 25살 때 철학과를 제5회로 마쳤음. 26살인 1934년 평양 숭의실업전문학교 교수가 됨. 8·15 해방을 맞아 10월 중순쯤 중국에서 돌아옴. 박헌영 선생 3차에 걸친 평양방문 때 모시고다녔음. 1946년 3월 25일『현대일보』를 창간하여 편집 겸 발행인이 됨. 9월 7일 실질적 폐간인 무기한 정간처분을 당함. 10월 1일 대구에서 인민항쟁이 일어나면서 지명수배됨. 11월 20일 유일한 저서인『사상과 현실』이 백양당에서 나옴. 1946년 가을이나 겨울에 월북한 것으로 보이며, 해주에 있던 제1인쇄소에서 활동. 평안남도 강동군 입석리 탄광촌에 세워진「강동정치학원」에서 정치부 원장으로 사상교육을 맡아보았음. 1948년 박헌영 선생이 해주에서 연「남조선인민대표자대회」서기국원으로 일함. 41살 된 1949년 9월 남조선빨찌산들을 추스르기 위한 제1병단 유격대 360명이 태백산지구에 들어감. 군단장은 리호제李昊濟, 참모장은 서 철徐哲, 박치우는 정치위원이었음.

11월 잔류대원과 함께 김달삼金達三 부대에 들어갔다가 태백산전투에서 돌아가셨음.

박헌영(朴憲永, 1900~1956) 충남 예산군 신양면 서초정리에서 태어남. 1919년 3·1혁명에 들었다가 이제 경기고등학교인 경성제일고등보통학교 15회를 나와, 다음 해 왜국 동경을 거쳐 중국 상해로 가 사회주의운동에 들어갔음. 1925년 4월 17일 열린 조선공산당 창립대회에 들어 다음 날 열린 고려공산청년동맹 위원장이 됨. 동아일보와 조선일보 기자로 있으며 사회주의운동을 하다가 종로경찰서에 붙잡혀 간 그는 1년 6개월 징역을 살다가 미친척하는 속임수로 형무소를 벗어나 안해 주세죽(朱世竹, 1901~1953)과 함께 모스끄바로 가 국제레닌대학을 마쳤음. 상해에서 국내운동자들과 손잡고 독립운동을 하던 1934년 붙잡혀 6년 동안 서대문형무소와 대전형무소에서 징역을 살았음. 경성콤그룹 지도자 겸 기관지「꼬뮤니스트」책임자가 되어 뜨겁게 움직이다가 왜경 끈질긴 추적을 피하여 전라남도 광주로 갔음. 그곳 백운동에 있는 벽돌공장에 김성삼金成三이란 거짓이름으로 일하다가 해방을 맞아 짐차에 낑겨들어 전주형무소를 나오는 김삼룡을 맞고 대전에서 리현상과 김봉한(金鳳漢, 1917~1950)을 만나 서울로 올라옴. 1945년 9월 조선공산당을 재건하고 총비서가 되었음. 1946년 5월 미군정이 쳐놓은 덫인 「조선정판사사건」으로 지하에 들어갔다가 평양으로 올라갔고, 조선민주주의인민공화국 초대 내각에서 부수상 겸 외무상이 되었음. 1952년 말 6·25사변 책임을 씌우는 빨치산파에 밀려 '미제의 첩자'라는 덤터기를 쓰고 1956년 7월 19일 처형당하였음. 그를 미좇아 올라갔던 남로당원들과 북조선에 있던 지지자들 거의 모두가 역사에서 사라져갔음. 광주로 가기 전 숨어 있던 청주 아지트에서 지하운동을 할 때 아지트키퍼였던 정순년鄭順年과 사이에 태어난 박병삼(朴秉三, 1941~)이 경기도 평택 만기사萬奇寺 주지 원경圓鏡으로 있음.

박흥식(朴興植, 1903~1994)　평안남도 용강군 소농 집안에서 태어났음. 박흥식 자본축적 과정은 매판적 상업자본 전형이었음. 총독부 지배권력과 발맞춘 것이 매판성 자본축적 본질이었기 때문임. 1942년 5월 30일치 『매일신보』에 「영원히 못 잊을 자부慈夫」라고 총독 미나미[南次郎] 업적을 찬양함으로써 '조선말 하는 왜놈'임을 뚜렷이 밝혔음. 1949년 「반민특위」 제1호로 잡혀간 박흥식은 103일 만인 4월 20일 '병보석'으로 풀려났고, 담당검찰관인 특검차장 노일환盧鎰煥이 리승만정권이 쳐놓은 덫인 이른바 '국회프락치사건'으로 전격 구속됨으로써, 9월 26일 무죄판결로 막을 내렸음. 해방된 뒤에도 「흥한비스코스공장」을 운영하며 재기를 노렸으나 결국 몰락하게 되니, 제국주의에서나 통했던 낡은 매판자본가적 자본운동이 한계를 맞았던 때문이었음.

『별건곤(別乾坤)』　1926년 11월 1일 "비열한 정서를 조장하는 취미를 박멸하기 위해서 이 취미잡지를 시작하였다"라며 창간되었던 대중교양지. 1934년 통권 74호로 종간되었음.

백범(白凡)　'친왜파가 만든 독립영웅'인 김구(金九, 1875~1949) 호로, 그 바탕을 낱낱이 밝힌 김상구金尙九 지음 『김구청문회』를 비춰볼 것.

백정기(白貞基, 1896~1935)　전라북도 정읍에서 태어남. 서울에 올라갔다가 3·1혁명이 일어나자 독립선언문과 알림쪽지(전단)를 가지고 귀향하여 만세운동을 벌였음. 1924년 왜왕을 죽이려고 동경에 갔으나 그르치고 중국 북경으로 갔다가 다음 해 상해로 내려가 무정부주의에 관심을 갖고 고향에서 농민운동을 하다가 1928년 중국 남경에서 열린「동방무정부주의자동맹」에 조선 대표로 나갔음. 1933년 상해 홍구虹口에서 주중왜국대사 아리요시[有吉]를 죽이려다 잡혀 나가사키[長崎]재판소에서 무기징역을 받아 복역중 돌아가셨음.

보천교(普天教)　차천자車天子로 불리었던 본이름 윤홍輪洪인 월곡月谷 차경석이었음. 『시경詩經』 '보천솔토普天率土' 곧 '온 하늘 밑은 왕 땅 아닌 데가 없고, 땅 닿는 데 사는 사람으로 왕 신하 아닌 사람은 없다(普天地下 莫非王土 率土之濱 莫非王臣)'로 평등사상에서 나온 것이었음. 하늘 원리가 이 땅에 두루 펴져 미친다는 말이 '보천普天'이었던 것임.

"몸은 뚱뚱하고 큰 상투에 대갓을 쓰고 얼굴은 구리빛으로 까만 수염이 보기 좋게 나 있었다. 그 풍채가 과연 만인의 장 같았다."

"비록 현대사의 지식은 결여했다 하더라도 구시대의 지식은 상당한 소양이 있다. 그 외 엄격한 태도와 정중한 언론은 능히 사람을 놀라게 할 만하다. 그는 한갓 미신가가 아니오, 상당한 식견이 있다. …그의 여러 가지 용사用事하는 것을 보면 제왕될 야심이 만만한 것을 추측하겠다. 왜 야소교도들이 단발하고 양복 입는 것은 좋다고 하고, 조선사람이 상투 틀고 조선옷 입는 것을 싫어하는가?"

15살에 이미 '아기장수' 소리를 들을 만큼 장대한 기골에 효용이 절륜하였던 차윤홍은 아버지 차치구 좇아 갑오봉기에 들었음. 기골이 장대하고 장정 여남은 이를 짚단인 듯 집어 던지는 장사였던 차치구 장군은 농군 5천을 거느리고 익산, 진안 거쳐 홍덕興德까지 짓쳐나갔다가, 홍덕군수 아랫것한테 잡혔는데, 왜병이 넘겨받아 죽였음. 그런데 이때 죽이는 방법이 얼마나 끔찍했느냐 하면 짚주저리라 불리우던 짚둥우리에 석유기름 발라 머리에 뒤집어씌운 다음 불붙이는 것이었으니, 차경석이 왜노倭奴라면 이를 갈게 된 까닭이었음.

강증산(姜甑山, 1871~1909) 뒤를 이어 '흠치교'를 '태을교太乙教'에서 '보천교'로 바꾼 차경석은 새 세상을 뜻하는 '시국時國'을 선포하며 '의열단義烈團'과 '상해임정'에 독립자금을 대기에 이름. 3·1혁명에 놀란 왜제는 1919년 8월 12일 사이토 마코토라는 새 총독을 보내 '문치교화文治教化'에 나서니, 무력이 아닌 문文, 곧 교육과 선전을 통해 조선사람들 머릿속을 바꿔 왜인으로 만들자는 것이었음. 그리고 여기에 걸려든 먹잇감이 바로 보천교였음. 1925년 남산에 '조선신궁'을 세워 조선종교를 없애버리려는 왜제한테 조선인들 정신적 귀의처인 보천교는 용납될 수가 없는 것이었음.

ㅅ

사마천(司馬遷, B.C. 135~84?) 중국 전한前漢 때 역사가. 『사기史記』는 만리장성 밖 몽골 쪽 유목민족인 흉노를 치러갔다 사로잡힌 이릉李陵을 두둔하다 불알을 까발리는 치욕을 참고, 중국 역사 첫한이로 일컬어지는 황제黃帝에서 한무제漢武帝까지 역사자취를 기전체紀傳體로 적은 역사책 130권을 말함.

『삼천리(三千里)**』** 김동환(金東煥, 1901~?)이 펴내었던 취미 중심 교양잡지. 1929년 6월 창간되어 월간·격주간으로 발간되던 초기에는 대중의 호기심을 끌만한 '고십란'에 치중하여 과장과 공상이 지나치고 제목에 비하여 내용이 빈약한 것이 큰 흠이라는 비난을 받았는데, 1937년 뒤로는 차츰 친왜적으로 기울어 마침내는 친왜파·민족반역자를 등장시켜서 반민족적 잡지가 되었고, 끝내는 노골적인 친왜잡지 『대동아大東亞』로 이름까지 바꾸었음.

샤브쉬나(1906~1998) 왜제시대 서울 정동에 있던 주일본 소련총영사관 부영사였던 샤브쉰 부인으로, 『노조露朝사전』을 엮어내었던 조선문제 전문가였음.

설산(雪山) 1919년 12월 몽양 여운형이 적도敵都 제국호텔에서 조선독립을 내대는 사자후를 토할 때 통변을 하는 등 독립운동을 하였으나 다음 해 동아일보 주필 및 부사장을 지내며 친왜로 돌아섰던 장덕수(張德秀, 1896~1946) 호.

소강절(邵康節, 1011~1077) 중국 송나라 때 철학자로 이름은 옹雍. 자는 요부堯夫. 강절은 시호임. 편파가 없는 중정中正 길에서 세상을 다스려야 된다는 『황극경세서皇極經世書』를 지은 실천철학자였음. 그 가르침을 따르는 이들을 「강절일파康節一派」라며 내려 깎았는데, 아조我朝에는 동고東皐, 남명南溟, 하서河西, 고청孤靑, 화담花潭, 북창北窓 같은 선비들이었음.

「신간회(新幹會)」 1927년 좌우합작으로 짜여졌던 항왜운동 단체. 월남月南 리상재(李商在, 1850~1927) 선생을 회장으로 내세운 벽초碧初 홍명희(洪命憙, 1888~1968) 선생이 '죽은 나무에서 새 줄기가 나온다'는 『역경易經』 '고목어출신간枯木於出新幹'에서 따온 이름이었음.

신채호(申采浩, 1880~1936) 충청남도 대덕군 산내면에서 태어나 충청북도 청원군에서 자랐음. 신동神童 소리를 듣던 천재로 1905년 2월 성균박사成均博士가 되었으나 관직 뜻을 버리고 〈대한매일신보〉 주필이 되어 민족의식을 북돋움. 1919년 4월 상해임시정부에 들었으나 리승만의 굴욕적 '위임통치로선'에 반대하여 북경으로 갔음. 의열단의백 김원봉金元鳳 청을 받아 폭력으로 인민직접혁명을 내대는 〈조선혁명선언〉을 썼음. 「무정부주의동방동맹」에 들어가 뜨겁게 움직이다가 1928년 5월 대만에서 붙잡혀 10년형을 받고 대련大連에 있는 려순감옥에서 복역하던 중인 1936년 돌아가셨음. 남긴 논문과 책에는 『독사신론讀史新論』 『동국거걸최도통전』 『리순신전』 『을지문덕전』과 소설 『꿈하늘』·『용과 용의 대혈투』 같은 것들이 있음. "왜노倭奴가 만든 호적에 들 수 없다"는 까닭에서 호적을 만들지 않았으므로, 그 뒷자손들은 이제도 무국적자로 있음.

『신흥(新興)』 1929년 7월 경성제국대학 출신들인 리강국(李康國, 1906~1953?)들이 목대잡아 만들었던 사회과학 잡지. 1937년 1월 통권 9호로 종간되었음.

ㅇ

우남(雩南) 남조선 단독정부인 대한민국 초대 대통령 리승만(李承晩, 1875~1965) 호.

유진오(兪鎭五, 1922~1950) 전라북도 완주에서 태어나 중동고등보통학교와 왜국 동경 문화학원대학을 나왔음. 학병 출신으로 해방되던 해 『민중조선』 11월호에 「피릿소리」를 선보이면서 시단에 나왔음. 1946년 9월 1일 훈련원 운동장에서 열린 「국제청년데이」에서 〈누구를 위한 벅차는 우리의 젊음이냐?〉라는 시를 읊어, 10만이 넘는 사람들 피를 끓어오르게 하는 '스타시인'이었음. 조선문학가동맹에서 온나라 인민대중에게 문화예술의 꽃다발을 걸어드리고자 벌였든 「문화공작대」에서 경상남북도반을 맡아 부산과 진주를 거쳐 하동에서 지리산으로 올라가 항미빨치산투쟁을 벌이고 있는 인민유격대원들을 쓰다듬어 주는 〈싸우다 쓰러진 용사〉라는 한낢 시나 읊조려 주고 산을 내려오는 수밖에 없는 '하얀 낯빛에 가느다란 손목의 시인'이었으니, 바람처럼 빠르게 움직이는 빨찌산들 발걸음을 미좇아 갈 수가 없는 것이었음. 전라북도 남원 어느 마을을 지나다가 주민 자경조직인 「민보단」한테 붙잡히게 된 것이 1949년 3월 29일이었음. 사형선고를 받은 유진오는 서대문형무소에서 전주형무소로 옮겨졌음. 넘쳐나는 좌익수들이어서 태어나 자란 곳 따라 흩어 가두게 된 것이었는데, 그것이 유진오 살매(운명)를 갈랐음. 6·25가 터지면서 서울형무소에 있던 좌익수는 '해방'되었고, 지역 형무소에 있던 좌익수는 '학살' 당하였음. 갓난아이를 업은 '몹시 귀티 나는 부인'으로 서울 혜화국민학교 선생이었던 새악시와 늙은 어머니가 전주형무소와 그 언저리를 샅샅이 뒤졌으나 유진오 주검은 찾을 수가 없었었음. 이제까지 나온 여러 적바림에 유진오가 처형당한 곳이 '알 수 없음'으로 나옴. 대전형무소만이 아니라 충남북과 전북·경북, 그리고 춘천형무소에 있던 이들까지 대덕군 산내면 낭월리에 있는 뼈잿골에 끌어다 마구 죽여 버렸다는 것을 알 속절이 없었던 것이니, 그때가 1950년 7월 첫 무렵이었음. 향수享壽 스물아홉.

ㅈ

장직상(張稷相, 1883~1959)　창씨명 장원직상張元稷相. 구한말 경북관찰사를 지낸 장승원(張承遠, 1853~1917) 둘째아들로 경상북도 칠곡군 인동면에서 태어났음. 장승원은 경상도에서 첫째가는 부자로 장길상張吉相, 장직상, 장택상張澤相 같은 아들을 두었는데, 독립운동자금을 내기로 했다가 왜경한테 찔러박는 바람에 돈을 받으러 갔던 대한광복회원이 붙잡히게 되자, 박상진朴尙鎭 대한광복회장 손에 처단되었음. 합방 뒤 왜제 충실한 개가 된 장직상은 신녕·하양·선산 군수를 지내다가 독립운동가들 눈을 피하여 대구로 옮겨, 토지자본을 금융자본으로 바꾸었음. 그리고 왜제 끝무렵 전쟁수행을 목적으로 조직된 단체인 「대화동맹大和同盟」 심의원이 되어 물질적 원조를 하던 '하리모토'는 박흥식과 함께 예속자본가 대표였음. 그 형 장길상 또한 악덕지주로서 소작인들한테 원성 대상이었음. 해방 뒤 장직상은 「남선전기」 사장이었고, 그 동생 장택상은 미군정 아래 수도경찰청장으로 있으면서 민족해방운동가들을 탄압하는 데 앞장 섰던 친왜경찰들을 그대로 '해방된 나라' 경찰로 만들었음. 리승만정부에서 외무부장관과 국무총리를 지낸 장택상은 국립묘지에 묻혀 있음.

조벽암(趙碧巖, 1908~1985)　『낙동강』 작가 포석抱石 조명희趙明熙 조카인 시인 조중흡趙重洽.

조영은(曹泳恩, 1920~?)　호 남령南嶺. 전남 영광출신으로 1939년 『문장』으로 등단. 6·25사변 때 월북했다고 함.

ㅊ

차경석(車京錫, 1880~1936)　갑오년 좌절 뒤 영국인 선교사가 하는 기독교 강좌모임임을 내세워 왜제 눈을 가렸던 영학당英學黨에 들었다가, 1898년 여름에서 1899년 여름까지 홍덕(고창)에서 일어났던 봉기에 들어 정읍고을을 들이치는 선봉장이 되었다가 붙잡힘. 교도들 한테서 소위 도술道術을 심득心得하여 초인간적 행위를 하며 축지법, 차력술, 호풍환우술, 둔갑장신술遁甲藏身術을 행한다는 소리를 듣던 그는 1917년 4월 24일 '갑종요시찰인'으로 편입됨. 조선총독부 경무국 눈으로 봐서 사상불온하고 총독정치에 불찬성 의사를 가지던가 또는 그러한 행동을 취하는 인물을 '요시찰인'이라고 하였는데, 1919년 당시에는 한 1천 명 안팎이었음.

차치구(車致九, 1851~1894) 동학당 간부로 갑오봉기 때 정읍 접주였음.

창해(滄海) 『실학파와 정다산』을 쓴 ML주의 한학자이며 열혈 혁명가였던 최익한(崔益翰, 1899~?) 선생 호.

ㅋ

콜론타이(1872~1952) 러시아 여성혁명가. 시월혁명 성공 뒤 여러 나라 공사를 지내었고, 『위대한 사랑』과 『붉은 사랑』 같은 공산주의적사실주의를 바탕으로 한 장편소설들을 썼음.

ㅎ

한밭 '태전太田'을 우리말로 일컫던 것임. 대전은 왜제가 조선에서 나는 쌀을 내어가고자 깔았던 경부선과 호남선이 갈라지는 곳에 만들었던 새 도시로, '대전大田'이란 이름은 1905년 경부선 개통 때 초대통감 이등박문이 시승하고 가다가 '太田'이란 말을 듣고 시마네현에 있는 '오다시大田'로 고치라고 한데서 말미암음.

한상룡(韓相龍, 1880~1947) 3·1혁명이 일어난 지 한 달 뒤인 1919년 4월 우쓰 노미야[宇都宮] 조선군사령관을 용산 관저로 찾아가 "조선인한테도 일본인과 같은 성씨를 쓸 수 있도록 해달라"라는 청원을 했음. "이제야 그 실현을 보게 된 것은 매우 유쾌한 일"이라고 회고록에 적었던 것이 1940년 8월 창씨개명이 끝났을 때였음. 서울 수표동에서 태어난 한상룡은 매국노 리완용(李完用, 창씨명 李家完用, 1858~1926) 생질로 리완용 형인 리윤용(李允用, 1854~?) 뒤를 이어 한성은행 두취가 됨. 왜제한테 받은 이른바 '은사공채恩賜公債'로 세워졌던 한성은행이었으므로 '조선귀족들 은행'이라는 비꼼을 받았음. 그러나 1928년 3월 조선식산은행 지배밑으로 들어가게 되니, 왜제자본에 강탈당할 수밖에 없는 조선토착자본 한계였음. 왜제 자본 지속적인 이익을 보장하고 제국주의 침략전쟁을 방조하며 부귀영화를 누렸던 그 평생은 왜제한테 철저하게 예속되고 굴종했던 댓가였음.

『현대일보』 1946년 3월 25일 경성제국대학 철학과를 나온 박치우가 소설가 리태준(李泰俊, 1904~?)을 주필로, 문학비평가 리원조(李源朝, 1909~1955)를 편집국장으로 해서 창간되었던 좌익신문 하나였음. 자본주의 전령사인 미군정을 반대하다가 1946년 9월 7일치로 실질적 폐간인 무기정간을 당하였음. 그때 박치우는 오직 하나뿐인 저서 『사상과 현실』을 펴내었는데, 소설가 김남천(金南天, 1911~1953)이 쓴 서평임.

〈철학은 설명하는 데 그쳐서는 아니된다 세계를 변혁해야 한다는 명구는 이제 유명해져서 누구나 지꺼리는 말이다 그러나 대학과 대학원에서 철학을 전공한 아카데미시앙이 쩌-너리즘과 가두에 진출하여 현실과 싸우며 새것을 위하여 세계를 변혁하려든 분은 한분도 없었다 박치우씨가 처음인 것이다

신생하려는 조선을 아직도 나치스철학으로 설명하려 드는 라만챠의 봉건신사도 없지 않은 우리 철학계다 활짝 벗어붓치고 항쟁하는 인민과 함께 세계를 변혁하려는 철학자가 그다지 손쉽게 나타날리 없지만 박치우씨는 이런 의미에서도 그 놀라운 「센스」와 「가두적인 술어」와 만만한 투지와 계몽적인 노력과 함께 희귀한 단 하나의 존재다 현대일보 주필로 있을 때 사무실이 같아서 나는 테로를 맞는 박씨를 먼발로 보았다 그 불굴한 신념과 초탈한 면모가 가위 현대의 쏘크라테스였다

이『사상과 현실』은 3부로 되었는데 제1부는 왜정시대에 쓴 것으로 아카데믹한 냄새를 풍기면서도 새 시대를 위한 준비관념이 투철히 나타난 논구들이오 제2부는 해방후 신조선의 민주주의의 철학적 해명과 문화건설의 이념을 주로 취급하였고 제3부는 새나라 건설을 위하여 남조선의 민주주의적 투쟁을 위한 계몽적이오 정론적 색채가 강한 제론책들이다 이 한권을 읽으면 조선이 어떻게 변혁되어야 할까가 충분히 해득될 것이다 필자 자신도 많이 계몽되였다 양질의 종이와 미본이다 해방 이후에 나온 책중 최량의 서적이다(종로 백양당판)〉

현준호(玄俊鎬, 1889~1950)　왜제 가혹한 식민지배체제에서 조선민족이 독자적으로 실력을 길러 독립한다는 것이 근본적으로 불가능하다는 것을 몰랐던 이른바 '실력양성론자'들은 왜제와 타협하며 자치운동을 추진한다는 식으로 자주독립 길과는 멀어져 갔음. 훗날 저희들이 친왜활동을 하였던 것은 왜제 강요와 위협 아래에서 '학교'나 '회사'를 지키기 위한 부득이한 일이었다고 하니, 김성수와 쌍벽을 이룰 만큼 호남 최대 부호로서「호남은행」을 거느렸던 현준호가 그 대표적인 사람이었음. 전라남도 영암군 학산면에서 3천석 대지주인 학파鶴坡 현기봉玄基奉 아들로 태어난 현준호는 을사늑약에 앙버텨 일떠선 의병봉기를 피해 목포로 부자리(삶터)를 옮겼음. 1906년 담양 창평에 김성수 장인이 세운 창평영학숙昌平英學塾에서 송진우·김성수·김병로들과 함께 궁구하였음. 그리고 서울로 가 휘문의숙에서 신학문을 배웠음. 1912년 동경으로 가 메이지대 법과에 들었으며, 같은 곳에 있던 김성수·송진우·장덕수·현상윤·최두선·김병로·백관수·신익희·김준연들과 교유를 나눈 바 있으니, 뒷날 이들과 거의 같은 인생행로를 걸어가게 됨. 해방이 되면서 전라남도 광주 호남동 집에서 바둑으로 소일하던 현준호는 1949년 5월 7일 광주에 설치된 전남반민특위로 붙잡혀 감. 그러나 "일본인들과 합법적으로 투쟁하면서 고유한 민족혼을 순간도 망각한 일이 없으며 현재까지 고투한 것은 본인의 일생애를 통하여 일대 혁혁한 역사였다."고 주장하여 불구속 처리되었음. 6·25가 터지면서 광주에서 인민군한테 잡혔던 현준호는 9·28을 당해 '철퇴투쟁'을 벌이던 인민군한테 처단당하였음. 이제「현대그룹」회장인 현정은(玄貞恩, 1955~)은 현준호 손녀이고, 현씨집안과 자유한국당 김무성(金武星, 1951~)의원 집안은 사돈관계임.

| 해설 |

김성동의 특별한, 그러나 '위험한' 제문祭文

김동춘(성공회대 사회과학부 교수)

여기에 실린 소설들은 책 안에도 '제망부가祭亡父歌', '제망모가祭亡母歌'의 소제목이 붙은 제문祭文이 있지만, 작가 김성동의 긴 제문, 사부가思父歌, 사모가思母家이자 진혼곡鎭魂曲이며 묘비명墓碑銘이다. 남한 땅 그 누구도 기억해주지 않는 이들 내외를 살아남은 피붙이 아들이 기억해달라고 외친다. 부친은 억울하게 돌아가셨고, 모친은 평생 경찰과 당국의 감시에 쫓기면서 살았다. 하지만 그들은 90년대 이후 우리 사회에 알려지기 시작한 한국전쟁기 '피학살 양민良民'도 아니고, 지리산 자락을 누볐던 '조국해방 전사戰士'도 아니며, 휴전선을 비밀리 넘나들다가 간첩으로 체포되어 수십 년간 고초를 겪은 사람도 아니다. 그들은 식민지 '백성'이었으나 이후 대한민국 '국민'이 되기를 거부한, 남한 땅에 살다가 남한 땅에서 죽은, 반공 분단체제의 저 끝에 있었던 변경인, 아니 비국민非國民들이었다.

김성동 작가는 부친이 한국전쟁 직후 대전의 산내면 '뼛고개(골령鶻嶺골)'에서 학살당했으며, 모친은 남편과 함께한 좌익 활동 경력으로 투옥되는 등의 연좌제의 고통 속에서 평생 살아왔다고 한다. 이들 부부는 일가친척과 이웃 모두가 멀리하거나 아예 존재를 부인했던 '골수 빨갱이'였고, 이 땅에서 활동하다가 갔다는 사실을 어느 누구도 기억하지 못하는 그런 존재였다. 1948년 이후 남북한의 분단과 적대가 독일 정도라도 되었다면, 남한 땅에서 심각한 차별과 탄압은 받았겠지만 이렇게 비참한 죽음을 맞거나 일생을 고통 속에 보내지는 않았을 것이다.

작가는 몇 년 전부터 "'꽃다발도 무덤'도 없이 중음신中陰身이 되어 이 땅 위를 떠돌고 계신 혁명가 어르신들에 대해 계속 묘비명과 진혼곡을 써 왔다"(『현대사 아리랑』, 『염불처럼 서러워서』). 이 책 속에 등장하는 박헌영, 이현상, 이관술, 정태식, 이재유, 박치우 등 남로당의 주요 인물들은 8·15 광복 직후에 청년기를 보낸 식자층이나 현대사를 조금 공부한 사람이라면 알 수 있는 매우 유명한 항일운동가이자 공산주의자들이었지만, 지금 대한민국에서는 완전히 잊혔다. 이들은 일제 말 지하 혁명 조직 경성콤그룹 멤버이거나 국내에서 항일 투쟁을 했던 인물로, 1945년 8·15 광복 직후 장래 민족 지도자군 10위 안에 포함된 사람도 두 사람(박헌영과 이관술)이나 있었다. 하지만 미군정과 이승만 정부의 극심한 탄압 속에 월북하거나 지하로 들어가

활동하거나 빨치산 투쟁을 하다가 체포 또는 학살당했다. 일제 말 국내에서 지하 항일운동을 했던 좌익 인사들 중에서 1947년 이후 월북하여 김일성의 식객이 된 사람도 없지 않지만, 작가가 주목하는 인물들은 거의가 서울과 남한에서 버티다가 사라졌다. 그리고 오늘날까지 남한은 물론 북한조차도 그들을 기억하지 않는다.

소설 속 여러 곳에서 언급하듯이 작가 김성동의 가문은 충남 보령 일대의 명문 일족이었다. 이 집안은 8·15 직후 한국전쟁기에 위원장을 네 명(할아버지는 토지분배위원장, 큰삼촌은 조선민주애국청년동맹위원장, 어머니는 조선민주여성동맹 면당위원장, 아버지는 전국농민동맹 충남본부 위원장)이나(?) 배출한 '대가문'이 되었지만, 그 네 명의 위원장들은 남한 사회 내에서 '주적主敵'임을 증명하는 지위일 뿐이었다. 따라서 반공 체제하에서 그의 가문은 멸문지화滅門之禍를 피할 수 없었다. 이런 집안에서 작가가 살아남은 것도 기적이다. 프로 바둑기사가 되려 하다 실패해서 중이 되고, '중도 되지 못해서' 소설가가 된, 학교 다닐 때는 부모가 없어 "월사금도 못 내고 기성회비도 못 내어 체육복이 없어 빳다만 맞으면서 다니다 말다 하였고", "고등학교를 마치고 대학을 나온다 하더라도 공무원이 될 수 없고, 군대를 가도 장교가 될 수 없으며, 고등고시를 패스해도 임관이 안 되는 '삼불三不의 덫'에 치인" 사람이었다. 평소에 높은 덕망을 쌓아 난리 통에서도 살아남은 할아버지로부터 한문과 고전을 학습하고, 거의 목숨만 부지한 채로 소설가로 이름을 날리며 세상을 떠돌다가 이 긴 제문을 남기게 된 셈이다.

『민들레꽃반지』 속 소설들에서 작가가 추모하고 위무하는 그의 부모와 동시대의 '좌익' 운동가들은 21세기 사람들에게는 외국인, 어쩌면 외계인만큼이나 이해하기 어려운 사람들일지도 모른다. 함께 수난을 당할 각오를 한 안해나 연인에게 '민들레꽃반지'를 끼워준 혁명가 남편과 애인의 삶을 어떻게 이해할 수 있겠는가? '민족과 민중'이라는 거대한 대의를 위해 일제의 그 악독한 고문을 견디면서, 전향하라는 압박을 받으며 똥을 먹고 거의 반미치광이처럼 행동하다가 출옥하여 또다시 투쟁을 한 일들을(박헌영) 어떻게 이해할 수 있었을까? 한겨울에 짚과 광목을 둘둘 말아서 만든 신발로 눈 위를 행군하면서도 끝까지 총을 버리지 않고 죽음을 담담하게 받아들였던 전사戰士들을(이현상) 어떻게 이해할 수 있겠는가? '이름도 빛도 없이 죽어갈' 것임을 어렴풋이 짐작했을 텐데, 무엇이 그들을 그렇게 행동하게 만들었을까?

물론 8·15 직후의 이 혁명 전사들을 학살하고 처형한 사람들은 남한의 이승만과 친일 극우 세력들이지만, '미제의 스파이'라며 준엄하게 심판한 김일성과 북한 당국도 이들을 죽음으로 몰아넣는 주요 가해 세력이었다. 그렇게 보면 이들은 38선 이남과 이북에서 권력을 장악한 세력들과 과거의 동료들에게 이중적으로 살해당했다고 볼 수 있다. 과거 이들을 죽음에 이르게 한 '적대'의 시선과 비판의 칼날은 아직도 한반도 상공에 드리우고 있다. 그래서 '소설'의 형식을 빈 김성동 작가의 이 제문도 한국에서는 여전히 부담 없이 낭송할 수는 없다.

역사사회학자인 나는 작가의 소설보다는 그의 50년대 이후의 삶과 가족사에 더 흥미(?)를 갖고 있다. 그와 비슷하게 부모의 좌익 활동 경력이 주는 멍에를 메고 공적인 직장을 갖지 못한 채 남한 사회에서 문필 활동을 했던 문인 이문구, 김원일, 이문열 등과 비교가 되기 때문이다. 아버지 때문에 고초를 겪으며 신세를 망쳤다는 생각이 더 강해질수록 이문열처럼 90년대 이후 점점 더 오른쪽으로 사상과 행동을 이동시키는 사람도 있다. 그리고 처음에는 아버지를 아예 부인하거나 잊으려 하다가 점차 아버지의 삶을 공감하고 이해하려고 시도했던 김원일 같은 작가도 있다. 여러 소설을 통해 많은 가족사를 쏟아냈던 이문구는 그러나 자신의 생각을 에세이를 통해서 드러내지는 않았다. 『민들레꽃반지』 속 제문 내용이나 일련의 에세이들을 통해 살펴보면 작가 김성동은 점점 더 아버지를 이해, 아니 지지하는 쪽으로 가는 것 같다. 그래서 『민들레꽃반지』는 김성동 작가가 아버지와 어머니가 누구인지, 어떤 활동을 했는지를 자꾸 생각하고 그것을 복원하려는 기록들로 보인다.

한편 한국전쟁기에 대한민국 정부가 저지른 민간인 학살 사건에 대한 진상 규명 운동을 하다가 정부에 들어가서 공식적인 조사 활동을 했던 나로서는 그의 부친을 비롯해 좌익 인사, 보도연맹원, 대전형무소 수형자 등을 포함한 8천여 명이 학살당한 것으로 알려진 대전 산내 학살 사건과 남은 가족들의 그 이후의 삶에 대해 큰 관심을 가졌었다. 학살 사건 이후 살아남은 가족의 삶도 학살 사건 이상으로 이후 한국 사회의 바닥을 설명하고 이해하는 데 필수적인 부분이기 때문이다. 내가 만난 대부분의 피학살 유족 대부분은 자신의 부친과 조부모가 '양민'이라고 주장하면서 정부의 진상 규명과 보상을 요구하지만, 김성동은 부친의 억울한 죽음을 해명하라고 요구하지도 않는다. 물론 '죽임을 당해도 어쩔 수 없는 상황'이라고 생각하지는 않을 것이다. 다만 통일 이전에는 시민권을 갖지 않겠다는 제주 4·3 사건의 작가 김석범 선생처럼, 그도 극우반공주의가 시퍼렇게 살아 있고, 민족이 분단되어 있는 상황에서는 부모의 복권을 추진하지 않겠다는 생각을 갖고 있는 것 같다.

김성동의 소설과 에세이는 지식사회학의 주요 자료집이기도 하다. 살아남은 그의 할아버지는 손자에게 이렇게 말했다고 한다. "늬애비가 그렇게 된 것은 오직 책 때문이니라. 책 잘못 읽은 조이루 그 지경을 당한 것이야." 할아버지의 한탄처럼 그의 부친과 동시대의 항일운동가나 좌익 활동가들의 상당수가 독서인이었다. 그들의 독서 목록에는 마르크스주의와 레닌주의 이론만 있었던 것은 아니다. 중국의 마오쩌둥이 그러했듯이 유교 경전들과 중국 고전들도 포함되어 있었다. 신학문을 배우지 않았던 그의 부친도 바로 조선 시대 선비의 기품과 정체성을 가진 사람이었던 것 같고, 자신이 모신 박헌영에게 "왜, 어떻게 살아야 하는가?"라는 '철학적 질문'을 던진 것으로 나온다. 일제 치하 지주 집안 출신의 일본 유학파나 유교 경전에 통달한 선비의 후예들 상당수도 좌익 독립운동이나 이후의 공산주의 운동에 깊이 가담했다. 소설과 에세이의 형식을 빈 김성동 작가의 기록들은 이 시대의 사회운동사나 지식사회학이 아직 충분히 해명하지 못하는 한국의 정신사의 일부이자 지식인의 역사다. 그렇다면 우리는 좌우 이념의 잣대로 이들의 활동을 재단하기 전에 고려와 조선 시대 이래의 독서인의 수난사로서 현대사를 다시 살펴볼 필요가 있다.

김성동의 소설과 이야기를 통해 얻은 삼국시대 이래의 우리 역사에 대한 사실들도 매우 흥미롭다. 그의 이전 저서, 특히 『김성동 천자문』에 덧붙인 보충 설명들은 그가 할아버지에게 들은 이야기들이 대부분이다. 그래서 김성동 작가의 이야기를 통해 우리는 녹음기도 카메라도 없던 19세기와 20세기 초에 태어난 할아버지들이 그 이전 할아버지의 할아버지로부터 들은 이야기를 듣게 된다. 특히 갑오년에 '진사를 했으나 대과를 치르지도 못하고 낙향하여 망국의 울분을 달래다 경술국치를 맞아 자진했던' 그의 증조부가 그의 조부에게 들려주었을 이야기들이 중요한 부분이다. 작가는 아버지가 없었기 때문에 할아버지의 이야기의 진수를 더 잘 흡수했을지 모른다. 왜냐하면 사르트르가 "좋은 아버지란 없다. 그것은 철칙이다"라고 설파하였듯이, 아버지라는 존재는 원래 반교육적인 존재이기 때문이다. 이렇게 본다면 그는 통상의 가정에서보다 더 확실한 교육을 받은 사람일지도 모른다.

할아버지 앞에서 무릎 꿇고 앉아 '놋재떨이에 떨어지던 장죽 소리를 들으면서' 천자문을 배웠던 김성동은 다음과 같은 말을 기억해낸다. "문즉인文則人이요, 문기서심文氣書心이라." 서양 학문을 배운 50년대 이후의 사람들은 들어보지 못했고 들을 수도 없지만, 그때까지 살아 있던 글줄이나 좀 읽은 선비들은 어느 정도 알고 있었던 상식이었을 것이다. 그래서 나는 그의 소설과 에세이를 통해 한국의 근대화 과정에서 발생한 심각한 지식의 단절을 느낄 수 있다. 가학家學의 세례를 받아볼 기회도 없이 학교의 교과 공부와 입시 준비로 10대를 보낸 우리 세대들에게는 그의 이야기가 낯설기만 하다. 그러나 그의 글이 값진 것은 역사의 단절과 지식의 단절을 메우는 중요한 가교 구실을 해주기 때문이다. 연배가 약간 높은 동시대인이지만 전 시대인의 이야기를 듣는 듯한 느낌이, 역사학자들이 쓴 논문이나 저술에서 얻을 수 없는 옛날이야기를 들을 수 있는 즐거움이 있다.

나는 김성동 작가가 쓴 소설의 문학성을 평가할 능력이 없다. 특히 충청도 서남부 지방 사투리와 지금은 거의 사용하지 않는 우리 고어들은 쌀밥에 섞인 돌처럼 불편하다. 이 책 말미에는 '인명 및 고유명사 풀이'가 실려 있으며, 그의 장편소설인 『국수國手』는 아예 사전이 별책으로 붙어 있다. 지금 시대에 공부하듯이 소설을 읽을 사람이 있을까 생각이 들지만, 모국어를 풍부하게 사용하여 언어를 살리는 것이 문인과 학인들의 기본 의무이기도 하므로 홍명희의 『임꺽정』과 함께 이것은 그의 또 다른 업적으로 기록될 것 같다. 어릴 적 어머니께 들었지만 지금은 사용하지 않는 우리말 몇 개를 다시 들을 수 있는 기쁨도 있다.

김성동 작가의 부친과 함께 대전 산내에서 학살당한 이관술의 명예 회복 운동이 고향인 울산에서 시작되었다고 한다. 즉 그의 부모를 비롯해 소설 속 등장인물들은 법적으로, 정치적으로, 사회적으로도 아직 복권되지 못한 채 금기의 영역 속에 있다. 언제가 될지 모르지만 남북한이 통일되면 그때 가서 이들의 삶은 다시 조명될 것이다. 그래서 이들 전사들의 행적과 활동은 여전히 소설의 형식, 자식들의 증언이나 '대나무 숲의 이야기'로만 들려올 수밖에 없다. 김성동 작가의 이 긴 제문은 소설이라 생각하고 읽기에는 너무 무겁고, 논문으로 읽기에는 근거도 약하고 객관

성도 떨어지지만, 잃어버린 우리 현대사와 사상사의 한 틈새를 메운다는 점에서 중요한 가치를 갖고 있다.

2019. 6. 5.

| 작품 출처 |

「민들레꽃반지」, 『창작과 비평』 2012년 여름호(156호)

「고추잠자리」, 『황해문화』 2016년 겨울호(93호)

「멧새 한 마리」, 『영화가 있는 문학의 오늘』 2019년 봄호(30호)

민들레꽃반지

1판 1쇄 인쇄 2019년 6월 17일
1판 1쇄 발행 2019년 7월 1일

지은이 김성동
펴낸이 임양묵
펴낸곳 솔출판사

책임편집 임우기
편집 신주식 이신아 최찬미
디자인 오주희
경영 및 마케팅 박진슬 심지선
재무관리 송선심 김용렬

주소 서울시 마포구 와우산로29가길 80(서교동)
전화 02-332-1526
팩스 02-332-1529
홈페이지 www.solbook.co.kr
이메일 solbook@solbook.co.kr
출판등록 1990년 9월 15일 제10-420호

ISBN 979-11-6020-087-4 (03810)

· 이 도서의 국립중앙도서관 출판예정도서목록(CIP)은 서지정보유통지원시스템 홈페이지(http://seoji.nl.go.kr)와 국가자료공동목록시스템(http://www.nl.go.kr/kolisnet)에서 이용하실 수 있습니다. (CIP제어번호:CIP2019022698)